Annemarie Schwarzenbach

Flucht nach oben

Roman

Mit einem Essay
von Roger Perret

Lenos Verlag

Ausgewählte Werke von Annemarie Schwarzenbach
Band 6
Herausgegeben von Roger Perret

Roger Perret, geboren 1950 in Zürich. Studium der Philosophie, Literaturkritik und Komparatistik in Zürich. Studienaufenthalt in Boulder/USA. Lebt in Zürich. Seit der Studienzeit intensive Beschäftigung mit den „Dichterinnen und Dichtern im Abseits". Mitherausgeber und -übersetzer einer Anthologie mit Lyrik der Indianer. Mitarbeit an der Taschenbuch-Ausgabe der „Tagebücher" von Klaus Mann. Herausgeber der Werke von Alexander Xaver Gwerder, Hans Morgenthaler, Sonja Sekula und Annemarie Schwarzenbach.

Der Verlag dankt der Pro Helvetia für die Unterstützung bei der Herausgabe dieses Buches.

Satz und Gestaltung: Lenos Verlag, Basel
Umschlag: Anne Hoffmann Graphic Design, Basel
(nach einem Konzept von Konrad Bruckmann)
Foto: Marie-Louise Lüscher
Printed in Germany
ISBN 3 85787 280 2

Flucht nach oben

I. Teil

1

Am Morgen fuhr es fort zu schneien. Der Himmel, bleigrau und stumpf, senkte sich ob der fast reglosen Wolkenschicht. Der Schnee bedeckte die abgefahrenen Hänge, häufte sich in den Mulden. Oben im Fels hing er über zackige Ränder, Wächten bildeten sich, schoben sich gefährlich vorwärts, neigten sich schwer und sanft gerundet den Abgründen zu. Der weisse Rand des Schwarzsees lag, still eingesunken, zwischen den verhüllten Häuptern. Die Nordkante der Gamsfluh war in der Nacht dem scharfen Wind preisgegeben und ragte jetzt, schwarz, glattgefegt, aus dem weisslichen Meer. Der Wind hatte sich gelegt; es schneite lautlos. Der Schnee fiel in schweren Flocken und bedeckte rasch jede Spur. Die Sicht war erschwert, das Auge erkannte weder Anstieg noch Senkung. Gleichförmig, scheinbar eben lag die Landschaft. Die Gipfel schwebten frei in unermesslicher Höhe, Nebelwolken umstanden sie wie Fetzen von Rauch. Glatt und makellos senkten sich die steilen Halden talwärts. Unten gab es Gesträuch, vom Schnee zu Boden gedrückt; an den Stämmen der verkrüppelten Kiefern häufte er sich zu kleinen Hügeln. Die Eingänge zu den Höhlen der Schneehasen waren zugedeckt. Es gab keine Nahrung, der Weg zu den Heuschobern der Bauern war weit, die zierlichen Spuren verloren.

Aus den Häusern im Tal stiegen widerwillig graue Rauchfahnen. Der Weg vom Schwarzsee-Hof in den Ort war als schwach eingesunkene Furche noch sichtbar. Matthisch stapfte ihn entlang. Er war unterwegs, um den Tagesplan der Skischule in der Alpenrose zu holen. Auf halbem Weg begegnete er Leuten, die mit Schaufeln das Strässchen freilegten. Sie schwitzten trotz der Kälte und stiessen Wolken von heissem Atem und braunem Pfeifenrauch aus. Im Flur der Alpenrose stand in Hemdsärmeln der Skilehrer Friedrich vor der schwarzen Tafel, strich alle darauf verzeichneten Tagestouren und setzte „Kurs am unteren Übungshang“ an ihre Stelle. Er war wegen des Wetters nachdenklich gestimmt. Nebenan im Büro tippte das Kassenfräulein den Tagesplan mit den nötigen Durchschlägen. Friedrich sah über ihre Schulter und blies ihr seinen Atem in den Nacken. Sie wurde rot und beugte den Kopf über die Maschine. Matthisch trat ein, pfiff laut, rief guten Morgen und erhielt seinen Durchschlag; damit trabte er zum Schwarzsee-Hof zurück.

Andreas Wirz, privater Skilehrer dieses Hotels, stand in wollenem Unterzeug am Fenster seines Zimmers im Nebengebäude und sah Matthisch daherkommen. Er verfolgte den Jungen, bis er im Hoteleingang verschwunden war, wandte sich dann seufzend vom Fenster ab und zog seine Skihose an. Unten brachte ihm das Mädchen Kathi eine Tasse Kaffee aus der Küche. Er trank sie stehend, nahm seine Skier aus dem Hausflur und fuhr ins Dorf. Vor der Alpenrose wartete ein Mann auf ihn. Er trug einen Rucksack und war ebenfalls auf Skiern. „Man kann heute nichts machen“, sagte Wirz.

„Ich fahre nach Innsbruck zurück“, sagte der Mann. „Dort habe ich Leute genug.“

Beide schwiegen.

„Ich habe lang gewartet“, sagte der Mann.

„Ich finde schon jemanden“, entgegnete Wirz.

„Wann?“

„Ich schick ihn dir nach St. Andreas oder Innsbruck. Du brauchst nur zu melden, wo du bist."

Der Mann mit dem Rucksack wandte sich ab, ohne Wirz die Hand zu geben. Er fuhr in Richtung Station hinunter.

Wirz blieb vor der Alpenrose stehen und zündete sich seine Pfeife an. Er sah durch die offene Tür die ersten Gäste die Treppe herunterkommen und im Essaal verschwinden, Serviermädchen liefen mit Frühstücksgeschirr über den Flur. Wirz stieg rauchend zum Schwarzsee-Hof empor. Die Skistöcke hielt er manchmal unter den Arm geklemmt und wärmte die Finger in den Hosentaschen. Es war neun Uhr.

Fünf Minuten später fuhr unten an der Station der Frühzug aus München ein. Zwei alte Gepäckträger warteten frierend. Die Lokomotive stiess stäubende Schneewolken vor sich her. Aus einem Abteil dritter Klasse stieg Klaus Vidal, zwölf Jahre alt, englisch gekleidet. Er schleppte zwei grosse Handtaschen mit sich; ein junger Mann reichte ihm die verschnürten Skier heraus. Klaus dankte, rot vor Anstrengung.

Der Kutscher vom Schwarzsee-Hof wartete vor dem Bahnhofsgebäude auf Klaus und nahm ihm die Handtaschen ab. Peter hiess er, ein blonder Hüne in Schaftstiefeln. Klaus folgte ihm zum kleinen Hornschlitten, kroch unter die leinene Kapuze, liess sich drei wollene Decken über die Knie legen. Dann wurde ein Stück Leder vor den Eingang gespannt, Peter schwang sich auf das Kutscherbänkchen, fasste die Hörner des Schlittens und rief gleichzeitig „hü". Die Fahrt begann. Klaus sass wie im Innern einer Gondel, im Halbdunkel. Er konnte nichts sehen ausser einem schmalen Streifen bleigrauen Himmels und fallenden Flocken zwischen Lederdecke und Leinenkapuze. Es roch nach nasser Wolle, Fett und Pferden. Wenn er sich Mühe gab hinauszusehen, erblickte er auf der einen Seite jäh ansteigendes Gebirge ohne Ende, auf der anderen Seite den steilen Abhang. Ihm wurde ein wenig schwindlig.

Sechshundert Meter höher, am eingesunkenen Rand des Schwarzsees, stand zur gleichen Zeit ein Skiläufer und versuchte im Hohlraum seiner Hände ein Streichholz und damit seine Zigarette anzuzünden. Als es ihm gelungen war, sah er sich um und fand seine eigene Spur schon halb zugedeckt. Sonst weit und breit nichts. Vom Tal kam Nebel herauf und kroch über die kleine Ebene des Sees. Drüben staute er sich an den Hängen und blieb stehen wie eine dicke Wolke. Weiter oben gab es Wind. Fein zerstäubt wehte der lockere Neuschnee über die Kanten. Himmel und Berg flossen einfarbig zusammen.

Es war ein schwieriger Aufstieg, und die Spuren, die der Skilehrer Friedrich vor zwei Tagen hinterlassen hatte, waren verweht. Und wie würde erst die Abfahrt werden, ein höllisches Unternehmen, dem schmalen Kamm entlang, die Ostseite war vereist, die Westseite voller Felsen und ungenügend bedeckt. Und es schneite unentwegt, keine Aussicht auf Besserung und Klärung des bleifarbigen, verschlossenen Himmels.

Der Mann klopfte den Schnee von den Skiern und begann die Felle abzunehmen. Nach Hause, dachte er, das Stückchen Abfahrt hier wird mir genug zu tun geben. Einige Minuten später verliess er den Kessel, überblickte die erste Halde und tauchte im Nebel unter.

2

Eine Kleinigkeit genügte, um Francis aus seiner Welt-Entfremdung zurückzurufen, ihn zu beunruhigen, zum Eingreifen zu zwingen: Sein Pass war abgelaufen; es galt, Schritte zu unternehmen, um ihn zu erneuern. Er blätterte in dem braunen Heftchen; Dokument seiner Reisen, vieler Jahre, er hatte sie nicht gezählt. Man wurde dreissig Jahre alt, wunderte sich nicht einmal – was war aus dreissig Jahren geworden? Da: sinnlose Folge von Grenzstempeln. Ich habe Grenzen überschritten, dachte er, bin in ein anderes Land gegangen, die Zeit, die Zeit ging mit. Den Pass hatte er vor zehn Jahren erhalten, südamerikanische Namen standen darin, unbekannte, von vergessenen Grenzorten. Allein für die Fahrt hinüber waren zwei Seiten nötig gewesen, Einschiffung hiess das, Sichtvermerk, italienisches Durchreisevisum. Damals regierte schon Mussolini, und die Italiener hassten die Deutschen. Fremde Truppen standen an der Ruhr. Deutschlands Währung stürzte. Die Noten trugen schwindelerregende Zahlen, die Grundlagen der Welt erbebten. Die Erwachsenen verstanden nicht mehr, was geschah, die Kinder gerieten in Fieberzustände. Franz von Ruthern, fiebernd, verliess sein Vaterland. Kehrte ihm den Rücken, war seinem Glück auf der Spur. Das Abenteuer, die Lust des Kommenden verzehrten ihn.

Seine Mutter hielt viel von englischer Erziehung, deshalb nannte sie ihn Francis. Ihm gefiel der Name. Ob Deutschland, ob Weltkrieg, er hatte ihn nicht mitgemacht, ob Inflation, er hatte ohnehin kein Geld. Und was war es denn wert! Südamerika, Traumland, unbegründete Zuversicht –

warum nicht Gold suchen in Alaska, Elfenbein im afrikanischen Urwald, Edelsteine in Transvaal? Warum nicht studieren (bis heute demütigte es ihn, „ungebildet" geblieben zu sein!)? Sein Bruder Carl Eduard, ein Jahr jünger als er, schmal, hellblond, eitel und wehmütig, trat bei der Reichswehr ein, es war eine selbstverständliche Laufbahn in ihrer Familie, er avancierte frühzeitig zum Leutnant. Francis aber wollte nach Südamerika. Südamerika, Traumland – Hafenstädte voller Neger und breithüftiger Mulattinnen, Strassen ins unermessliche Innere, den blauen Bergketten zu, die wie Rauch am Ende der Welt sich erheben. Grassteppen, Viehherden, tausendköpfige Scharen brüllender Rinder. Urwald, stehende Flüsse, giftgrün, voll Schlamm und Fieberdunst, Geschrei der Affen, Fussspuren der gutherzigen Indios.

Und die Pflanzungen! Er würde Zuckerrohr und Kakao pflanzen, Maiskolben, süsse Kartoffeln, Matetee und Grapefruits. Die Bäume würden sich biegen, die Zweige krachen, die Früchte leuchten unter dunklem Laub. Maschinen würde er kaufen, mächtige garbenbindende, grasstreuende, bodenaufwühlende Maschinen. Und dann: weiter, den Bergen zu. Kordilleren hiessen sie, Lamas gingen wiegend auf gefährlichen Wegen, die Indios sassen im Bergwind, kauten giftige Blätter und träumten. Rauschähnlich verlief das Leben in der hohen dünnen Luft; auf Hochebenen grub man nach alten Indianerstädten und wohnte in den prunkvollen Palästen spanischer Vizekönige.

Acht Jahre hatte Francis dort verbracht. Kam zurück; neue Seiten des Passbuches füllten sich mit Daten, Stempeln, Quittungen. Er war heimgekehrt, Europa empfing ihn, aber er kam nicht enttäuscht, nicht besiegt. Geld hatte er nun, und ein Abenteuer hinter sich. Er fasste keinen Entschluss, wollte nur leben, ein Jahr lang, und es sich wohl sein lassen. Dann etwas Neues … Europa erwartet mich. So trieb er sich umher: einen Monat am Lago Maggiore, golfspielend. Zwei Monate in Paris. In Berlin traf er Carl Eduard, hellblond, in Zivil. Er hatte den Dienst quittiert. Kein Grund lag vor, er war ein guter Offizier gewesen, ordentlich, ohne besondere Vorzüge.

„Du hast mir wenig geschrieben, Carl Eduard."

„Fast nie. Es gab nichts zu berichten."

„Du bist aus der Armee ausgetreten."

„Ist nicht von Bedeutung."

Früher hatte er einiges berichtet, Kinderbrief: dass er bei der Gräfin Vidal zu Gast sei, er und vier Kameraden. Forscher Ton, nette, guterzogene Mädchen alter Schule. Vorkrieg. Francis hatte den Brief kaum gelesen. Sieh da, Carl Eduard im Backfischalter, flirtet in Sommernächten. Ist avanciert, braucht nicht mehr in der Kaserne zu wohnen. Ein gutes Pferd hat er gekauft, das Reiten macht ihm Freude. Gut, die Briefe wurden beiseite gelegt, eine Zeitlang aufgehoben, dann wanderten sie in den Papierkorb. Und jetzt: zivil, ohne Beruf, lebte sparsam, allein. Vielleicht auch gut: Er war weich, zart, mit künstlerischen Neigungen belastet. Nicht geeignet für eine militärische Laufbahn.

Dann trennten sie sich, Francis fuhr – wohin? Schweiz, Dolomiten und wieder Deutschland. Golf, Tennis. Fuhr nach Hause, aber da war nichts mehr ohne seine Mutter, und der Verwalter konnte das Gut auch nicht retten. Kein Geld, kein Geld. Jetzt also galt es, etwas zu unternehmen, bevor das Geld aus Südamerika zu Ende war. Es galt, vor

Ablauf des Termins – aber wem galt *er* etwas? Und er hatte auch seinen Stolz, machte sich weiss Gott nicht lächerlich vor den Leuten, reiste einfach ab. Der Winter begann, er kam nach Alptal. Wochenlang allein mit Friedrich und ein paar Studenten, die einen Spezialkurs mitmachten. Das war alles ganz glatt, äusserlich, unerheblich, ein vorläufiger Ausweg. Das berührte ihn in keiner Weise. Jeden Tag konnte er umkehren, packen, im kleinen Schlitten zur Station fahren; in wenigen Stunden erreichte der Express Zürich, München, Wien – in einer Nacht Berlin. Brausen der Grossstädte; immer waren es zuletzt die Bahnhöfe, an die man sich erinnerte, der Zeitungsstand, ein überheiztes Restaurant mit unaufhörlich schlagenden Türen, eine Telefonzelle. Grosse Halle, eisige Zugluft von den Bahnsteigen, kurze Traumblicke auf die weite, draussen vorbeiführende, helle, lebendige, menschenreiche, autohupende, asphaltdampfende Strasse. Brandung der ankommenden Züge, Nervosität der Uhrzeiger über sinnlos hohen Hallen-Eingängen. Plakate. Ein Blumenstand, aber wem ein Geschenk mitbringen? Der blasse Junge vom fahrenden Buffet empfahl ihm, ein Reisefläschchen Cognac in den Schlafwagen mitzunehmen. „Sie schlafen besser", versicherte er, und nachher zerbrach die Flasche im Handkoffer, alle Gegenstände behielten grosse, dunkle, klebrige Flecken, und das Abteil roch widerlich nach Alkohol wie in rauchigen Nachtlokalen, abgestanden, schal, fuselig. Das war am Anhalter Bahnhof; viel trostloser war der Stettiner, dort kaufte Francis billige Romane, fror, war schlecht gelaunt. Übel war ihm in Mailand, aber die Faschisten hatten einen prächtigen Bahnhof gebaut, einen Palast, eine Stadt aus grauem Sandstein. (War es Sandstein?

Oder eher Marmor, nationaler Marmor?) Kleine Grenzbahnhöfe, wo man morgens um vier Uhr frierend, müde und nüchtern ausstieg, Geld am Schalter wechselte und im Restaurant Kaffee trank und frischen Gugelhupf ass. Die Mädchen kamen gerade aus dem Bett, hatten weiche, schlafwarme Gesichter, servierten still, eifrig. Heizten den eisernen Ofen an, setzten sich hinter die Theke. Man sass am Tisch, ass, bezahlte. Draussen stand rauchend der Zug. Versuchung, hier zu bleiben, nicht mehr einzusteigen. Jeden Morgen bei den Mädchen frühstücken, den Zug abfahren sehen, dann spazieren; hinter der Station, wo das feuchte, nachtschwere Land begann, die Dämmerung, Rot am Himmel, auch Vögel auf den Feldern.

Der Bahnhof von Alptal war keine Versuchung, er lag anderthalb Stunden entfernt im Tal, man vernahm keine Pfiffe, die Erde wurde nicht erschüttert von der stampfenden Maschine, keine Rauchfahne wurde sichtbar. Francis vergass ihn allmählich.

Dafür lernte er Ski laufen und feierte Weihnachten mit Friedrich und den Skilehrern. Ein gutes Leben war das, die Wochen flogen nur so vorüber. Früher hatte er Jahre verschwendet mit harter Arbeit. Jetzt zählte er die Wochen nicht. Der Winter würde nicht aufhören, das Geld nicht alle werden. (Nicht zählen.) „Sie sollten Ihr Skilehrerexamen machen“, sagte Friedrich. „Irgendwann“, versprach er.

Jetzt war also der Pass abgelaufen. Ob er ihn einfach einschicken konnte, nach Innsbruck zum Beispiel? Oder an den Ausstellungsort Berlin? Auf keinen Fall hinunterreisen. Früher hätte er es jeden Augenblick für möglich gehalten, aber das hatte sich geändert. Er wollte sich von unten nicht beunruhigen lassen, und mit Behörden hatte er nichts zu tun, gar nichts.

Nach Weihnachten trafen scharenweise Gäste ein. Die Sonne kam jeden Tag früher, taute die Hänge auf, gewann an Kraft. Francis schob das Skilehrerexamen hinaus. Er hätte nach Innsbruck fahren müssen. Das allein hielt ihn davon ab: nicht fort, nicht hinunter. Er machte sich keine Gedanken darüber. Und auch sonst blieb zum Nachdenken wenig Zeit. Aufstehen, müde werden, in der Alpenrose sitzen, den leichten roten Wein aus kleinen Gläsern trinken. Über den Schnee sprechen, über Technik, Abfahrten. Den Wein spüren, tüchtig essen, schlafen. So hielt es der kleine Heuser, so Friedrich, der Leiter der Schule, so alle anderen und auch er. Manchmal drängte es ihn aufzubrechen, nur um des Aufbruchs willen. Oder er dachte: Wenn eine Frau heraufkäme. Wenn Carl Eduard käme. Vergass es wieder.

Es änderte sich, als er in den Schwarzsee-Hof übersiedelte, wo man nachmittags Bridge spielte und abends den Smoking anzog. Neueingetroffene Bekannte überredeten ihn dazu.

Er trennte sich von Friedrich und den anderen Lehrern. Sie hatten mehr zu tun, waren den ganzen Tag am Übungshang oder auf Touren. Francis kehrte zur Einsamkeit zurück, trainierte jetzt auch allein. Die Bekannten reisten ab, andere kamen, es war ihm gleichgültig, und endlich: Adrienne Vidal. Manchmal ging er am Abend in die Alpenrose, trank, nicht sehr viel, aber auf dem Heimweg fühlte er sich berauscht. Er wusste alles, durchschaute alle. Keine Schwierigkeiten lagen vor ihm, ein mondheller Weg, die Welt ein weisses Hochtal, sein Leben eine Passhöhe zwischen wüsten

Gipfeln, er würde hinüberschreiten, vielleicht fallen, denn es ging ja tief, tief hinunter, und die Ströme Europas rauschten zu seinen Füssen. Wieder nüchtern, fürchtete er das „tief hinunter“, wagte sich nicht einmal in das nächste Dorf, wo es eine Kirche gab, einen Polizeiposten, ein Käseblatt. Denn man wusste nicht genau, was „unten“ war: Europa – was aber war Europa? Geh und such es, jeder hat sein Europa, seinen Anspruch auf Heimatgefühl und Verbundenheit, seine besondere Liebe auch. Was liebte er? Worauf seine Ansprüche richten? Da hatte er schon wieder zu weit gedacht. Ski laufen, sich anstrengen, müde werden. Wusste ja nicht einmal Bescheid, ersehnte nur nebelhaft etwas, was vielleicht schon lange inexistent war. Er nahm sich vor, Spengler zu lesen. Aber die Zeit war anders, er ahnte: Man würde alles von selbst lernen, am eigenen Leibe erfahren. Und dann – wer weiss, vielleicht hatte er wirklich nichts mehr damit zu tun. Man sagt, ein Mann, der sein ganzes Leben bei den Indios zubringe, habe schliesslich die gleichen Träume wie sie, kaue Giftblätter, werde ihrem Aberglauben zugänglich, ihren Visionen. Seine Seele verändere sich, er werde ihr Bruder und sterbe mit ihren Schmerzen, ihrer Tier-Angst und Gutherzigkeit. Seine Kinder hätten Indianeraugen. Francis war viele Jahre dort gewesen, zwar kein Leben lang, und wollte nicht drüben Kinder zeugen und nicht drüben sterben – aber vielleicht war es doch genug gewesen, das Leben teilt sich mit den Erdteilen …

Eines Tages war Andreas Wirz als Skilehrer in den Schwarzsee-Hof gekommen. Man hatte Bedenken, ihn anzustellen. Der Skiverband empfahl ihn nicht, hatte ihn zum

Austritt veranlasst. Zwei Winter hungerte er sich durch, man hasste ihn. Er war Innsbrucker, breitschultrig, engstirnig, mit gebeugtem Bauernschritt und schönem Kraushaar. Er gefiel besonders den Frauen, Männern war er verdächtig. Er log, berauschte sich an seinen Erzählungen über Abenteuer im Gebirge, an den Grenzen oben im Schnee und Fels, die kein Landjäger so genau kannte; immer waren seine Berichte glaubhaft und doch eine Spur zu gefährlich, um so leichtherzig preisgegeben zu werden. Er trank und wurde streitsüchtig, wenn er betrunken war. Im Schwarzsee-Hof hielt er sich gut, ging mit steifen Schultern und etwas verzerrtem Lächeln umher, war von krampfhaft heiterer Höflichkeit und misstrauisch gegen alle, die man als seine „Standesgenossen“ hätte bezeichnen können. Er schämte sich seiner Herkunft, hasste die „Vornehmen“ und dachte Tag und Nacht daran, zu werden wie sie. Mit dem Hausburschen Matthisch befreundete er sich, aber nicht öffentlich; nur abends, ausserdienstlich, trieb es ihn, den Jungen aufzusuchen, sich ihm anzubiedern und sentimental von der Vergangenheit zu reden, wo er als kleiner, armer Ziegenhirt … In Wahrheit hatte er in Innsbruck das Kollegium besucht, sein Vater war Handwerker, und nur seine fürchterliche Ungezogenheit hatte ihm eine angenehme Laufbahn und den Weg zum sogenannt Höheren versperrt. Sein Vater warf ihn aus dem Haus, als er sechzehn war, damals gehörte Ski fahren schon zu seinen Passionen, er lief mit einem Schulkameraden zusammen, und als er es – nach dem ersten Rennen – auch mit diesem verdorben hatte, begleitete er einen älteren Herrn, dem er gefiel, einen Winter lang durch die eleganten Kurorte und wurde gratis zum vorzüglichen

Sportsmann ausgebildet. Er hätte den Menschen ausnützen, Jahre so weiterleben können, aber er mochte ihn nicht, ja er hasste seinen „Wohltäter", verliess ihn, suchte neue Abenteuer. Sein Hass wuchs, grossmäulig und niederträchtig verspielte er alle Chancen, verdarb es mit jedermann, machte Schiebungen und Schmugglergeschäfte, war berüchtigt an der italienischen Grenze, liess sich aber nie fangen. So erwarb er sich den Ruf eines gefährlichen, unzuverlässigen und verdächtigen Subjekts, und der haftete noch immer an ihm, als er sich nach einigen Jahren wieder dem Skilehrer-Beruf zuwandte. Er sonderte sich von seinen Kollegen ab, die vom offiziellen Skiverband zugeteilten Stellen waren ihm verschlossen, darum versuchte er, sich durch reiche Privatschüler den verschütteten Aufstieg noch zu erzwingen.

Natürlich wussten die Gäste des Schwarzsee-Hofs nichts über Wirz, nur Francis erfuhr seine Geschichte von Friedrich, aber er wollte Wirz nicht schaden, also schwieg er, vergass die Sache wieder, und in mancher Weise gefiel ihm Wirz. Er hatte ein Schicksal, kein ruhmvolles, auch kein leichtes, aber wenigstens sah man ihm an: Der war gebeugt unter einer Last, der haftete, wurde nicht willkürlich getrieben, sondern nach dunklem Gesetz; man brauchte nur ihm nachzugehen, nicht nach Europa und den Strömen zu seinen Füssen zu suchen. Francis selbst hatte kein Gewicht, keine Sorge, nichts zu versäumen. Das war entsetzlich! Lebte er denn unter einer Glasglocke? Der Glocke der hohen, dünnen, schallreinen Luft, der Schnee- und Eiswände, des entrückten Himmels? Tagelang las er keine Zeitung. Niemand tat es hier oben. Wenn die Tage hell waren, brachte man sie draussen zu, kostete es aus, mit dampfendem Leib, liess

Schnee auf den heissen, nackten Armen schmelzen, war blind von der Fülle und Stärke des Lichts, war müde, dumpfselig, sah mittags die Scharen der Bergdohlen sich erheben und, von ihren Schatten auf der gleissenden Schneefläche verfolgt, Bauch an Bauch lautlos vorüberfliegen. Oder die Sonne drang einen Tag nicht durch, man nahm es zur Kenntnis, ging kaum aus, sass den ganzen Nachmittag in der verrauchten Gaststube, erwartete den Abend. Oder: Sturm – eine Art von Herausforderung aufzusteigen, die Kräfte zu erproben, durchzuhalten, zwischen Frieren und Hitze, am ganzen Körper nass und mit erstarrten Gliedern die Abfahrt durch den Nebel zu wagen, es sich etwas kosten zu lassen, einen hohen Einsatz, und zu gewinnen. So gehorchte man der Natur, vielen war es selbstverständlich, Francis erlernte es und glaubte bald an die einfachen Möglichkeiten, die das Dasein ihm bot. Unten rauschte es, wühlte es, bekämpften sich die entfesselten menschlichen Mächte. Hier war ein anderer Bereich, der Mensch wurde aufgenommen, hielt sich still, schlief und erwachte, und wusste manchmal: Ich glaube an die starke Gnade. Gewiss, auch hier war man sich im Weg, erfand Kränkungen, hasste sich. Wirz hasste Francis, verriet sich lange nicht, erzählte es nur dem Matthisch: Der da ist mein Feind, der feine Mensch. Francis aber wusste, ich bin hier ein Fremder, selbst wenn ich Skilehrer bei Friedrich werde und mich dazu bekenne, dann ist es eben ein Überlaufen, Flucht, Angst vor der Tiefe. Manchmal beruhigte ihn seine Einsamkeit, wie ein Schmerz, den man erkannt und gebilligt hat. Auflehnung gegen ihn ist schlimmer, als sich ihm zu überlassen. Francis wählte das letztere.

Jetzt konnte er Ski laufen, neue Aufgaben lockten ihn. Auf dem Seebühel beispielsweise, von wo man den Kamm der Gamsfluh überblicken konnte, ergriff ihn die Lust, mit Wirz von der Nordseite her aufzusteigen. Lieber mit Wirz als mit jedem anderen, warum, wusste er selbst nicht. Oft war es unten windstill, oben dagegen, am gezackten Kamm, sah man weisse Staubwolken unablässig in die dünne Bläue steigen und wieder zusammensinken, bald künstlich wie von Schaufeln emporgeworfen, bald wie Rauchwolken über die Kante schleichend. Wenige Spuren führten über die breite Ostseite hinab. Der Nordhang war nur Fels und bläuliches Eis. Heuser war im Sommer oben gewesen; Wirz behauptete, es müsste auch im Winter möglich sein. Aber Wirz log. Man müsste durch das Val Torn aufsteigen. Durch dieses Tal gingen auch die Schmuggler. Oben verlief die Grenze, durch Schnee und Unwegsamkeit. Irgendwo, hinter einem Felsen in der Sonne, sass ein Mann in braunen Sammethosen, ein leeres Traggestell neben sich. Er kaute, spuckte braunen Saft aus. Vom Val Torn stieg einer zu demselben Felsen hinauf, schwer beladen. Meistens verstand er nur Deutsch, der Mann in der Sonne nur Italienisch. Sie trafen sich, sassen nebeneinander in der Sonne. Nach einer Weile trennten sie sich. Weiter unten steckten im Schnee ihre Skier. Die beiden Männer fuhren in verschiedene Richtungen los. Mit leerem Traggestell durchjagte der eine das Val Torn. Der andere, schwer beladen, begab sich nach Italien. (Solche Dinge erzählte Wirz, aber zum Aufstieg über die Nordseite der Gamsfluh liess er sich nicht bewegen.)

Abends, in der rasch einsetzenden Dämmerung, kam Francis von seinen wütenden Anstiegen, den immer rascheren, blinden, krampfhaft gesteigerten Abfahrten ins Hotel zurück, mit glühendem Gesicht, schnellem Puls, die Adern auf den Händen angeschwollen. Vom Leben hier oben war es das Beste: sich müde fühlen, die Brust vom heftigen, tiefen, ziehenden Atem ermattet, in den Gliedern lässige Entschlusslosigkeit, das Gehirn ganz leicht, frei, taumelig. Dünneres Blut schien durch die Adern zu fliessen. Die Gedanken, allerdings, gingen dann ihren eigenen Weg, unkontrollierbar, als wären sie berauscht. Sprechen wäre angenehm gewesen, aber zu gefährlich: Wohin mit den sonderbaren Phantasien, mit den herrenlosen Hunden auf allen Strassen seiner Erinnerungen? Sie zurückhalten? Er verzichtete, kritisierte sich nicht mehr. Was Empfindung war, was reiner Gedanke, was gerechtfertigt, was verwerflich und woher es kam – grosse Gleichgültigkeit des Einsamen. Bald werde ich eitel werden, dachte er, und mir etwas darauf einbilden. Als Sonderling im Ameisenhaufen sitzen, mit dem Lächeln des Weisen und dem Herzen des enttäuschten Liebenden. Gleichgültig – wem immer seine Liebe galt. Gleichgültig. Schalheit auf den Lippen, Whiskydurst, Durst auch des überanstrengten, erschöpften Körpers.

Wirz, eines Morgens im Skiraum, schlug Francis vor, einen gemeinsamen Trainingslauf zu machen. Sie zogen Sweater an, liefen los, ohne Felle. Die Sonne schien. Sie schwitzten nach einer halben Stunde, liefen vornübergebeugt, mit weichen Knien. Wirz blieb zurück. Francis stieg weiter empor, Feuer vor den Augen. Nach zehn Minuten überholte ihn Wirz. Bei einer Sennhütte machten sie verabredungsgemäss halt. Sie keuchten beide, waren nass bis auf die Haut. „Sie sind stärker“, sagte Francis, nach Atem ringend. Wirz konnte nicht reden, sein Herz flatterte. Nach einer halben Stunde fuhren sie hinunter, mit vielen Stürzen. Ihre Beine hielten nicht mehr stand. Wirz erzählte Adrienne Vidal davon. „Ich habe ihn leicht abgehängt", prahlte er. Francis sagte: „Er ist stärker." Adriennes Blick blieb am breiten, gebräunten Nacken von Wirz haften.

Francis fuhr fort, seinem Körper Unmässiges zuzumuten. Nächstes Jahr fahre ich Rennen, dachte er, und dann nahm jenes nebelhafte Wort „Zukunft" für einen Augenblick Gestalt an, teilte sich in Jahre, Monate, deren Ablauf greifbar vor ihm lag, und da, nach zehn Monaten, war wieder das verschneite Hochtal da, wieder Nebel auf dem Rund des Schwarzsees, wieder einsame Talfahrt, Rauch über den Häusern, schleifende Schritte in der Gaststube der Alpenrose, wieder Friedrich in Hemdsärmeln, Geruch von Pfeifenrauch in den Kleidern, wieder der gelbe Sonnenkegel, durchdringend, und die Fülle des Lichts auf den gewellten Abhängen. Und dazwischen? Frühling, Sommer, Herbst – Städte, Freunde, Ungewissheit. Gleichgültig, er hatte schon Schlimmeres hinter sich. Jahre verloren. Beinahe hätte er Karriere gemacht, eine Gelegenheit hatte sich geboten, ein Abenteuer. Geld kam auf ihn zu (er sah es: rollende, geprägte Silberstücke) – dazu Heimweh, Heimweh, Heimsuchungen von unmännlichen Schwächezuständen, knabenhaft (wie alt war ich, einundzwanzig, als ich wegging –), und dann der Erfolg und die schreckliche innere Niederlage: Das alles war „drüben" gewesen, in Südamerika, jenseits des Ozeans, den weisse Dampfer brausend durchschnitten, um eine spärlich-trügerische Verbindung herzustellen. Ach, höchst trügerisch und unbrauchbar, stellte Francis grübelnd fest, denn das Leben teilte sich mit den Erdteilen, auf deren grasbewachsenen Flächen es sich abspielte, und der Mensch war nicht das Wesen, solche Teilungen zu ertragen, er litt, seine Seele litt, ein Stück von ihr blieb haften, mochte er sich noch so rasch aus dem Staub machen, sich noch so unabhängig aufspielen. Man konnte es einen Tribut nennen; die Erde verlangte ihn von der Seele, die sie einmal beherbergt hatte, und da kehrte man nun zurück, kehrte zurück, war jemand, hatte Geld in der Tasche und Erfahrungen hinter sich – Francis griff sich an den Hals, ihm war unbehaglich zumute. Geld, Erfahrungen – und dies sollte genügen? Genügte es, nur die Anfechtungen zu besiegen? Und die Abenteuerlust, die schlecht verhehlte Freude und Gier, mit der sein Herz jeder Gefahr offenstand?

Denn hier gab es zu wenig Gefahren, zu wenig männliche Herausforderungen, und doch, auch eine Heimkehr war es nicht, es war Wüste und Verbannung wie an irgendeinem Ort in der Welt – nur ohne den Trost jener Tätigkeiten, die sonst im Leben eines Mannes einander jagen und ablösen. Irrtum, die Flucht vor der südamerikanischen Hazienda, vor den Herden und endlosen Grasflächen, den armen, mutigen Genossen, den betenden Indios, die wie die Teufel ritten und stumpf vor ihren Hütten sassen, vor den dicklippigen Mulatten, den Auswanderern, dem derben Gesindel, den Viehdieben und opfermutigen Hirten …

Flucht war das, und verfehlt, ein schrecklicher Irrtum: Man kann nicht zurückkehren, nicht wiedergewinnen, nicht aussöhnen. Meine Mutter ist tot, ich kann nichts dafür. Unser Gut geht zugrunde, Carl Eduard, ich kann nichts dafür. Wenn ich hiergeblieben wäre, vielleicht – aber ich bin nicht hiergeblieben. Erinnerst du dich an unsere Mutter, Carl Eduard? Erinnerst du dich an deine erste Liebe? Ich weiss nichts mehr, nur noch ihren Namen, aber was fange ich mit ihrem Namen an? Als ich sechzehn war, habe ich zum erstenmal mit einer Frau – eine anständige Frau, Carl Eduard, und so zärtlich. Aber ich schämte mich, es dir zu erzählen. Stolz war ich nicht, keine Spur. Jetzt weiss ich nur noch ihren Namen. Ich hatte sie doch lieb.

Was werde ich jetzt beginnen? Die Zeit läuft, nimmt mich mit. Über das Meer könnte ich zurück – vielleicht könnte man – aber, lieber Himmel, das nicht. Nicht von vorne anfangen. Trägt uns alle, die Zeit, aber ich werde kein Geld mehr haben, ich weiss, dass ich hier keines verdienen kann, es ist zum Lachen, drüben wurde ich reich, aber nichts gelernt, nichts gelernt –

Ein Russe hat mir vorgeschlagen, mit ihm Bilder aus Spanien zu schmuggeln. Alle zwei Jahre ein Bild. Die Grecos lägen auf der Strasse herum. Auto mit doppeltem Boden, und wir würden fürstlich leben, Fürst Tschirbanoff, in der Schweiz, in Österreich, ganz gleich, überall, wo es Schnee und schöne Frauen gibt.

So viele Möglichkeiten: Friedrich sagt, dass ich Skilehrer werden könnte. Natürlich könnte ich das, so viele Möglichkeiten, man muss nur das Leben genug lieben. Schliesslich verstehe ich etwas von Viehzucht, könnte Geld damit verdienen, wer weiss. Es ist viel ehrenhafter als Bilderschmuggel. Und schliesslich, was liegt mir an Ihren Grecos, Tschirbanoff; Gesindel sind sie alle zusammen, die Kunsthändler ... Und er dachte an all die soliden Existenzen, seine Klassenkameraden, viele hatten studiert, er war ungebildet geblieben, viele bei der Reichswehr. Einer war Arzt geworden, schön, der war Arzt und hatte etwas erreicht – andere, solide Existenzen, erkauft um welchen Preis, Gott bewahre mich davor.

Manchmal wurde ihm eng und heiss von der wüsten Flut seiner Überlegungen. Schrecklich fruchtlos war das alles, wälzte sich vorwärts, riss Steine und Wurzeln vom Ufer mit, schwemmte alles weg, welcher Mündung zu? Was will ich, was will ich? stammelte er hilflos oder bitter und ausser sich, gegen taube Nachthimmel. Alles zu hoch für ihn, er hatte nichts gelernt, hielt manchmal die Welt für verrückt, manchmal sich. Manchmal war er nur fassungslos traurig. War das die Absicht gewesen, die ganze Absicht, als seine Mutter ...? Geliebt hatte sie ihn. Und alle Mütter sind stolz auf ihre Söhne, glauben, laut oder geheim, dass ihnen etwas Besonderes zuteil werden müsse, auch ein besonderer Schutzengel zur Seite stehe. Meiner hat sich verirrt, dachte Francis, böse lachend. Ski laufen blieb das einzige Mittel gegen alle Anfechtungen.

3

Eines Nachts, es war schon zwölf Uhr vorbei, klopfte der Skilehrer Wirz an das Fenster der Portiersloge und rief Matthisch heraus. Er war im Smoking, wirkte darin sonderbar verkleidet, die vorgebeugten Schultern schienen die Rückennähte der Jacke sprengen zu wollen. Wirz hatte mit Adrienne Vidal und Klaus zu Abend gegessen. Nachher Bridge gespielt, die Gräfin und er gegen Francis und Klaus. Vor Jahren, als Siebzehnjähriger, hatte er bei jenem älteren Herrn Bridge gelernt, seither selten gespielt. Er verstand das Spiel nicht recht: reizte entweder gar nicht oder viel zu hoch. Adrienne spielte gut, mit besessenem Eifer. Klaus gab sich Mühe. Er langweilte sich, liess sich jedoch nichts anmerken. Francis machte einen unbeteiligten Eindruck, aber auch er spielte gut; mit Klaus zusammen gewann er, mit Unterbrechungen allerdings.

Adrienne und Wirz hätten am Schluss eine Menge zu zahlen gehabt, doch strich man ihnen die Schulden, Klaus wurde zu Bett geschickt. Man trank Whisky. Geschickt und jäh riss Wirz das Gespräch an sich. Francis diskutierte mit ihm darüber, ob es einen Schweizer Stil gebe. „Es gibt keinen", behauptete Wirz. „Sie haben alles von uns gelernt. Ausserdem können sie nicht fahren." Francis bestritt es. Wartete mit Namen, mit Siegen auf. Wirz wurde zornig, als ginge es um seine Ehre.

Schliesslich schaltete sich Adrienne ein. „Wir werden nächstes Jahr in die Schweiz fahren", sagte sie zu Wirz. „Ich nehme Sie als Privatlehrer mit, und wir werden alle Rennen gewinnen."

Wirz senkte den Kopf, schoss einen triumphierenden Blick zu Francis hinüber, ging leidenschaftlich auf ihren Plan ein. „Sie werden es erleben“, sagte er, mühsam beherrscht. „Dort drüben werden Sie ganz gross herauskommen. Niemand, der Sie schlägt.“

„Nini Zogg“, sagte Francis dazwischen.

Adrienne lachte. „Er gönnt es mir nicht“, sagte sie.

„Er wird es erleben“, grollte Wirz. Er leerte sein Whiskyglas, war immer noch durstig. Seine Chancen stiegen. Schweiz, dachte er, teure Bergbahnen, Corviglia, Parsenn, Scheidegg – erinnerte sich an seinen grossen Winter, mit viel Geld, schweren Fünffrankenstücken in der Tasche –, langsames Aufsteigen der Bahn, aus dem schattigen Tunnel der Station in die Sonne, Geblendetsein von den weissen Hängen, oben, hoch oben Flimmern des Schnees gegen den dunkelblauen Himmel, der Waggon voll Menschen, Rükken an Rücken standen sie, hielten sich fest, warfen sich lachende Blicke zu, redeten, fröhlich, belanglos, auf deutsch, englisch, spanisch, französisch – die schönen Französinnen mit hellbraun gepuderten Gesichtern, sorgfältig nachgezogenen dünnen, hochgewölbten Augenbrauen, die Engländerinnen hochbeinig, mit geradem Rücken, den Hals ein wenig vorgereckt, die kastanienbraunen oder fahlblonden Haare halblang, in regelmässigen Wellen onduliert (alle sahen gleich aus, hatten trockene Lippen und Pferdegebisse, dunkelblaue, korrekte Skianzüge).

Oben hockte er in der Sonne, mit angezogenen Beinen, und sah durch die violette Brille den schwarzen Himmel an, die leichten, beruhigenden Gebirge, und tief unten das zierliche Modell des Ortes, mit Hotels und langen Balkonen, Eisplätzen, mattblau, mit winzigen schwarzen Figuren, die sich in Kreisen und grossen Bogen bewegten, und Musik wurde heraufgetragen, fröhliche Märsche, manchmal laut, dann plötzlich verweht, und oben nur noch unbeschwerte Stille, Wärme, tierisches Dasitzen, Mittag ... In der Hotelhalle erwartete ihn zum Tee der alte Herr, bestellte ihm Schokolade, heissen Toast, fragte nichts, nicht nach den Fünffrankenstücken, gab ihm neue. Wirz lehnte sich im Sessel zurück, winkte dem Kellner, verlangte einen zweiten Whisky.

Francis fragte Adrienne Vidal: „Sie auch?", und sagte zum wartenden Kellner: „Also noch drei im Ganzen."

„Drei Whisky Soda", wiederholte der.

Macht sieben Schilling fünfzig, überlegte Wirz, eine Kurskarte für sechs Tage kostete bei Friedrich dreissig Schilling, eine Fahrt mit der Corvigliabahn fünf Franken, macht ungefähr acht Schilling. Eine Privatstunde – wie viele Privatstunden muss ich geben, um einmal mit der Corviglia-, einmal mit der Parsenn-, einmal mit der Scheideggbahn? Aber ich werde nichts bezahlen, kein einziges Billett, die Gräfin wird mich einladen, aus dem dunklen Tunnel in die Sonne, abends Palacebar, und die englischen Jungen der Bobmannschaften, weisse Sweater mit grossen aufgenähten Clubzeichen, und die Spanier, kleine Kerle, mager, dunkelbraun, mit blitzenden Augen. Er sah sich an der Bar lehnen, lässig plaudern, sah ihre beschäftigten braunen Hände, die dünnen Finger, die mit elfenbeinernen Würfeln und chinesischen Nüssen spielten, Lederbecher schüttelten, Gläser mit Orangensaft und hellen, leichten Getränken umfassten; junge Mixer bedienten sie, stützten sich auf die Ellbogen, lehnten sich vor, blondhaarig. Er, Wirz, sass in der Ecke, trank Whisky, jemand bezahlte für ihn, er trank, soviel er wollte, und die jungen Mixer plauderten mit ihm, die Engländer in weissen Sweatern, die dunkelhäutigen Spanier –

„Sie kennen die Schweiz?" fragte Francis und riss ihn aus seinen Träumen. Wirz zählte die Orte auf, jetzt waren die Namen wieder lebendig, nicht mehr Märchen und Wunschtraum. Eines Tages würde man im Schnellzug sitzen, der Gräfin gegenüber, in Zeitungen blätternd, ab und zu einen Blick auf die vorüberfliegende Landschaft –

„Und Sie waren gern da?" fragte Francis weiter.

Wirz raffte sich auf, fing an zu reden, ganz Eifer, ganz für Adriennes Pläne entflammt (die sie noch kaum gefasst hatte), spiegelte ihr etwas vor, überzeugte sie, sprach warm und zugleich bescheiden das „wir" aus: Wir werden dies und jenes unternehmen, wir werden den Leuten beweisen, wir werden ganz leicht ... Francis hörte kaum mehr zu. Wirz rauchte die ganze Zeit, nahm hastig tiefe Züge zwischen den Sätzen, presste die Zigarette zwischen den dicken braunen Fingern. Adrienne sagte: „Ich war sechs Monate in Davos ..." – und Wirz wandte vieles gegen Davos ein, vieles sprach auch dafür (er sah sie gespannt an) –, aber besser war Arosa, noch besser natürlich die Scheidegg, das hiess Ski laufen, das hiess grossartige Landschaft. Adrienne, noch bei Davos, sagte: „Man hält mehr aus, als man annehmen würde", und er verstand nicht gleich, aber Francis wandte ihr den Blick zu, sie sah ihn an, eine ganze Weile. Aufgeregt, fast zitternd beobachtete dies Wirz, fuhr mit einer neuen Bemerkung dazwischen, in seinem Innern tobte ein Vulkan:

„Schweiz, da kennt dich keiner, da hat der Skiverband nicht dreinzureden, sogar als Amateurläufer kann ich mich melden, wer fragt denn darnach?“ Am liebsten hätte er der Gräfin ein schriftliches Versprechen abgerungen, denn sie musste ihn retten, sie musste ihm dazu verhelfen –

Plötzlich fiel seine Erregung zusammen. Er fühlte sich erschöpft, seine Gedanken waren verworren, das Reden bereitete ihm Mühe. „Zuerst müssen wir das Abfahrtsrennen bestehen“, sagte er langsam. Und warf sich wütend vor: sie auch noch darauf aufmerksam machen, ihr sagen: Wenn du gewinnst, ist der Wirz ein guter Lehrer, wenn du versagst, ist er schuld, und dann wird nichts aus der Schweiz – ihr das noch sagen, aber wie, und sie bitten: Übereilen Sie sich nicht, der Wirz ist unzuverlässig, er spiegelt Ihnen etwas vor, um einen Vorteil aus Ihnen zu ziehen – im Grunde glaubt er selbst nicht daran, dass Sie eine gute Läuferin werden, Sie sind ja viel zu schwach, Ehrgeiz hilft da nichts, Sie sollten lieber Liegekur machen –

Adrienne sagte, halb zu Francis gewendet: „Wir werden ja sehen. Aber das Gewinnen ist nicht so wichtig.“ (Man sah ihr an, gerade das Gewinnen war ihr wichtig.)

Francis antwortete: „Die Schnelligkeit ist das wichtigste.“

„Was haben Sie davon, wenn es Sie am ersten Hindernis überschlägt?“ fragte Wirz.

„Nicht so“, erklärte Francis, „ich meine vielmehr: das Gefühl, dass der Mensch ohne Hilfe einer Maschine oder meinetwegen ohne Reittier auf seinen eigenen Füssen solche Schnelligkeiten erreicht ...“

Adrienne pflichtete bei, auch Wirz nickte. Der feine

Mensch meint, man könne das erklären, schimpfte er für sich. Was heisst „Schnelligkeit“, „auf seinen eigenen Füssen“ – wer sich das überlegt, ist schon zu alt geworden, und er erinnerte sich, Rot vor den Augen, an seine ersten, wilden, verzweifelten und trunkenen Abfahrten als Schüler in Innsbruck – davon natürlich ahnten die feinen Menschen nichts! Dann war es zwölf Uhr. Adrienne erhob sich, verabschiedete sich von Wirz. War es der Smoking, das Abendkleid, die Gegenwart von Francis: Sie sagte ihm gute Nacht wie einem Fremden, wie die Dame ihrem Skilehrer, hatte das Gesicht starr und hochmütig erhoben –

Wirz ging missmutig davon. Draussen, vor der Portiersloge, fiel ihm ein, Matthisch zu wecken. Der hatte abends Dienst, musste in der Portiersloge sitzen und warten, bis die letzten Gäste aus dem Ort das Hotel verliessen, dann die Tür zuschliessen. Gewöhnlich schlief er auf der schmalen Bank neben den Postfächern ein, er musste ja früh aufstehen wegen der Heizung und war den ganzen Tag auf den Beinen. Wirz hatte Matthisch seit ein paar Tagen kaum gesehen, tagsüber waren sie beide zu beschäftigt, und abends, wenn er im Schwarzsee-Hof zum Essen eingeladen war, konnte er nicht gut den Hausburschen aufsuchen und sich mit ihm unterhalten. Das hatte Matthisch begriffen und sich sehr zurückhaltend gezeigt. Jetzt tat es Wirz leid, dass er den Buben so vernachlässigt hatte. Wie wurde er denn von seiner Gönnerin behandelt, wie stand er mit Francis von Ruthern, und sogar mit Klaus, dem zwölfjährigen Grafenbüblein? Er musste sich immerfort anstrengen, sich ihnen anpassen, auf ihre Worte und Meinungen lauern – hier im Schwarzsee-Hof war er der Unterlegene, und sie gaben sich nicht einmal

Mühe, es zu verbergen. Drüben, in der Alpenrose, war es leichter, weil Adrienne sich gehen liess, ihren Hochmut vergass. Wirz redete sich ein, sie habe eine Schwäche für ihn; um ihm zu gefallen, sprach sie dann laut und herausfordernd, schlug sich aufs Knie, legte ihm die Hand auf die Schulter – ihm zuliebe machte sie kleine, kalte, höhnische Bemerkungen über jene kleine Dame Esther von M. (nie nannte Adrienne sie bei ihrem ganzen, von ihrem reichen Mann erworbenen jüdisch-neuadligen Namen), die Wirz als Skilehrer abgewiesen, den jungen Matter an seiner Stelle für tägliche Privatstunden engagiert hatte – ja, ihm zuliebe war Adrienne feindlich gegen alle feinen, zarten, albernen Frauen, die sich sportlicher gebärdeten, als ihnen zumute war, und die Skilehrer bewunderten wie Filmstars und Stierkämpfer.

Aber manchmal wünschte sich Wirz, Adrienne selbst wäre ein wenig gefügiger, ein wenig demütiger, kindlicher, und gleiche jener blonden und bildschönen Esther, statt ihn einmal so derb-kameradschaftlich zu behandeln, dann wieder so unnachahmlich stolz und kühl wie heute abend.

Und der Ärger übermannte ihn wieder. Musste er sich das bieten lassen? Smoking und Bridge und die stille Überlegenheit des Herrn von Ruthern, und Schweiss und Anstrengung und demütige Liebedienerei? Er fühlte sich allein und verraten. Immer hatte man ihn allein gelassen, immer mit Fremden, immer hatte man ihn als Aussenstehenden behandelt; wo waren die Leute, zu denen er wirklich gehörte? Ein Bruder, ein Kamerad, kurz einer, mit dem man Berge bestieg, Gemsen jagte und abends seinen Wein trank, ohne sich zu genieren, die Beine von sich zu strecken? Rührung beschlich ihn, als er an Matthisch dachte. Der hatte ihn gern, kritisierte ihn nicht, war anhänglich, dankbar. Wirz klopfte leise an die Scheibe, drückte dann die Türklinke nieder und trat in den halbdunklen Raum.

Matthisch schlief. Er lag, den Kopf seitlich zur Schulter geneigt, auf der schmalen Bank, eine Hand hing herab, die andere, zur Faust geballt, ruhte auf dem mageren, ein wenig angezogenen Knie. Die Schreibtischlampe brannte, Matthisch hatte sie weggerückt. Sie verbreitete ihr gelbes Licht über ein paar Zeitungen und Briefschaften, die auf der Tischplatte liegengeblieben waren. Behutsam fasste Wirz Matthisch an der Schulter, beugte sich zu ihm, sagte: „Matthisch", schüttelte ihn ein wenig und wiederholte: „Matthisch, wir wollen ins Dorf gehen." Der Bub öffnete die Augen. Vielleicht hatte er geträumt, sein Blick war leer, als erkenne er nichts von seiner Umgebung, auch Wirz nicht, der ihn beinahe ängstlich anstarrte. Schlaftrunken murmelte er: „Jawohl, ich komme", ohne sich zu rühren.

„Wenn du zu müde bist", sagte Wirz sanft, „kannst du auch weiterschlafen."

„Nein, nein", sagte Matthisch, ein wenig ermuntert, „es sind ja noch Gäste da."

„Längst alle weg", sagte Wirz. „Es ist halb eins."

„Alle weg", wiederholte Matthisch, sah dem Wirz lebhaft ins Gesicht und fragte: „Du nicht? Wie war es denn mit der Gräfin? Was hat sie zu dir gesagt?"

Wirz lachte befriedigt. „Na also", sagte er, „bist doch wach geworden. Die Gräfin ist mit ihrem Herrn von Ruthern schlafen gegangen, oder allein, mich geht's ja nichts an."

„Sie hat dich wohl geärgert?"

„Langweilig war's bei den feinen Leuten", Wirz gähnte bei der Erinnerung, „weisst, das ist nichts für uns, verdirbt einem bloss die Laune." Er hätte gern etwas Freundlicheres gesagt, etwa: „Die sind kalt, kalte Hundeschnauzen gehen mich nichts an, aber du, Matthisch, das ist was anderes, könntest mein Bruder sein, fein verstehen wir uns, du und ich." Aber er brachte es nicht über die Lippen. Mit Frauen konnte man umspringen, wie man wollte, je unverblümter, desto lieber war es ihnen. Man musste sie jede Erregung, jeden Wunsch spüren lassen, ihnen auf den Leib rücken – aber unter Männern herrschte Zurückhaltung, man schämte sich, seine Gefühle zu zeigen, ein Bub wie der Matthisch, siebzehnjährig, offenherzig, konnte leicht verstört werden, wenn man ihm allzu freundlich begegnete.

Matthisch war inzwischen aufgestanden, hatte sich gestreckt und die Jacke zugeknöpft. „Also gehen wir", sagte er jetzt, „aber was machen wir mit dem Schlüssel?"

„Du musst die Haustür offen lassen."

„Das darf ich nicht ."

„Aber wenn noch ein Gast nach Hause kommt …"

Matthisch steckte schweigend den Schlüssel ein. Sie verliessen das Haus, gingen hintereinander her, der Schnee knirschte unter ihren Schuhen. Es war kalt und sonderbar hell. Das Tal schien in der nächtlichen Beleuchtung breiter, die Abhänge flacher: In grossen weissen Wellen führten sie zu den Gipfeln, die in greisenhafter Ruhe thronten und breiten Sätteln zwischen sich Raum liessen für die Wanderer, die hinüberwollten, für die Gemsen und Schneehasen, den Wind und den aufsteigenden Mond. Im Dorf war es still. Eine Laterne brannte vor der Kapelle, eine andere vor dem Gasthof zum Kreuz. Dort waren alle Fenster dunkel. Matthisch und Wirz gingen zur Alpenrose, wo man Musik vernahm, Handorgel und Klavier, und dazu den schleifenden Tritt der Tanzenden.

Sie traten ein, konnten im dichten Rauch nichts erkennen als ein wogendes Auf und Ab und Kreisen um das erhöhte Podium der Kapelle. Ein kleiner Tisch an der Wand war frei, Wirz und Matthisch drängten sich an den Tanzpaaren vorbei, Gesichter streiften sie, heiss und rot, sie vernahmen Lachen und Zurufe, und Atem schlug ihnen entgegen, Wolken von Pfeifenrauch und bitterem Bier. Sie sassen endlich an ihrem Tischchen und bestellten Rotwein. Wirz trank schnell und hastig, Matthisch zögernd. Es war ein Uhr, viele Leute waren dabei aufzubrechen, aber aus den anderen Gasthöfen kamen die letzten Vergnügungssüchtigen, hatten schon allerlei getrunken, sangen zur Musik, lachten schallend, tranken Bier aus überfliessenden Gläsern. Drüben, am Tisch der Skilehrer, sass Friedrich, stiess schwarze Wolken aus seiner Pfeife und sprach mit einem Engländer mit grossem Kopf, rot gebräuntem Gesicht und weissblonden Augenbrauen.

Gläsern starrte Wirz hinüber. Er vertrug nichts, war rasch betrunken. Jetzt sass er da, hatte drei oder vier Gläser Wein hinuntergeschüttet, überliess sich dumpf seinen Lieblingsgedanken. Sein Gesicht war gelb und fleckig, aber er fühlte sich angenehm, Hass und Hader mit der Umwelt erwärmten ihn. Da sass Friedrich, sein Feind, und liess sich's wohl sein. Da sass Matthisch und war dumm und verstand nichts. Da trieben die Mädchen wie im Karussell um das Podium, und die Männer drehten sich schwitzend um sich selbst, schwindlig konnte einem davon werden. Da war der reiche Engländer und liess sich von Friedrich etwas vorerzählen und das Geld aus den Taschen locken. Da verlief alles, wie es musste, weil die Leute dumm waren und sich nicht wehrten. Er, Wirz, würde sich wehren. Er würde es ihnen beweisen und heimzahlen.

„Matthisch", sagte er, „vom Friedrich brauchst du dir nichts sagen zu lassen, der kann auch nicht mehr als ich."

Matthisch sagte ängstlich: „Nein, der kann nicht mehr als du ..." und sah Wirz von der Seite an.

„Warum schaust du mich an?" sagte Wirz. „Vor mir braucht sich keiner zu fürchten."

Matthisch sah auf sein Glas, nippte daran und murmelte beschwichtigend: „Wer sagt denn so was."

Wirz starrte ununterbrochen, wie von einem Magneten angezogen, zu seinem pfeifenrauchenden Widersacher hinüber. Er dachte „Widersacher", fühlte Hass und meinte: „Einer, der Karriere gemacht hat, dazu ohne Ehrgeiz, der Erfolg lief ihm nach, und auch die Mädchen, ein Idol machten sie aus dem hässlichen Mann, fotografierten ihn auf der Strasse. Jawohl, wie der Friedrich muss man es machen", bemerkte Wirz höhnisch, „dann bringt man es zu etwas." Und Matthisch nickte wieder, im unklaren darüber, wie der Friedrich es wohl gemacht haben könnte. Eines nur stand fest, Wirz irrte sich: dem Friedrich etwas Böses zuzutrauen, brachte Matthisch nicht fertig. Dennoch zweifelte er nicht an Wirz, hielt ihn bloss für einen unheimlichen Menschen, mit dem das Schicksal ungerecht verfuhr. Konnte man es Wirz verdenken, dass er von Hass und Misstrauen erfüllt war? Nicht nur unheimlich war er, sondern auch unglücklich, Matthischs Herz brannte vor Mitleid – und dass Wirz ihm seine Freundschaft zuteil werden liess, ehrte und bedrängte ihn gleicherweise.

Wirz wurde plötzlich gesprächig. Den Blick auf Friedrich geheftet, begann er rasch, sehr leise, fast unverständlich zu erzählen, schimpfte – auf Esther von M. und Adrienne Vidal und die Frauen im allgemeinen, auf den Direktor des Schwarzsee-Hofs, auf den Skiverband, auf Innsbruck, auf die schlechten Zeiten. Er rief Matthisch zum Richter auf, klagte an, wehleidig und zornig. Ach, ihm ging es schlecht, wie eine unglückliche Liebe zehrten der Ehrgeiz, die Geldnot, der Verlust seiner Berufsehre an ihm. Matthisch wurde es bang beim Zuhören. Wirz sprach leise, unterbrach sich fortwährend durch Ausrufe wie: „Das muss doch jeder einsehen“ oder „Ist das gerecht, sag selbst: Kann man so was zulassen?“ Und Matthisch nickte oder schüttelte den Kopf, wurde klein auf seinem Stuhl, trank vor Kummer und Verlegenheit eilig sein Glas leer und gleich noch ein zweites. Wirz sagte eifrig: „Das ist gut, Bürschchen, trink nur ordentlich“ und bestellte beim Kellner grossmütig noch einen Liter Rotwein. Der brachte ihn, sagte: „Das lohnt sich, eine solche Freinacht“, da merkten sie erst, dass es schon zwei Uhr war und das Lokal schon lange hätte schliessen müssen. Nun tranken sie erst richtig, prosteten sich zu, Matthisch gab den Widerstand auf, fühlte sich schwindlig und konnte zu guter Letzt nichts mehr erkennen als graues Auf- und Niederwogen und neben sich das fleckige, gerötete Gesicht von Wirz. Viel später sah Wirz Francis und Esther von M. unter den Tanzenden, ergriff Matthischs

Arm und stiess schnell hintereinander eine Reihe von Beleidigungen hervor. Den hasst er wirklich, dachte Matthisch, warum bloss – und antwortete matt: „Was hast du denn gegen ihn?“ Aber Wirz, vorgelehnt, murmelte nur: „Verwünscht, verwünscht“, lachte dann kurz und legte seine Hand schwer auf Matthischs Schulter.

Gleich darauf gab es Streit. Ein Tänzer strauchelte über den Fuss eines anderen, blieb stehen und beschimpfte ihn laut. Der gab ordentlich zurück, der Tanz stockte, und schon war Wirz aufgestanden, ging schwankend auf die Leute zu und sagte: „Schweine seid ihr!“ Im gleichen Augenblick gab ihm einer der streitenden Burschen eine Ohrfeige, Wirz stürzte vorwärts, wollte ihm an die Gurgel, zehn Fäuste packten ihn, drängten ihn zur Tür, er schrie tobsüchtig sein „Verwünscht“, da hatten sie ihn schon hinausgestossen, die Tür fiel knallend zu. Matthisch drängte kreidebleich an den Leuten vorbei, ihm war übel, vom Wein und vor Schrecken auch. Draussen fand er Wirz, den die kalte Nachtluft ernüchtert hatte. Er ging taumelnd heimwärts, Matthisch holte ihn ein und ging neben ihm, wortlos und verstört. Auch Wirz sagte nichts. So gingen sie bis zum Nebenhaus, wo Wirz wohnte, und blieben vor der Tür stehen. Wirz suchte seinen Schlüssel. Endlich sagte Matthisch: „Hast du dir nicht weh getan, Andreas?“ Wirz antwortete nicht. Er hatte den Schlüssel gefunden, steckte ihn ins Schloss und öffnete. Dann machte er Licht, drehte sich um und sagte mit heiserer und klangloser Stimme: „Gute Nacht.“ Sein Gesicht war verdüstert von Scham und Kummer. Matthisch streckte ihm die Hand hin und machte einen Schritt auf ihn zu. Auf der Schwelle trafen sie sich. Wirz packte den

Buben an den Schultern, presste ihn einen Augenblick an die Brust, liess ihn aber gleich wieder los und lehnte sich an die Wand, den Kopf gesenkt. Matthisch, verstört, heiss und ratlos, murmelte ungeschickt: „Gute Nacht."

4

Nie hatte sich Francis leidenschaftlich verliebt, sich mit Herz und Nervenkraft beteiligt. Sonst ziellos, grossmütig, der Verschwendung zugeneigt, ging er mit seinen Gefühlen sparsam um, sonderte sie streng von dem „eigentlichen" Leben ab, dem fortschreitenden, männlichen, welches zu Berauschungen führte und über sie hinweg zu Zielen grossartiger Ausmasse – so wie Berge und Meer zu überwinden waren und dahinter die fruchtbaren Ebenen lagen, wie man in den heissen Tropennächten Silberlöwen jagte, aber am Tag zu den friedlichen tausendstirnigen Herden zurückkehrte. Dies alles schien ihm die Einsätze wert, aber nicht das blosse Gefühl (so bezeichnete er Liebe), nicht der Überschwang, nicht, sich an einen Menschen, gar an eine Frau zu verlieren. Er liess niemanden zurück, als er Europa verliess; drüben aber waren die schönen blutjungen Indianermädchen mit Tieraugen und sanft lächelnd, am schönsten, anmutigsten, mit Klugheit und raschem Verstehen begabt jene Mischlinge aus Indianer- und Kreolenblut, denen er in den Hafenstädten begegnete: Sie waren meistens in der Stadt geboren, wuchsen da auf, in hässlichen neuen Häusern, wo unten die Matrosen und Arbeiter ein- und ausgingen, die Türen der Kneipen Tag und Nacht offenstanden, kreischendes Grammophon und melancholische Gesänge durcheinanderklangen. Oder sie wohnten am Rande der Stadt, wo die Strassen zu grundlosen Feldwegen wurden, die runden, fensterlosen Hütten standen, Matten auf dem Fussboden, wo Vorhänge aus Perlenschnüren vor der Tür hingen. Dahinter lebten sie, kauerten am Boden, kleine Tiere. Trieben sich mit Negern, Mulatten in allen Färbungen herum, quälten Katzen zu Tode, verfolgten die mageren Hunde mit Steinwürfen. Manchmal liefen sie, wenn sie grösser waren, ihren Eltern davon, verbargen sich am Hafen, wuschen Geschirr in Kneipen, bettelten. Oder eine strenge Mutter schickte sie zur Schule, dort lernten sie: zuerst beten, dann lesen. Vieles vernahmen sie – dass es Europa gab und in Europa die Stadt Paris, den Kaiser Napoleon, einen Ort Friedrichshafen, wo der Zeppelin herkam, den Heiligen Vater im goldenen Palast in Roma sancta. New York war die grösste Stadt der Welt, viereckig, mit tausend geraden Strassen, die keinen Namen hatten, nur eine Zahl. Dort gab es keinen Schnaps, keine Chinesen, aber die Neger gingen auf Negeruniversitäten und wurden Doktoren, und ihre Stadt hiess Harlem. Fräcke trugen sie, spielten und sangen in riesigen Theatern; viele waren beinahe weiss und glätteten ihr Haar mit feiner Pomade. Daraus lernten die Mädchen, dass es gut war, weiss zu sein, viel zu lernen und vor allem: nach Europa zu reisen. Das war denn auch ihr Ehrgeiz; sie verkauften sich an junge weisse, feine Herren, die Französisch und Englisch sprachen und ihnen Kaugummi schenkten: Handelsreisende, Verkäufer, Versicherungsagenten. Sie versprachen ihnen Europa, aber bald merkten die Mädchen, dass die Matrosen mehr zu erzählen wussten und besser waren, obwohl sie sich oft betranken. Viele Mädchen wurden zu berufsmässigen Huren, sassen in ihren Häusern, warteten auf die Ankunft der grossen Schiffe. Europa wurde ein ferner Traum. Wenige, besonders hübsche, wurden vielleicht nach New York verschleppt als Revuegirls, aber das war auch alles, und kaum eine fand den Weg zur

Negeruniversität oder nach Paris auf die schmalen Bänke der Sorbonne, wo seit Jahrhunderten junge Europäer gesessen hatten. Ihre Namen fanden sich eingeschnitzt auf den glatten, speckig glänzenden Schreibpulten; die Negerinnen entzifferten sie, wissbegierig …

Die meisten Mädchen blieben in der Stadt, wo sie geboren waren; man fand sie abends in den Lokalen, in kurzen paillettenbesetzten Abendkleidern, unter dem falschen Glanz schimmerte die hellbraune Haut ihrer kleinen festen Brüste. Francis lernte die eine oder andere kennen, sie gefielen ihm, waren klug, anmutig, verstanden es, still und aufmerksam zuzuhören und im rechten Moment zärtlich zu sein. Wer Kummer hatte – und viele der jungen Eingewanderten hatten Kummer, Heimweh und Geldsorgen –, der wurde von den dunkelhäutigen Kindern getröstet, sie waren freimütig, kannten viele Geheimnisse. Wenn man ihrer müde war, verschwanden sie in ihren runden Hütten, wo die alten Neger berauscht schliefen, oder in den dunklen, zerfallenden Häusern am Hafen. Niemand forschte ihnen nach, es gab ja Mädchen genug, und sie glichen sich wie Schwestern. Im Innern, in den verlorenen kleinen Barackenstädten, konnten sie nicht lesen, nur beten, und wussten auch nichts von Europa.

Wo blieb Europa? Wo der Gutshof, wo Carl Eduard in Leutnantsuniform? Wo blieben die alten Stimmen? Niemand kannte sie, und der Wind wehte sie weg. Immer einsamer wurde Francis, die Jahre, schien ihm, waren zu Jahrzehnten geworden; er, alterslos, lebte unter fremden Gefährten, die ihn nicht verstanden; die Frauen waren wie Pflanzen, blühten auf, hatten Kinder, säugten sie, schritten über die Felder und von Hütte zu Hütte, sich zulachend (nicht ihm). So allein lebte er, dass es ihm Bestimmung schien, sein Herz schlug für ihn allein, er sprach manchmal allein in seinem Zimmer; manchmal schwieg er tagelang und richtete kaum das Wort an die jungen Arbeiter, die ihm scheu auswichen. Dann wieder erinnerte er sich: Das sind Menschen, deine Gefährten – und öffnete den Mund. Trokken und durstig war er, ganz ungeübt. Die ersten Jahre scheute er sich, Mädchen zu küssen, weil sie „farbig" waren. Aber später tat er es leicht, er gewöhnte sich an sie wie an zahme Tiere, ein junges Pferd mit weichem Fell, einen anhänglichen Hund, eine schöne, grosse Hauskatze mit falbem Fell und gelben Augen ... O Ruf aus rauher Kehle, o nächtliches Seufzen, Spüren: Ich lebe, mit dem Wind, der ausgedörrten oder regenüberströmten Erde, mit Bäumen, die wachsen und gefällt und weggetragen werden, ich liebe, die Sterne wandern über mir, der Wind kommt vom Meer her, jagt Wolken, trägt Blütenstaub, Vogelscharen, Rauch der grossen Schiffe, ich lebe, die Erde lebt und ist fruchtbar, und ich sterbe, und der Wind geht über mich hinweg.

Aber statt dessen kam er zurück, bereit und begierig, und ganz ohne Anspruch ausser: wie alle zu sein, mit ihnen zu arbeiten, zu lieben wie sie, in ihren Häusern zu wohnen, Geschäfte zu betreiben, zu heiraten und alt zu werden.

Ein Jahr lang so gelebt, fast demütig vor Bereitwilligkeit, und dann zurückgestossen werden und abermals ohne Boden unter den Füssen. Er dachte gar nicht darüber nach, armer Francis, und reden, sich erleichtern auf diese Weise hatte er verlernt. Hier oben war es auch mit den Frauen nichts; sie kamen und gingen, er sah sie nicht einmal.

Adrienne Vidal hatte er als Knabe gekannt, später hatte sie sich mit Carl Eduard befreundet, ihn zu sich eingeladen, mit anderen jungen Offizieren. Francis hatte manchmal an sie gedacht: ein schönes, grosses junges Mädchen, ein wenig herrschsüchtig, abweisend, vernarrt in ihre Pferde, im Abendkleid so auffallend, dass alle Menschen sich nach ihr umdrehten. Nie war sie krank, nie brauchte sie einen Rat, nie liess sie es zu, dass sich jemand um sie kümmerte und sich in ihre Angelegenheiten mischte. Sie heiratete und erzwang die Scheidung, erzog ihren Sohn, lebte, wie sie wollte.

Francis war einmal in sie verliebt gewesen, als Zwanzigjähriger, sie war damals auch zwanzig, vielleicht ein Jahr jünger oder älter, viel älter sah sie aus, vielmehr: Man konnte nicht sagen, wie alt sie war, jung wie ein Junge, alt wie eine Frau, die einen Mann geliebt hat und ihn nicht mehr liebt, aber das Kind ist da und bleibt und wächst in ihr, zuerst in ihrem Leib, dann in ihrem Herzen, ergreift langsam Besitz von ihr, das Leben lässt nicht mit sich spassen. Jetzt sah Adrienne nicht älter aus als damals, aber sie war ihm fremd geworden, denn was hatte der zwanzigjährige Europaflüchtling, der kleine Abenteurer von damals, mit dem Heimgekehrten zu tun? Jetzt war er Skiläufer und ganz allein. Damals hatte er sich überhaupt nicht gefürchtet, jede Gelegenheit schien ihm recht, um anzupacken, sich zu versuchen, Gott zu versuchen und seinen Stern zu vergewaltigen. Jetzt scheute er sich davor. An seinen Stern glaubte er nicht mehr, und sein Schutzengel hatte sich verirrt. Da stand er, allein, genau so preisgegeben wie drüben, wo die Ebenen unter dem Licht der Gestirne lagen, und er jagte den Silberlöwen und wusste: Die Sterne wandern aneinander vorbei, gewaltige Abläufe vollziehen sich über mir, aber ich bin: winziger Zufall, wurde geboren und sterbe zufällig, vielleicht hier, vielleicht diese Nacht, und nichts wird dadurch anders, alles vollzieht sich weiter, geht aneinander vorbei, gleitet, gleitet, ich, Zufall, werde den Silberlöwen schiessen, die braven Indios werden ihn triumphierend nach Hause tragen und mich für einen grossen Jäger halten …

Ja, preisgegeben war er hier wie dort, auch heimatlos, nur empfand man es nicht überall gleich. Neun Jahre waren vergangen, Klaus Vidal war ein grosser, hübscher Junge geworden, er aber kam vom Meer zurück wie ein seefahrender Matrose, bang: Ist alles noch da? Werden sie mich wiedererkennen? Ich sie? Hat alles überdauert? Gibt es noch die Stadt und die Strasse und das Haus an der Strasse, den Garten davor, das Beet, die frische Erde, den Strauch, den Baum? Kann man noch in die Baumrinde schneiden?

Da erweist es sich: Man kann es nicht mehr, das Messer ist stumpf geworden. Man kann noch nach Hause auf das Gut fahren, ein Billett verlangen, das kann man noch, die Stationen zählen, dann aussteigen, und der Weg führt noch durch das Dorf, über den Gutshof undsoweiter (Gänsegeschnatter, der Schneepflug vor der Scheune, offene Tür des Pferdestalls), aber: Die Mutter ist gestorben. Furchtbar ist das, man soll nicht daran denken. Es ist auch schon lange her, und man hat ja kein Heimweh, man hat ja kein Heimweh …

Der Matrose besinnt sich: Wen habe ich gekannt, und ob sie mich wiedererkennen? Die blonden Mädchen in Hamburg und die zu Hause in den Fischerdörfern sind treu und haben gewartet. Aber Francis ist ja kein Matrose. Auch ein

Mädchen hat er nicht. Die Frauen, die er kannte, die ihm gefielen: Er kann sie aufsuchen, sie haben Kinder bekommen, die Kinder sind in ihren Herzen gewachsen, das lässt sich nicht mehr ausreissen, die Jahre lassen sich nicht ausreissen, und der Heimgekehrte nickt dem Abenteurer im Spiegel zu: Das Messer haben wir noch, aber es erweist sich, dass es stumpf geworden ist, und was sollen wir dann mit dem Messer? Was soll ich mit dir, Zwanzigjähriger?

Adrienne Vidal hatte nicht nur einen Sohn, sie war auch krank gewesen. Krankheiten sind grosse, leere Gefilde zwischen zwei Strömen, brachliegend, verbrannt, unter verdunkelten Sternen. Aber für den, der sie erträgt, wimmeln sie von Leben, allerlei Getier bevölkert sie, seltsame Gewächse schiessen auf, ja an manchen Stellen öffnet sich der Boden, und man blickt hinab in die fetten, fruchtbaren Schichten und in die gelben, trockenen, zu den Metalladern, gleissenden Schlangen, und bis dort, wo das Gestein flüssig wird und die Hitze tödlich. Oben, auf der schwarzen Ebene, bilden sich aus tausend winzigen Gewässern klare Rinnsale, aus ihnen nährt sich das neue Dasein, an dem niemand teilhat.

Ja, er hatte nicht mehr teil an Adrienne. Wollte es nicht einmal, so wie er nicht mehr zu den rauschenden Flüssen zurückwollte, zu den Eisenbahnlinien, den Grossstädten. Und fragte sich nachdenklich: An was habe ich noch teil? Wer an mir? Zog sich immer mehr zurück: unsicher, denn vielleicht war er ein Verräter. An was? Gab es noch so etwas wie eine gemeinsame Sache? Strömten die Flüsse aus einem gemeinsamen Welt-Herzen? Gab es Leute, die ihn, Francis, brüderlich willkommen geheissen hätten? Hatte er etwas versäumt?

Das war am Abend. Am Morgen traf er Friedrich beim Aufstieg, an der Spitze einer Anfängerklasse. Sah zu, wie sie Stemmbogen übten, Gewicht nach aussen, und Friedrich sie korrigierte. Stieg allein weiter, zum Schwarzsee oder auf die Ochsenalm, Schweiss auf der Stirn, der Schnee wurde gegen Mittag weich, die Skier sanken ein, klebten ein wenig. Oben sass er in einer windgeschützten Mulde, vom blauen Himmel geblendet, schläfrig. Bis zum Abend war es lang. Hiess das: leben? Und was war der Unterschied zu dem, was andere Männer leben nannten: Stadt, Strasse, Strassenbahn, Parkplatz, Geschäftshaus, Restaurant, Heim und Kinder, Unterschriften, Sitzungen, Besprechungen, Zeitungen, Bankkurse, Tagesneuigkeiten, Rasieren beim Friseur, Whisky und Bridge im Club, neun Uhr, ein Uhr, acht Uhr, Weekend im Paradies, Montag beginnt es wieder –

Was war der Unterschied? Vielleicht das Geld, das sie verdienten? Vielleicht die Frau? Wenn man mir heute eine Stellung mit 350 Mark im Monat anbietet, packe ich meinen Koffer und fahre weg. Adieu Tag ohne Tageszeiten, adieu Friedrich, Schwarzsee, Ochsenalm. Dann fahre ich weg, lasse Matthisch und Klaus zurück, und den Tee mit Esther von M., obwohl sie ein schönes Mädchen ist, und meine neuen Skier mit Stahlkanten, und die braven kleinen Schlittenpferde. Unten gibt es Autos und Nebel und einen kalten Fluss, der rasch durch die neblige Stadt fliesst, statt Sonne und einen zugefrorenen Dorfbach.

Also, das hier oben zählt nicht? Ist nicht leben, sondern warten, Interimszeit? Und ich halte es aus, wochen-, monatelang! Er fühlte gleich: Das stand in dunklem Zusammenhang mit Adrienne Vidal. Kein Missverständnis (er lachte sich aus), er blieb nicht ihretwegen, war nicht verliebt in sie. Vielmehr hielten sie sich gegenseitig fest, lauerten aufeinander, auf etwas Gemeinsames, wussten aber nicht, worin es sich verbarg. Früher war das so einfach: gleicher Kreis, seit Jahrhunderten in der gleichen Provinz ansässig, Gutsbesitzer – man hätte heiraten können. Aber das galt nicht mehr, nicht die Jahre hatten es aufgehoben, auch kein Gesetz: Der Ozean, dachte Francis, schon besessen von diesem Wort. Adrienne dachte an ihren Sohn, und manchmal an die sechs Monate, ausgestreckt auf ihrem Bett in Davos, die weissen Berge vor ihrem Blick, und das fürchterliche Preisgegebensein an den schwachen Körper.

Sie fürchtete sich davor, wieder krank zu werden. Noch hatte sie Glück gehabt, noch durfte sie leben, aber als Gefangene: Die Städte hielt sie nicht aus, die Ebene nicht, den Nebel nicht. Um Klaus bei sich zu haben, nahm sie ihn wochenlang aus der Schule. Aber das war ein erschlichenes Geschenk, denn er lebte nicht mit ihr, er besuchte sie nur. Nachher gehörte er wieder den Lehrern, den Freunden. Vielleicht würde sie im Frühjahr ein paar Monate hinunterreisen, in Berlin leben, Klaus jeden Tag sehen. Oh, sie würde ihn an sich fesseln, lieben, lieben würde sie ihn. Drei, vier Monate lang, dann Sommerferien, fünf Wochen im Gebirge, keine Stunde von ihm getrennt. Aber sie gestand sich ein, dass es künstliche Mittel waren, und zuletzt doch vergebliche. Immer wenn sie Klaus wiedersah, war er grösser geworden. Jedesmal zweifelte sie mehr daran, ob er ihr gehörte. Sie hatte ihn geboren, jetzt wurde ein Mann aus ihm. Gehörte er ihr? Sie sah ihn den Weg über die Erde antreten, Städte öffneten sich ihm, und Häuser in der Stadt, Landstrassen,

Eisenbahnstrecken, Flugplätze warteten auf ihn, Flüsse und das Meer, und die Schiffe auf dem Meer, alles trug ihn, führte ihn von ihr weg – was für ein Wahnsinn, dagegen zu kämpfen!

Und doch glich er ihr, und seinem ungeliebten Vater. Ja, und doch war er ihr Sohn! Dies also, dachte sie, war Einsamkeit, dies galt es zu ertragen, wissentlich und ohne Auflehnung. Man hatte sie ein wenig beiseite gedrängt, beinahe hätte sie sich als Zuschauerin fühlen können, so wie jede Frau, deren Sohn heranwächst, aber sie lebte ja, und lebte leidenschaftlich gern: Alles in ihrer jetzigen Umgebung erhöhte ihre Daseinslust, Ski laufen war so gut wie reiten, oder beinahe so gut, und jetzt wusste sie schon, dass „Berge“ mehr sind als eine schöne und heroische Landschaft, dass sie Kräfte ausströmen, Kräfte im Menschen freisetzen, und ihn ganz nahe an die ursprünglichen Quellen führen. Wie in Frühzeiten der Menschheit lebte man, den Winden, den Dämmerungen, dem Sonnenauf- und -untergang benachbart, aber weit weg von den unsicheren Richtern über Gut und Böse, tauglich und untauglich, nützlich und schädlich.

Darum mochte sie Wirz: Dieser Mann war im Gebirge aufgewachsen, man merkte es ihm an, er war kein guter Mensch, aber stark, eigensinnig, egoistisch. Er hatte gekämpft, wie ihr schien, mit überirdischen Mächten. Sicher hatte er viel auf dem Gewissen, er war gewalttätig, er log. Aber was kümmerte einen solchen Menschen sein Gewissen? Nicht nur bäurisch und männlich war er, sondern manchmal greisen- und gnomenhaft, als sei er an den Löchern des Berges gekauert und habe die aufsteigenden giftigen Dämpfe eingeatmet. Und dann: Ihm war es gelungen, sie ehrgeizig zu machen. Die Anstrengung belebte sie, schuf Erregungen neuer Art. Nein, sie war nicht krank. Sie würde täglich gesünder werden, sie lief mit Männern, hart auf hart, liess sich hart anfassen. Sie war glücklich.

Als Francis kam, freute sie sich zuerst, dann stellte sie mit Verwunderung fest: Der ist ja fremd, geht mich nichts an. Trägt Züge aus dem fernen Leben, als ich mit Pferden über Kieswege fuhr und Klaus noch nicht kannte. Wer war ich damals? Und dieser hier, wer war er? Ein Freund, ein Gutsnachbar? Trägt die Züge von – nun sah sie es: von Carl Eduard. Sie gleichen sich, wie eben zwei sehr verschiedene Brüder sich gleichen: die gleiche Haltung, der gleiche schnelle Blick, rasch wieder erloschen und träumend, die gleiche etwas belegte Stimme. Sie waren beide gut erzogen. Beide liessen beim Rauchen die Zigarette im Mundwinkel hängen wie einen störenden Gegenstand, den sie vergessen hatten und dann plötzlich erleichtert herausnahmen, dabei die Lippen öffneten und die Luft durch den Mund einzogen.

Ja, sie sahen sich ähnlich, und dafür konnten sie nichts. Jetzt musste sie Francis belauern, sein Gesicht durchforschen, sich unendliche Fragen stellen: Was ist aus Carl Eduard geworden? Mein armer Freund in der Leutnantsuniform, der die Nächte durchwachte, verstört, entfremdet, nirgends zugehörig. Seine Kameraden hatten ihn gern, ich hatte ihn gern. Als er einmal krank war, rief er im Fieber nach seiner Mutter. Wahrhaftig, er hatte Heimweh wie ein Seekadett, und er konnte wie ein Kind weinen. Doch war er kein schlechter Soldat (Adrienne bestand darauf) – er ritt besser als alle anderen, weil er etwas von Pferden verstand.

Von Frauen verstand er nichts. Das Leben war schwer für ihn. Er brauchte das: Zwang und Tagesordnung und Befehl, und er konnte es beinahe nicht ertragen. Dann quittierte er den Dienst und versuchte es allein. Ob Francis etwas davon wusste? Wahrscheinlich hat er sich nie um den Kleinen gekümmert. Trieb sich in Südamerika herum, und der Kleine hauste in einer Mietswohnung, fürchtete sich vor dem Aufwachen, vor dem leeren Tag, vor dem Aufstehen und Rasieren und Frühstücken. Vor den Ausgaben. Manchmal blieb er in seinem Zimmer, ass nicht, nur um nicht auf die Strasse gehen zu müssen. Ach, kleiner Carl Eduard – er verriet es niemandem, sicher seinem Bruder am wenigsten. Und einen Augenblick lang hasste Adrienne Francis, glaubte fest: Der Jüngere hat den Älteren geliebt, wie seine Mutter, wie das Gut zu Hause, so weich war er, aber niemand hat sich um ihn gekümmert.

Einmal, abends in der Halle, sprach sie Francis an und fragte ihn nach Carl Eduard. Er sagte, dass er lange keine Nachricht von ihm bekommen habe. Sie fragte, wie nebenbei: „Warum hat er eigentlich den Dienst quittiert?“ Francis zog die Schultern hoch. „Es lag ihm wohl nicht“, sagte er, wie ihr schien, gleichgültig. Er wusste wohl nicht, wie sehr sie und Carl Eduard befreundet gewesen waren. Einen Sommer lang. Ihr hatte er sogar das Geheimnis seines „schweren Lebens“ verraten. Auch dass er Heimweh hatte. Auch dass er von Frauen wenig verstand. Liebe war das nicht, aber Freundschaft. Carl Eduard war ein wenig wie Klaus: schmalgesichtig, blass, verletzlich. Allzu wach, hellhörig, dann wieder in fruchtlosen Träumen gefangen. Zugänglich für alle Schmerzen. Diese Menschen liessen sich nicht belügen (das helle, kluge, misstrauische Gesicht von Klaus, wenn sie ihm nicht antworten konnte), ihre Einsichten waren Einsichten der Nerven fast mehr als des Gehirns, und immer fürchtete man, dass die ganze Ungerechtigkeit der Welt auf ihre schmalen und schuldlosen Schultern geladen würde.

Aufs neue fragte sich Adrienne: Weiss dieser Mensch etwas davon? Oder ist er mir fremd? Und fing an, sich nach Carl Eduard zu sehnen. Davon wusste Francis nichts. Aber seine und Adriennes Gedanken kreisten umeinander, hatten einen gemeinsamen Pol; Befangenheit, Abwehr und Beunruhigung nahmen zu.

5

Wirz bewohnt im Nebenhaus eine enge Stube, schlecht geheiztes Loch unter Dachbalken, kaum gross genug für das Bett und ein winziges Fenster nach Norden. Wenn er sich aufrichtet, stösst er mit dem Kopf gegen die schräge weisse Decke, wenn er auf und ab geht, ist das Zimmer ein Käfig, lang genug für zwei Schritte. Da sitzt er auf dem Bettrand und liest. Er hat die Skischuhe ausgezogen und neben das Bett gestellt. Der Schnee schmilzt, tropft auf das Stückchen grünen abgescheuerten Filzteppich. Wirz liest den Sportteil des Fremdenblatts. 12. Februar, steht da, erstes Abfahrtsrennen, Slalom, Kombinationslauf für Einheimische, für Gäste, Bestimmungen des ... 15. Februar bis 18. Februar, Kitzbühel, Innsbruck, Sprunglauf, Meldungen bis ... Telegramm aus St. Moritz, Erste wurde ... Beste Zeit des Tages ... Der Norweger Birger Ruud erreicht einen Rekord ... Parsenn-Derby. Mürren, Kandahar, die Finnen trainieren, die Norweger, Kanadier, Schweizer, Japaner, der junge Österreicher aus der bekannten Läuferfamilie ... der junge, berühmte Österreicher aus der bekannten Läuferfamilie ... Der junge, berühmte Österreicher ... Andreas Wirz. Nein, ein anderer ... Andreas reisst sich zusammen, liest nochmals den Namen des jungen Läufers, lässt die Zeitung sinken ... Nein, das ist kein fremder Name, dieser Junge war sein Schulfreund, jetzt steht er in der Zeitung, ist berühmt, jung und berühmt.

In Innsbruck trugen sie die Skier auf der Schulter den Berg hinauf, das ist dort so Sitte, oben schnallten sie sie an, sahen die Stadt unter sich liegen, die Stadtkirche, die Türme ganz schief im blauen Himmel, den Platz, die Annasäule, schlank, von steinernen Figuren umstanden, alles winzig, wie vom Flugzeug aus; dann fuhren sie los, ohne Handschuhe, fuhren geradeaus, blindlings, glitten in die Tiefe – Andreas auf einen Baum zu, schwingt, bleibt im tiefen Schnee hängen, haut hin, ein Knöchel der linken Hand blutet. Unten fährt der andere quer durch den grossen Hang, steht, hält einen Arm wie triumphierend hoch ... Andreas wird es rot vor den Augen, er setzt an, presst die Zähne zusammen, sieht nichts als Rot und Flimmern vor Zorn und Geschwindigkeit, fährt gerade hinunter, springt vom schmalen, vereisten Waldweg auf den grossen Hang und jagt am anderen vorbei – unten schlägt es ihn hin, vor Erschöpfung und Raserei werden ihm die Knie schwach, er liegt da und heult, ohne Grund und fünfzehnjährig, und presst das verweinte Gesicht in den Schnee. Der andere kommt an, hält mit einem knappen Schwung neben ihm und fragt: „Hast dir weh getan, Wirz?" Andreas schüttelt den Kopf und schluckt das Schluchzen hinunter. Der andere schweigt. Nach einer Weile sagt er: „Deine Hand blutet, du solltest ein Taschentuch darum binden" und reicht ihm ein frisches weisses Tuch, das er aus der Tasche zieht.

Gewohnt habe ich bei ihm, knurrt Wirz plötzlich, als mein Vater mich nicht mehr im Haus behalten wollte, erniedrigt habe ich mich und bei ihm geschlafen und von seiner Mutter alles angenommen, bin ihnen davongelaufen, wie ein ganz Elender, nach dem Betrug beim Abfahrtsrennen – seine Mutter habe ich auch belogen, ich sagte Mutter zu ihr, und sie hat mir alles geglaubt; dann wurde der andere erster, alles kam heraus, und ich lief davon. Erster, der berühmte junge Österreicher, und ich, ich würde ihn nicht ansehen, schlagen würde ich ihn wie vor zehn Jahren, gerade hinunter durch den Hang, und nichts sehen ... aber damit ist's vorbei, mich lassen sie nicht mehr fahren, und die Gräfin, die Gräfin Vidal kann ja nicht aufsteigen, sie hält nicht durch, ist mit dem zwölfjährigen Jungen zusammen, und um mich kümmert sich niemand, nach einer Stunde ist sie müde und versteift sich beim Abfahren. Ich müsste ihr vorher Cognac geben, dann lernt sie es – in vierzehn Tagen, was sind schon vierzehn Tage, ist der Gästeabfahrtslauf; wenn sie ihn nicht gewinnt, Herrgott, sie muss ihn gewinnen, meine Schülerin, ja, ich könnte vielleicht Privattrainer werden, wenn sie gewinnt, sie läuft erst das zweite Jahr, aber wenn sie gewinnt und ich war es, der sie dazu gebracht hat ... Aber sie schafft es nicht, lässt mich im Stich und schafft es nicht, und am zwölften, der berühmte ... junge ...

Wirz sitzt reglos da, es wird dunkel, durch das winzige Fenster leuchtet der blaue Schnee, er starrt hinaus, denkt nichts mehr und ist ganz erschöpft von Hass.

Es klopft, und als im Zimmer niemand antwortet, öffnet Matthisch vorsichtig die Tür, tritt ein und wartet auf der Schwelle. Er hat wieder getrunken, denkt er, ich kenn das schon, wenn sein Gesicht so gelb und fleckig ist, und er sieht und hört nichts ... Und wartet geduldig und ein wenig ängstlich. Da dreht Wirz langsam den Kopf zu ihm und sagt ruhig, beinahe sanft: „Du bist es, Matthisch. Guten Abend, hast du schon frei? Aber komm doch herein und mach die Tür zu." Matthisch schliesst die Tür und fragt, ob er Licht machen soll.

„Wir zünden die Kerze an", sagt Wirz und zieht das

Feuerzeug aus der Tasche. Es flammt auf, der Kerzendocht zischt, dann brennt die kleine gelbe Flamme, schwach flackernd.

„Ein feines Feuerzeug“, sagt Matthisch und sieht sich den glänzenden Gegenstand an, den alle Skilehrer und Bergführer bei sich tragen.

„Ich schenk es dir“, sagt Wirz.

„Nein, danke, du brauchst es doch.“

„Ich kauf mir ein neues.“ Wirz schiebt ihm das Ding in die Hosentasche.

„Dann also – danke schön“, sagt Matthisch ungeschickt, sieht geradeaus und setzt sich auf den Stuhl neben dem Fenster.

Wirz betrachtet stumm die Silhouette des schmalen Bubennackens, der runden, eigensinnigen Stirn und der krausen Haare darüber. Dann sagt er mit schwerer Stimme, aber immer noch sanft und ziemlich leise: „Matthisch, wie alt bist du eigentlich, Matthisch?“

„Fast siebzehn.“

„Fast siebzehn – da kann noch viel aus dir werden.“

„Ich glaub nicht“, sagt Matthisch trüb. „Ich habe nichts gelernt, und mir hilft ja keiner.“

Wem der Junge bloss ähnlich sieht, wie er jetzt so betrübt den Kopf senkt, und so kindlich in seiner Ernsthaftigkeit.

„Wenn ich Geld verdienen muss, komme ich nicht zum Ski Laufen. Der Heuser war siebzehn, als er den Slalom in St. Anton gewonnen hat, dann hat ihn der Hannes Schneider ausgebildet.“

Mit fünfzehn müsste man anfangen, als Gymnasiast, und die Skier auf der Schulter …

„Der hat eben Glück gehabt, der Heuser ..."

„Ja, der hat Glück gehabt", sagt Wirz. (Wer, der andere, der Gymnasiast? Richtig, der ist es, dem sieht das Bürschchen ähnlich.) „Wärst du gern aufs Gymnasium in Innsbruck gegangen?"

Matthisch blickt erstaunt auf. „Gymnasium? Nein, das nicht gerade. Aber wenn ich Hausbursche bin, bestenfalls Concierge im Schwarzsee-Hof ..."

Wirz lacht laut und ein wenig unnatürlich. „Du in der Concierge-Uniform", sagt er. Und dann sieht er wieder den anderen ... Deine Hand blutet, du solltest ein Taschentuch darum binden ...

„Also, einfach Skiläufer möchtest du werden?"

„Ich kann doch schon."

„Sonntags laufen wir zusammen."

„Ich hab nicht frei." Matthisch hat den Kopf wieder gesenkt.

Wirz fühlt sich merkwürdig weich. Er empfindet etwas für den Jungen da, er möchte etwas für ihn tun, wenigstens ihn trösten. „Wenn ich Geld habe", beginnt er ungeschickt, „wenn ich nächstes Jahr mit der Gräfin in die Schweiz fahre, nach Mürren, oder irgendwohin, wo es sehr fein ist, St. Moritz zum Beispiel ..."

„Andreas", Matthisch sieht ihn bestürzt an, „meinst du denn wirklich, dass sie dich ..."

Nein, er meint es nicht. Er belügt den Jungen – aber etwas muss ja geschehen, einer muss daran glauben, weil er, Wirz, keinen anderen Ausweg weiss, und wenn dann der Matthisch wartet und überzeugt davon ist, dann ... Ach, Unsinn, dann wird nichts sein, dann hat er ihn eben getäuscht und ist nächstes Jahr wieder der gleiche Hungerleider und liest in der Zeitung, dass andere, junge, berühmte ... „Matthisch“, sagt Wirz weich, „siehst du denn nicht, was aus mir wird, was hier aus mir gemacht wird, und dass es eine schreckliche Schande ist!“

„Aber du hast doch die Anstellung, und die Gräfin will vielleicht wirklich ...“, entgegnet Matthisch beklommen.

„Ach, was ist das schon für eine Anstellung. Pfeifen möchte ich darauf!“

„Und dann, wer so läuft wie du ...“

„Was ist mit dem?“ Wirz dämpft die Stimme noch mehr. „Wenn ich dir sage, dass ich kein Geld habe, kaum ein paar Schillinge, zu essen und zu wohnen hier bis zum 15. März, dann noch das Honorar von der Gräfin, und Händedruck und adieu.“

Matthisch weiss nichts zu antworten.

„Und du kriechst bei deinen Eltern unter, und ich gehe weg, gell, und keiner fragt darnach.“

„Ich frag schon darnach.“

„Du lügst, wenn es mir schlecht geht, fragt keiner darnach.“

„Ich habe gemeint, wir sind Freunde“, sagt Matthisch erbost, wendet sich ab und starrt zum Fenster hinaus. „Überhaupt muss ich jetzt gehen.“

„Nein, du gehst jetzt nicht!“ Wirz ist plötzlich erregt. Nichts mehr von der sanften Traurigkeit und tröstenden Hinneigung zu dem Jungen, nein, jetzt gilt es, etwas zu gewinnen, sein Herz klopft, er muss sich zwingen, ruhig auf der Bettkante sitzenzubleiben, nicht aufzustehen, den Matthisch um die Schulter zu fassen, weich auf ihn einzureden, geschwätzig zu werden und sich vor ihm zu entblössen. Matthisch rührt sich nicht vom Fenster weg, sieht sich nicht um, starrt nur in die bläulich leuchtende Dunkelheit.

„Also, wenn ich Geld habe, und die Gräfin dazu bringe …"

Kein Wort vom Fenster her.

„Dann helf ich dir, Matthisch."

Keine Bewegung.

„Vorausgesetzt natürlich, dass wir Freunde bleiben."

Matthisch, störrisch, murmelt: „Das ist alles so unsicher – und dass du mir behilflich bist."

„Ach, deswegen mach dir keine Sorgen." Wirz, mit der sanften und ruhigen Stimme von vorher, sagt: „Komm jetzt her, Matthisch. Ich habe vielleicht einen Plan."

Matthisch wendet sich langsam zu ihm.

„Setz dich neben mich, so, und Angst brauchst du nicht zu haben."

Matthisch setzt sich und sieht auf seine Knie. Wirz greift mit den Händen hinter sich in das dicke Federbett und kämpft stumm gegen das verräterische Zittern, das ihn plötzlich überfallen hat. Die Kerze flackert neben Matthischs Kopf. Wirz sitzt im Dunkeln. „Es hat natürlich keinen Sinn", fängt er an, „dass ich dir irgend etwas sage, bevor es soweit ist." Seine Stimme ist heiser, er flüstert beinahe.

Matthisch sieht plötzlich die wogende Gaststube der Alpenrose vor sich, die Weingläser, Heuser mit dem Filzhütchen, ein Mädchen mit rotem Mund, ganz verzerrtes Lächeln, und braun und blass, und dann nur noch Nebel, wogender Rauch, neben ihm Andreas Wirz, sein Freund. Erstickt murmelt er: „Angst habe ich nicht."

„Das wär ja noch schöner", beschwichtigt Wirz und legt den Arm um seine Schulter. „Ich meine nur, es braucht einen zuverlässigen Burschen, einen ganzen Kerl."

Jetzt zittert Andreas' Arm, Matthisch hält krampfhaft still, er will nachdenken, ganz rasch, aber daraus wird nichts, alles verschwimmt wie damals in der Alpenrose, als er Wein getrunken hat – ja, wie damals, nachts vor dem Nebenhaus, als Wirz ihn an den Schultern packte, die gleiche Angst und das gleiche warme Gefühl dabei.

Gepeinigt bricht es aus ihm: „Du, lass mich jetzt los, Andreas, sofort lass mich los, verrückt macht mich das ..."

Andreas zieht seinen Arm zurück. Ruhig sagt er: „Du weisst ja Bescheid, gell. Und wenn du heut nacht frei bist, kommst du her, und wir trinken dann später noch ein Glas Wein zusammen in der Alpenrose."

Ein wenig abgewendet sitzt Matthisch da, senkt langsam den Kopf und murmelt: „Gut, ich komme", ganz leise und tonlos, als gäbe es nichts anderes, als sei er nun eben daran, Bescheid zu wissen und ja zu sagen, obwohl alles kein Spass ist, wahrhaftig kein Spass.

Die Kerze zischt plötzlich leise auf, eine Locke von Matthischs Haar rollt sich versengt zusammen. Wirz reisst den Buben zur Seite und sagt heftig: „Gib doch acht!" Da sieht er plötzlich das stumme, schrecklich traurige Gesicht, lässt Matthischs Schulter los, springt auf, sagt rauh: „Also, auf heut nacht", geht mit zwei grossen Schritten zum Fenster und bleibt dort stehen, den Rücken der Stube zugekehrt.

6

Gegen zwölf Uhr kommt Francis in das Hotel zurück. Es ist eine laue Nacht, föhnig, die weissen Abhänge sind ganz nahe, der Schnee blendet, man weiss nicht, geht es steil hinauf oder ist da eine Mulde, mit weichem Schnee angefüllt. Francis hat Kopfschmerzen, aber er wird schlafen, den ganzen Nachmittag war ihm nicht gut, der Föhn lag ihm in den Gliedern, wie ein kleiner Junge ist er gefahren mit flatternden Knien – aber jetzt hat er für seinen Schlaf vorgesorgt, ordentlich roten Landwein getrunken und später, mit Friedrich, ein schweres dunkles Bier. Der bittere Geschmack liegt ihm noch auf der Zunge; eigentlich mag er das nicht, er mag nachts kein Bier trinken, aber manchmal tut es gut, und ausserdem wollte es der Friedrich so haben. Ein guter Mensch, dieser Friedrich, ruhig und zuverlässig, und ein verteufelt guter Skiläufer – macht nie etwas Auffallendes, hält sich zurück und schickt die Jungen vor, seine Gefolgschaft, sorgt für sie und sieht zu, dass sie bekannt werden und Geld verdienen.

Und auch dass Sie schlafen – mehr schlafen, Francis, und dann, am Schluss der Saison, machen Sie das Skilehrerexamen, natürlich machen Sie es, aber gehen Sie schlafen, und dann, rennen Sie nicht die Berge hinauf, versuchen Sie nicht, Stufen zu überspringen, wer einen langen Weg hat, läuft nicht – Nein, das war nicht Friedrich, Esther war es: Als er aus der Gaststube der Alpenrose kam, stand sie da, an der Treppe, und sagte: „Sie brauchen nicht so zu laufen, Francis, es brennt nirgends“ – und er drehte sich um, küsste ihr die Hand, mit all dem Wein, und ein wenig taumelig.

„Sie haben mich gar nicht gesehen, ich sass mit meinen Franzosen in der Gaststube, aber Sie sahen mich nicht."

„Nein, wirklich – es tut mir leid, Esther."

„Bitte, aber trotzdem brauchen Sie nicht zu laufen. Sie sehen schlecht aus, Sie hetzen sich ab hier oben."

„Aber es geht mir gut." Und das Bier? Er würde nie mehr am Abend Bier trinken! „Wir könnten noch ein paar Schritte gehen", schlug Francis vor, „die Luft da drin war so schrecklich."

Sie gingen die Strasse hinunter, das Mädchen im Pelzmantel an seiner Seite, mit der hohen, weichen, plappernden Kinderstimme, und der Föhn kam ihnen entgegen, um die Ecken der niedrigen schwarzen Häuser, leise pfeifend und knatternd. Es herrsche Lawinengefahr, erzählte Esther, aber Wirz habe gesagt, sie könne ruhig mit ihm –

„Wirz", erkundigte sich Francis, „was haben Sie mit Wirz zu tun?"

„Nichts bis jetzt, aber ich will vielleicht Privatstunden – oder meinen Sie – halten Sie nicht viel von ihm?"

„Die Gräfin Vidal hält sogar sehr viel von ihm."

„Die Gräfin Vidal", Esthers Kinderstimme stockte ein wenig, „und Sie denken, was Adrienne Vidal tut …"

„Sei wohlgetan. Sie läuft sehr gut, zwölf Minuten vom Schwarzsee."

Esther verstummte. Sie kehrten um, und der Föhn blies in ihren Rücken. Esther zog den Pelzmantel zusammen.

„Heuser braucht fünf Minuten, aber zwölf Minuten ist sehr gut, für eine Frau ist es sehr gut."

Esther fing plötzlich an zu lachen. „Hören Sie schon auf mit Ihren Abfahrten", sagte sie.

„Es ist aber sehr wichtig!“

„Ich kann es nicht mehr hören, glauben Sie mir.“

„Gehen wir ein bisschen rascher“, sagte Francis und ergriff ihren Arm.

Unter der Tür der Alpenrose blieben sie stehen. Francis bückte sich und bürstete den Schnee von ihren Überschuhen. Dann sagte Esther, über seinen Rücken hinweg: „Übrigens spricht Ihre Gräfin nicht halb so gut über Sie, wie Sie das vielleicht annehmen.“

Francis antwortete nicht.

„Hören Sie denn nicht?“ fragte Esther. „Wenn ich etwas sage, was ich eigentlich nicht sagen sollte.“

„Das macht nichts.“

„Sie meinen, weil ich eine Frau bin, macht es nichts.“

„Ja.“

„Frauen sind keine Freunde.“

„Nicht untereinander, und nicht ...“

„Nicht im Ernstfall. Nicht, wenn es darauf ankommt ...“

„Schluss“, sagte Francis schroff.

Sie verstummte, sah ihn von der Seite an. „Was ist mit Adrienne Vidal?“ fragte sie.

Er schämte sich. „Lassen wir das“, sagte er, „Sie können Adrienne nicht leiden. Sie haben unrecht, aber vielleicht haben Sie Ursache dazu.“

„Nein, ich habe keine Ursache.“ Sie lachte wieder, zog ihn ins Haus. Sie begegneten Friedrich auf der Treppe. Ich habe ihm gesagt, dass ich nach Hause gehe, dachte Francis. Ihm war wie einem ertappten Schüler zumute.

„Kommen Sie doch“, drängte Esther, spöttisch lachend. Sie führte ihn durch ihr Schlafzimmer in den angrenzenden

Salon. „Die Franzosen sind noch da", sagte sie entschuldigend. Die Franzosen waren drei grosse, gut gewachsene junge Männer in blauen Sweatern, sie sassen auf einer Couch, spielten Grammophon, sahen frisch und gelangweilt aus. Esther stellte Francis vor: „Ein Freund der Gräfin Vidal", sagte sie. Er schwieg, zornig. Sie schenkten ihm Cognac ein, er trank, widerwillig. Esther stand am Fenster und sah ihn unverwandt an, während sie sich mit den jungen Franzosen unterhielt. Ihm schien, dass alle ihn ansahen, spöttisch, neugierig, gutmütig. Sie verehrten Esther, dachten, er sei ein Neuer, ein ungeschickter Bewerber. Er war schlecht gelaunt, sprach die ganze Zeit kein Wort, starrte unhöflich auf sein Glas. Man hatte es zum zweitenmal nachgefüllt. Das Zimmer begann sich um Francis zu drehen.

„Kommen Sie", sagte Esther plötzlich. „Ich muss telefonieren. Ich möchte, dass Sie mich begleiten." Er stand auf, folgte ihr. Im Gang war es kühl, er wurde nüchtern, war froh, dem Zimmer, den Franzosen, der Konversation entkommen zu sein.

Die Zelle war ziemlich gross. Es roch nach Seife und frischem Holz, und nach Esthers Parfum. Francis stand hinter ihr, während sie mit aufgestütztem Ellbogen auf Antwort wartete.

„Es kommt niemand", sagte er.

Sie legte den Hörer wieder auf. „Unsinn", sagte sie. „Es ist doch Nachtbetrieb."

„Ist es so wichtig?"

„Was?"

„Das Gespräch."

Sie versuchte es nochmals. Wieder antwortete niemand.

„Fürchterliche Schlamperei", sagte er.

„Sie langweilen sich wohl."

„Wie bitte?"

„Ich meine: Sie langweilen sich."

„Finden Sie es hier so lustig?" fragte er.

„Und oben", sie lachte leise, „das reinste Kinderzimmer …"

„Also gehen wir."

Sie stellte sich vor die Tür und fuhr fort zu lachen. „Versuchen Sie es doch mal mit dem Telefon", sagte sie.

Er griff nach dem Hörer und liess den Arm wieder sinken. „Es riecht komisch hier", sagte er. Sie sah ihn die ganze Zeit an. Er wurde rot und ärgerte sich. „Und wegschauen brauchen Sie nicht", sagte sie, ziemlich leise.

Er sah sie an und begegnete ihren Augen. Nicht ernst nehmen, dachte er, sie gibt sich solche Mühe, mich fest und entschlossen anzusehen. Sie ist ein solches Kind …

„Wie alt sind Sie?" fragte er.

„Zweiundzwanzig", antwortete sie.

Er betrachtete sie ratlos. Zweiundzwanzig, und verheiratet, und hat so viel hinter sich, dachte er, fast mitleidig. Aber das war ja nicht ausschlaggebend, das machte eine Frau nicht erwachsen.

„An was denken Sie?" fragte sie. Er griff schnell nach dem Hörer. „Nein", sagte sie, „lassen Sie das. Bitte, lassen Sie das."

Er liess die Hand sinken. Sie sah verzweifelt aus, unsicher, den Tränen nahe. Und sie war wunderschön. „Ich kann nicht mit Frauen umgehen", sagte er entschuldigend. „Ich weiss nicht, ich glaube, ich habe Sie gekränkt."

Sie nickte.

„Vielleicht wegen all dem, was ich über Adrienne Vidal sagte.“

„Nein, nein“, sagte sie schnell. „Sie lieben sie, ich weiss es schon lange, es gefällt mir sogar.“ (Er brachte kein Wort hervor.) „Bitte“, fuhr sie eindringlich fort, „ich möchte nur nicht, dass Sie sich wie ein ganz junger Mensch benehmen, wie ein Junge, der keine Verantwortung kennt.“

„Aber warum haben Sie denn die Telefonzelle abgeschlossen?“ fragte er. Es war ihm sonderbar heiss geworden, er wollte gehen.

Esther machte schnell einen Schritt vorwärts und umschloss seinen Kopf mit den Händen. Einen Augenblick fühlte er ihren dünnen Körper an seinem, dachte: Was für eine weiche Haut sie hat, was für eine unerhört zarte, weiche Haut, und wie gut alles riecht, das Kleid, der Hals, und der Mund ...

Dann stand sie an der Wand, atmete schnell und rieb sich mit einem Taschentuch die Lippen ab. Ihn lächelnd betrachtend, sagte sie: „Einen roten Strich haben Sie auf der Wange“, sah zu, wie er sein Taschentuch nahm, und öffnete die Tür der Zelle.

Die Tür des Schwarzsee-Hofs ist noch offen. Aus der Vorhalle dringt blasses Licht, legt sich kreisförmig auf den blauen Schneeschatten. Francis tritt ein, wie angenehm doch die Hotelatmosphäre ist, denkt er, ich brauche niemandem Rechenschaft zu geben, mich nicht zu schämen, aber wenn es mein Haus wäre, und ich verantwortlich ... Er gibt Matthisch seinen Mantel, lässt sich die Schuhe abbürsten, er erhascht einen Blick des Buben von unten, schlecht sieht der aus, unruhig, hat blaue Schatten unter den Augen.

„Gute Nacht, Matthisch“, sagt Francis freundlich und greift in dessen Schopf. Geht dann in die Halle, die Musik spielt, viele Leute sind noch auf, trinken Whisky, schwarzen Kaffee. Wie Masken sitzen sie um das spiegelnde Rund der Tanzfläche.

Wie diese Leute sich langweilen, denkt Francis, sicher verstehen sie den Tango-Text nicht, verstehen kein Spanisch. Ich kenn ihn, von drüben, die Nigger sangen ihn dort schon vor zwei Jahren.

Wie gut, wiederholt er sich beruhigend, wie gut, dass ich nicht hier geblieben bin, mich mit ihnen gelangweilt habe. Mit lästigen Menschen – denn mit der Zeit wurden ihm alle Hotelgäste lästig, ihre Gesichter öde, ihre Gespräche. Was habe ich schon versäumt: bestenfalls eine Partie Bridge, aber eine Partie mit Adrienne ... Sie ist schlafen gegangen, richtig: Ihretwegen bleibe ich hier in der Halle stehen, sehe mich um, suche sie. Es ist ja schon spät, zu spät, ich war zu lange bei Esther, in der Telefonzelle (der Geruch von Seife, frischem Holz und Esthers süssem Parfum). Aber es war ganz gut so, sonst hätte ich den ganzen Abend Adriennes Blick aushalten müssen. Man sagt, sie sei eine böse Frau, vielleicht ist es nicht wahr, aber jedenfalls ist ihr Blick nicht angenehm, ist böse und traurig. Und abweisend. Ich fürchte mich immer vor ihr, und wir waren doch ganz gut befreundet, früher. Jetzt ist sie krank, unheimlich ist das: eine Krankheit, die man nicht sieht ...

Verstimmt und sehr müde geht Francis in sein Zimmer hinauf. Er kleidet sich aus, legt sich nieder, glaubt, sofort einzuschlafen. Aber ganz nah am Rand des Traums weckt ihn etwas, und er weiss wieder: Ich liege in meinem Bett, möchte einschlafen, habe Wein, Bier, Cognac getrunken und kann nicht einschlafen. Das Gesicht soeben war geträumt, war Esthers Gesicht mit deutlichen Adrienne-Augen, gleich werde ich wieder träumen, schon kann ich mich nicht mehr rühren (und bin doch wach, weiss alles), den Kopf nicht, nicht einmal die Hand oder die Finger der Hand – und jetzt ist der Arm riesenlang und liegt dem Bein entlang, meine Hand kann meinen Knöchel anfassen, und von den Füssen bis zu den Schultern ist ein weiter Weg; wenn ich mich rühre, falle ich sogleich auseinander und bin nichts mehr, aber wenn ich mich still halte, kommt Esther und legt ihren leichten Körper an meine Hüfte, wie leicht ich sie spüre …

Er erwacht wieder, liegt allein mit Kopfschmerzen, und es tropft in seinem Gehirn, rasch und regelmässig, jetzt in den Ohren, regelmässiger Fall von Tropfen, er zählt, eins, zwei, eins, zwei … Francis richtet sich auf. Und hört jetzt deutlich das rasche Tropfen, leises, regelmässiges Aufschlagen auf dem Fussboden. Richtig, die Wasserleitung rinnt – oder ist es nur der Hahn, den er nicht fest genug zugedreht hat? Er steht auf, macht Licht, tastet die Röhre ab. Es tropft stark. Francis bückt sich, bindet ein Handtuch um die Röhre, legt sich wieder ins Bett. Benommen, fast schon schlafend, zieht er die Decke hoch. Morgen, denkt er, morgen werde ich es im Büro melden – und sogleich ist der Traum wieder da, und daneben, wie eine störende Station in einer Radiowiedergabe, das deutliche Bewusstsein: Ich träume, aber das Wasser tropft schon wieder, durch das schwere, nasse Handtuch, tropft, klatscht auf den Fussboden – ich aber träume, debattiere mit Wirz, Schuft, sag ich zu ihm, Ehrgeiziger, Prolet, lass den Jungen los, ich rate dir gut – und schreie sinnlos erbost Adrienne an: Er will Ihren Sohn verderben, warum rufen Sie mich nicht, damit ich Ihnen helfe …

Jetzt schiesst das Wasser schon aus der gebrochenen Röhre – ein dünner, scharf zischender Strahl – gegen die Wand. Ich will nicht erwachen, denkt Francis und klammert sich an seinen Traum, beschwört Adriennes Gesicht (ihr geliebtes Gesicht, gesteht er, denn ich liebe sie immer noch, liebe sie wieder). Jetzt muss der Fussboden schon unter Wasser stehen, jetzt die Stühle, der Teppich, die Skistiefel – Ach so, die Stiefel! Und halb bewusstlos steht Francis auf, tappt im Dunkeln bis zur Tür, seine Füsse werden nass, er findet die Schuhe, stellt sie auf einen Stuhl, tappt fröstelnd ins Bett zurück. Bald fliesst das Wasser über die Schwelle, denkt er, es gibt eine richtige kleine Überschwemmung, aber ich rufe niemanden, ich will mich nicht stören lassen, o Gott, ich bin todmüde – und überhört angestrengt das Zischen gegen die Wand, das Niederrieseln des Wassers, schläft ein.

Gegen vier Uhr morgens glaubte Wirz, ein starkes, langanhaltendes Klingeln vom Hotel her zu vernehmen. Er sass auf dem Bettrand im dunkeln Zimmer, in Hemd und Hose, den Kopf in die Hände gestützt, und lauschte. Das Klingeln war weg. Er hatte sich vielleicht getäuscht. Im Bett lag Matthisch und schlief. Seit zwei Stunden schlief er leicht und rasch atmend wie ein Kind, das offene Hemd bewegte sich auf und ab. Er hatte es gut, der Matthisch. Nichts hielt ihn wach, ein paar Gläser Rotwein mit etwas Kirsch darin hatten genügt … und nichts, was ihn im Schlaf quälte, kein böser Traum, kein schlechtes Gewissen. Ach was, schlechtes Gewissen, aber Angst, auch Angst hatte er nicht, keinen Kummer. Andere vergossen leicht Tränen und brauchten lang, bis sie einschliefen; Matthisch war zurückgesunken, hatte etwas gemurmelt und die Arme unter dem Nacken verschränkt, und schon kam das leichte, kindlich und himmlisch leichte Atmen.

Andreas aber sass da und spürte die Erregung und den Alkohol langsam vergehen, war kühl wie nach einem Bad und entsetzlich hungrig, aber in den Gliedern matt und unlustig, und etwas Schweres kroch ihm langsam über das Herz; früher hätte er gedacht, es sei die Enttäuschung, sonst nichts. Jetzt wusste er, das sass tiefer, das war die eigentliche Angst vor der Rückkehr, so wie man manchmal Angst hat vor dem Morgengrauen, dem Sehen-Müssen.

Der Junge schlief. Nein, Andreas war nicht enttäuscht, er stellte sich zur Rede: Schämte er sich etwa? Seiner Gefühle, seiner Erregtheit wegen? Er konnte nicht einschlafen, es war immer dasselbe: Jede Aufregung weckte ihn, steigerte seine Leidenschaft, machte seinen Ehrgeiz heftiger, seine Ansprüche brennender. Schlafen können wie dieser, dachte er neiderfüllt und betrachtete den ruhig atmenden Matthisch. Der schämte sich nicht, kannte keine Bedrängnis – sein wie dieser –

Ich werde ihn wecken, nahm er sich plötzlich vor, als könne er den Anblick des Schlafenden nicht mehr ertragen. Aber noch mehr fürchtete er sich, Matthisch erwachen zu sehen. Was würde er tun? Was ihm sagen? Vielleicht hasste er ihn, machte ihm Vorwürfe, vielleicht hatte er es mit ihm verdorben – ach, nie würde er es wagen, ihm ins Gesicht zu sehen. Matthisch liebte ihn ja nicht – hatte er sich das jemals eingebildet? Und wenn er ihn nicht liebte – wozu dann diese entsetzliche Erregung, dieses Abenteuer, diese Gefahr und neue Verstrickung?

Wirz stand auf und ging zum Fenster. Und fast gleichzeitig vernahm er das Klingeln wieder, aber deutlicher diesmal, schrill, vom Hotel her. Er beugte sich lauschend hinaus. Da sah er Licht in der Halle, und oben im dritten Stock – neues, heftiges Klingeln, gleich darauf deutlich vernehmbar der Ruf: „Matthisch!"

Er stürzte ans Bett, ergriff Matthisch an der Schulter, rüttelte ihn. „Sie rufen nach dir", flüsterte er, „Matthisch, wach doch auf, lauf doch, du musst hinüber." Die Angst lähmte ihn. Er sass auf dem Bett, starrte in Matthischs Gesicht. Wenn man uns hier findet ..., dachte er ratlos.

Matthisch richtete sich gerade auf. „Was ist los?" murmelte er. Drüben rief man wieder nach ihm. Plötzlich begriff er, stiess die Decke zurück, nahm seine Hose vom Stuhl, kleidete sich hastig an, wortlos, und verliess das Zimmer.

Wirz hörte ihn die Treppe hinunterlaufen. Langsam erhob er sich, sah zum Fenster hinaus. Unten erblickte er Matthisch, der zum Hotel hinüberstapfte, in der Tür verschwand. Wirz blieb ans Fensterkreuz gelehnt stehen.

Am nächsten Morgen, als Matthisch aus der Heizung heraufkam, wurde er in das Büro des Direktors gerufen. Es war zehn Uhr, die Haustür stand offen, draussen wartete Wirz auf seine Schüler. Der muss sicher auch zum Direktor, dachte Matthisch. Er war darauf vorbereitet gewesen, gerufen zu werden – wegen der nächtlichen Ereignisse, der geplatzten Wasserleitung im Zimmer des Herrn von Ruthern (durch zwei Stockwerke war das Wasser gedrungen, lief als dünnes Rinnsal die Treppenstufen hinunter) –, aber Angst hatte er nicht, fühlte sich vielmehr sicher: Sein Freund Andreas Wirz stärkte ihm ja den Rücken, schützte ihn, stand für ihn ein. Er malte es sich aus: wie sie beide vor dem Direktor stehen würden, und nicht mit der Wimper zucken, ja, ohne nur einen Blick zu wechseln, würden sie sich verstehen und einig fühlen – daran, an ihrer stummen, stolzen Einigkeit musste die Macht des Direktors zerbrechen, und seine hochfahrende Stimme würde blechern werden. Oh, vor allem keine Angst, keine Angst! Matthisch hatte den Mädchen beim Auftrocknen geholfen, war dann erschöpft eingeschlafen und durch das Schnarren des Wekkers um sechs Uhr aus schweren Träumen gerissen worden; einen Augenblick hatte er, bedrängt, geglaubt, dass Andreas Wirz noch neben ihm liege, dann war er an den Waschtisch geeilt. Jetzt also war es soweit. Jetzt musste er zum Direktor, und sich verantworten. Aber – warum nicht auch Wirz? Warum stand der draussen in der Sonne, auf seine Skistöcke gelehnt, und die englischen Damen begrüssten ihn, und der Kurs begann, wie alle Tage? Es war doch kein gewöhnlicher Tag. Matthisch trat rasch unter die offene Tür und rief Wirz halblaut zu: „Ich muss ins Büro, man hat mich gerufen."

Wirz hob den Kopf, nickte, blinzelte in die Sonne. „Sei nur ruhig", sagte er, „sag, dass wir zusammen Wein getrunken haben."

„Kommst du denn nicht mit?“ fragte Matthisch angstvoll. Aber Wirz hatte sich schon den Damen zugewendet und stieg nun langsam den ersten Hügel hinauf …

Also allein, dachte Matthisch, also gar nicht mit dem Wirz. Gegen den haben sie nichts, nur gegen mich. Er war bestürzt, er begriff: Wirz wollen sie es nicht wissen lassen, es sollte nicht wahr sein, dass er und Matthisch Freunde waren, nein, nur heimlich galt das, oder nur nachts, nur in der Kammer, mit Wein und Müdigkeit und – vielleicht war es überhaupt nur Traum, Alpdruck, nur Einbildung. Plötzlich schämte sich Matthisch. Vor sich selbst, vor Wirz, vor dem Direktor. Und jetzt musste er gehen, allein … Unsicher, schuldbewusst klopfte er an die Tür des Mächtigen.

Der Direktor hatte keinen Anlass, ihn zu schonen. Hausburschen fand man genug, brave, fleissige Leute, die sich nicht nachts herumtrieben und besoffen nach Hause kamen.

„Ich war aber nicht …“, wollte Matthisch einwenden. Er kam nicht zu Wort, der Direktor fuhr ihn an: „Jetzt spreche ich“, sagte er. Matthisch schwieg. Und der Direktor fügte, ein wenig milder, hinzu: „Du kannst gleich gehen, heute nachmittag schon.“

„Es ist nur wegen des Heizens“, brachte Matthisch schüchtern hervor. „Ich könnte doch ganz gut bis Sonntag …“

„Jawohl, das glaube ich, gut und gern könntest du“, sagte der Mächtige scharf. „Aber ich kann solche Leute nicht brauchen.“

„Der Wirz …“

„Herr Wirz“, wurde er angefahren. „Lass gefälligst den Herrn Wirz aus dem Spiel!“

Und diesmal begriff Matthisch. Es würde ihm nichts

helfen, sich auf Wirz zu berufen. Im Gegenteil, der Direktor verbat sich das – und wer weiss, vielleicht auch Wirz selber.

Matthisch senkte demütig den Kopf. Er hatte verloren, er war allein. Er hatte geglaubt, sich mit einem Starken einzulassen, sei sicherer Gewinn, deshalb war er auch gar nicht böse auf Andreas Wirz, nein, dieser hatte ihm von jeder Auflehnung abgeraten, hatte sein Verhalten entschuldigt, ihm fast noch dafür gedankt. Aber das war wohl ein falsches Spiel gewesen, er hatte den Einsatz verloren, oh, noch viel mehr – ganz begriff er es nicht, aber es war viel, viel mehr, nämlich eine Art von Zuversicht, von Vertrauen.

Er verliess das Büro, ohne ein Wort der Rechtfertigung hervorzubringen. In der Halle blieb er unentschlossen stehen. Was tun – der Vormittag lag vor ihm, er war entlassen. Und Wirz kam erst um zwölf Uhr vom Kurs zurück.

7

Etwa drei Wochen nach seiner Entlassung verschwand Matthisch aus der Gegend. Seine Eltern, bei denen er zuletzt gewohnt hatte, sagten, dass er nach Innsbruck oder St. Andreas gefahren sei, um Arbeit zu suchen. Wirz bestätigte das und zuckte im übrigen die Achseln, er wisse auch nicht alles, behauptete er, und was es ihn schon angehe, er habe den Matthisch kaum mehr zu Gesicht bekommen, seit er nicht mehr im Schwarzsee-Hof angestellt gewesen sei. Das war gelogen. Später wurde behauptet, Matthisch sei jeden Abend und bis spät in die Nacht hinein bei Wirz in dessen Zimmer gewesen, aber natürlich konnte man nichts beweisen, und das Zimmermädchen im Nebenhaus, wo Wirz wohnte, wurde noch im Februar entlassen, ging nach St. Andreas und konnte also keine Auskunft mehr geben.

Wirz war beliebt bei den Damen des Hotels und der Privatlehrer der Gräfin Vidal. Mag sein, dass der Direktor bestechlich war, dass er fürchtete, bei den Gästen Missfallen zu erregen, wenn er gegen Wirz vorging. Er wusste, was man Andreas Wirz vorwarf und dass es ein Wagnis war, ihn überhaupt als Hotel-Skilehrer anzustellen. Jetzt wollte er wenigstens keinen Skandal, und deshalb konnte man dem Wirz nichts antun. Warum musste man auch einen so hübschen und liederlichen Burschen wie den Matthisch im Hause haben! Sein Nachfolger war ein Mann gesetzten Alters, der ein steifes Bein hatte und keine Neigung zeigte, abends auszugehen.

Matthisch war nach seiner Entlassung in seinem Gleichgewicht gestört gewesen. Er hatte sich den ganzen Tag zwischen den verschiedenen Gaststuben umhergetrieben, laut auf die Leute im Schwarzsee-Hof geschimpft und versprochen, er werde der Welt noch zeigen, zu was er imstande sei. Wenn er betrunken war, murmelte er Drohungen vor sich hin, erschrak, wenn einer ihn ansprach, wich Bekannten aus wie ein geprügelter Hund. Die Skilehrer und besonders Friedrich beobachteten all das mit Ärger. Matthisch war schliesslich einer der ihren und ein ordentlicher Bursche, Wirz hingegen war ein übelbeleumundeter Fremder; man konnte es nicht einfach hinnehmen, dass er den Sechzehnjährigen an sich zog und verdarb. Friedrich traf den Matthisch eines Abends auf der Strasse, als er unsicheren Schritts den Zaun entlangging und etwas vor sich hin pfiff. Friedrich sprach ihn an und nahm ihn mit nach Hause. Matthisch widersetzte sich nicht. In Friedrichs Stube setzte er sich wortlos auf die Bank und sah an Friedrich vorbei auf ein hölzernes Madonnenbild, welches, in Blau, Rot und Gold, in einer Ecke angebracht war. Friedrich kam gleich zur Sache, warnte Matthisch vor dem Umgang mit Wirz und sagte ihm, dass es noch lange keine Schande sei, im Schwarzsee-Hof entlassen zu werden – im Gegenteil, jetzt könne er erst beweisen, was an ihm dran sei. Matthisch nickte.

Was er denn werden wolle, fragte Friedrich. Matthisch zuckte die Achseln und gab keine Antwort. Friedrich schwieg eine Weile. Dann fragte er, ob Matthisch bereit sei, den Verkehr mit Andreas Wirz ein für allemal aufzugeben, wenn man ihm dafür zu einer Tätigkeit verhelfen würde.

„Zu einer Tätigkeit?“ fragte Matthisch ungläubig.

Man werde ja sehen, sagte Friedrich ermunternd.

„Nein“, Matthisch schüttelte bestimmt den Kopf. „Ich

will Skilehrer und Bergführer werden und sonst nichts", sagte er.

„Skilehrer und Bergführer", sagte Friedrich, „das gefällt mir, das ist etwas für dich."

Matthisch sah wortlos zu Boden.

„Wie ist es also?" fragte Friedrich, ein wenig ungeduldig.

„Ich kann nicht", sagte Matthisch und schluckte wieder an den Worten. „Ich kann den Wirz nicht im Stich lassen. Er hat mir versprochen, dass ich bei ihm Ski fahren lerne ..."

Langsam fragte Friedrich: „Das hat dir der Wirz versprochen? Und was lernst du sonst noch von ihm?"

„Aber Ski fahren kann er", beharrte Matthisch.

„Das kann er", wiederholte Friedrich. „Und noch viel mehr könnte er, wenn er ein reineres Gewissen hätte – verstehst du?"

„Ja", sagte Matthisch und raffte sich plötzlich auf: „Aber er ist mein Freund", sagte er, „er mag mich, und ich lass ihn nicht im Stich."

„Was heisst denn im Stich lassen", fuhr Friedrich ihn an, „was hast du dummer Bub denn davon, ausser dass du entlassen bist und trinken lernst und dich schlecht machst vor allen Leuten, bis es zu spät ist und keiner mehr Lust hat, sich um dich zu kümmern ..." Er brach plötzlich ab. Einen Augenblick war es sehr still in der Stube, dann vernahm man deutlich, dass Matthisch weinte. Er weinte stossweise und unterdrückt wie einer, der mutig ist und plötzlich feige wird und es schrecklich findet zu weinen, aber es ist stärker und wie ein Knebel in seiner Kehle.

Friedrich sagte gar nichts, er beugte sich nur vor und legte seine Hand auf Matthischs Schulter. Matthisch senkte den Kopf, zwängte die Hände zwischen die Knie und wurde einen Augenblick still, dann schluchzte er plötzlich auf, stiess jammernde, kindliche Schmerzenslaute aus, hielt sich nicht mehr zurück, rief „Mutter" dazwischen und weinte dann wieder laut, mit geöffnetem Mund, die Tränen strömten ihm über das Gesicht. Auf einen solchen Ausbruch war Friedrich nicht gefasst gewesen, nicht auf so tiefe Schmerzen und Gewissensnöte. Er stand schweigend vor dem Weinenden, ein wenig auch peinlich berührt, war Matthisch doch beinahe ein Mann, und er hatte vorgehabt, von Mann zu Mann mit ihm zu sprechen. Aber seine aufrichtige und hemmungslose Not rührte ihn. Er sah Wirz, den Verführer, breitspurig, stark, mit der zähen Leidenschaft und dem gefährlichen Ehrgeiz, und hier den Knaben, preisgegeben, mit weicher Seele, von Empfindungen stärker verheert, weil er der Schwächere und Bedürftige war.

Friedrich setzte sich neben Matthisch auf die hölzerne Bank. „Matthisch", sagte er, „ich gehe morgen zu Wirz und spreche mit ihm, du brauchst keine Angst zu haben, er wird auf mich hören, und dann siehst du ihn eine Zeitlang nicht mehr."

Matthisch hatte aufgehört zu weinen. Er hatte rot umränderte Augen, sah an Friedrich vorbei, wieder auf das Madonnenbild in der Ecke.

„Hast du verstanden?" fragte Friedrich.

Er nickte langsam. „Er will ja nichts von mir. Er tut mir ja nichts, der Wirz", murmelte er mit schwacher, entschuldigender Auflehnung.

Friedrich ging nicht darauf ein. „Um so besser", sagte er, „und dann kannst du morgen um zehn Uhr auf die Übungswiese kommen, zum Bachner, Kurs IV – sie machen eine Tour, du gehst mit, zuhinterst natürlich, und wenn einer beim Steigen zurückbleibt, kommst du langsam mit ihm nach, und beim Abfahren, wenn einer die Skier bricht, hast du eine Ersatzspitze im Rucksack, und Felle tragen kannst du, und alles, was dir der Bachner sagt, wirst du tun."

Matthisch nickte wieder. Seine Augen leuchteten einen Augenblick auf. „Ich danke", sagte er rauh.

Friedrich gab ihm die Hand, schüttelte sie kräftig und schickte Matthisch nach Hause.

Im Kurs IV waren Matthisch und Klaus Vidal Freunde geworden. Matthisch hatte nie einen jüngeren Freund gehabt. Jetzt diente er Klaus mit demütigem Eifer. Er sah in Klaus ein höheres Wesen, von feinerer Beschaffenheit, mit dem zarten Gesicht und der unverletzlichen Seele eines Engels. Vor Wirz fürchtete er sich, aber er wusste genau Bescheid, er erriet, was mit Wirz vorging und was er von ihm wollte. Eines Tages, so dachte er, würde er sich wehren können.

Klaus verlangte nichts von Matthisch. Seine Tyrannei war sanfterer Art. Für Matthisch war Klaus ein versiegeltes Buch, eine lieblich unbegreifliche Musik, ein Blick aus dem Garten der Seligen, die keine Sünde begehen können. Klaus war klüger als Matthisch, er wusste viele Dinge, von denen Matthisch nie etwas gehört hatte, und er verwirrte den Ahnungslosen mit seinen überlegenen und kaltblütigen Reden. Wenn Wirz dasselbe gesagt hätte wie Klaus Vidal, so hätte er sich versündigt. Überhaupt war Wirz für Matthisch jetzt wie ein vom Dämon Besessener, der sich in

Sünde verstrickte und gleichzeitig über unerhörte Kräfte verfügte. Klaus hingegen war meilenweit von allen Verstrickungen entfernt, war geschützt. Blass, zarthäutig, stets gewaschen und sorgfältig gekleidet ging er einher, Inbegriff des Reinen.

Wenn Matthisch mit ihm zusammen war, wenn er ihn nach dem Skikurs bis zum Schwarzsee-Hof begleitete oder nachmittags dort abholte, fühlte er sich wie im Frühling: von lauen Winden gestreichelt, von milder Luft, reinen Empfindungen durchtränkt; erleichterte Gedanken stimmten ihn still und fröhlich, er lebte gern. Aber wenn er an Wirz dachte, verdüsterte er sich. Er wusste, dass das Leben mit Klaus nur ein vorübergehendes Geschenk war. Wirz aber war die grosse Drohung, der rauhe Griff des Daseins, das ihn mit Abenteuer und süsser Sünde lockte und mit dumpfer Beklemmung an sich zog.

Als Matthisch drei Tage hintereinander nicht im Kurs erschienen war, stellte Friedrich keinerlei Nachforschungen an.

Klaus Vidal bewahrte sein Geheimnis. Er sprach weder mit Francis noch mit seiner Mutter ein Wort über Matthisch.

Friedrich glaubte nicht, dass Matthisch nach Innsbruck oder St. Andreas gefahren war. Wozu auch, er hatte ja Arbeit und eine Zukunft hier oben. Zuerst hatte Friedrich vor, Andreas Wirz zur Rede zu stellen, aber er gab den Gedanken auf. Einmal hatte er Matthisch die Hand geboten. Das zweite und dritte Mal würde es ebenso nutzlos sein.

8

Seit Adrienne mit Wirz für das Abfahrtsrennen trainiert, ist sie davon ganz in Anspruch genommen; sie kommt erst um fünf Uhr ins Hotel zurück, abends ist sie müde, auch zum Bridge spielen hat sie keine Lust mehr. Francis sieht sie seltener, manchmal läuft er mit Klaus Ski, fragt ihn ein wenig aus – aber auch Klaus sieht seine Mutter nur bei den Mahlzeiten, tagsüber ist er im Skikurs, nicht mehr so regelmässig, seitdem sein Freund Matthisch fort ist. Mit seiner Mutter mag er jedoch nicht Ski laufen, wegen Wirz. Den kann er nicht leiden, er weicht ihm aus, steht am Morgen früher auf, frühstückt allein und geht weg, nur um nicht mit Wirz und Adrienne zusammenzutreffen.

Einmal fragt er: „Mama, wann fahren wir weg?"

Erstaunt antwortet sie: „Ich weiss nicht, vielleicht in drei Wochen, wenn du wieder in die Schule musst. Langweilst du dich denn, Klaus?"

Nein, nein, er langweile sich nicht, versichert er errötend.

„Willst du morgen auf die Ochsenalm mitkommen?"

Er lehnt ab, sagt, er sei mit Herrn von Ruthern verabredet.

Sie nickt, lässt ihn gehen. Aber sie ist eifersüchtig – nicht auf Klaus, redet sie sich ein, sondern auf Francis. Francis und Klaus, brüderlich nebeneinander – und sie mit Andreas Wirz. Aber sie ist selbst schuld, wollte es so haben. Wirz ist jetzt seiner Sache sicherer, er hat Adrienne in der Hand, bestimmt ihren Tageslauf, verlässt sie kaum mehr. Nachmittags, wenn sie von einem Trainingslauf kommen, trinken sie in der Alpenrose zusammen Tee, manchmal sitzt

Francis mit Friedrich am Nebentisch, manchmal auch mit Esther von M. Ohne dass Adrienne es beabsichtigt, wird sie immer mehr in eine Art Verteidigungsstellung gedrängt, zwei Parteien bilden sich, sie mit Wirz ... Man sieht sie oft zusammen, und Wirz ist nicht beliebt. Also hält man sich von ihnen fern. Und Francis ist mit Friedrich befreundet, ist sein „Vorzugsschüler“, jeder weiss es. Wirz lässt nicht nach. Wie oft hat sie es schon gehört: „Sie müssen gewinnen!“ Schliesslich kommt es ihr selbst so wichtig vor wie ihm. Es ist ihre Verteidigung gegen Francis. Aber was hält sie von Francis?

„Wie lange wollen Sie noch hierbleiben?“ fragt sie ihn einmal.

Er zuckt die Achseln. „Ich weiss nicht“, sagt er, „vielleicht für immer ...“ und lächelt gleich, als habe er einen Witz gemacht.

„Es wär nicht das Schlechteste.“

„Und Sie?“

„Klaus muss wieder in die Schule.“ Sie spürt, dass sie lügt, ja, sich selbst etwas vorlügt. Klaus muss in die Schule, gewiss – aber sie, wird sie wirklich hinunterreisen? Das Training bekommt ihr nicht, sie ist jetzt abends so müde, hat vielleicht auch wieder Fieber. Aber sie misst nicht. Sie fürchtet Davos – dorthin will sie keinesfalls zurück, nicht unter Kranken leben, nicht die berühmte Heilluft atmen, nicht der Suggestion der tausend Hoffnungen erliegen. „Vielleicht kann ich mir hier oben ein Haus bauen“, sagt sie, „man *könnte* hier leben.“

„Nicht ganz allein“, sagt Francis.

„So gut wie Ihr Freund Friedrich.“

„Der Friedrich hat seine Arbeit“, sagt er und denkt, der ist von hier, ist hier zu Hause. Aber ich könnte überall sein, und niemand fragt darnach. Er weiss jedoch auch, dass er nicht mehr von hier weg möchte; man kann sich ein Stück Land auch erobern, Neuland, und mit festen Füssen darauf stehen.

„Das Leben verlangt von uns, dass wir aus unseren Schwächen unsere Kraft ziehen“, sagt Adrienne.

Er nickt. „Es ist eine alte Technik, den Feind an seiner schwächsten Stelle anzugreifen“, sagt er.

Sie lenkt ab. „Nicht ganz allein?“ fragt sie. „Hätten Sie wirklich Angst davor? Ich natürlich, ohne Klaus ...“

„Ich war sieben Jahre lang allein“, unterbricht er sie schroff. Sie verstummt. Das war nicht anständig, denkt Francis, was kann sie für meine Einsamkeiten? Und was geht es mich an, wenn sie mit Klaus leben will und zufrieden ist – es ist doch ihr Sohn!

Man muss aus seinen Schwächen – Adrienne scheint ihre Schwäche gut zu kennen, natürlich, sie ist ja krank, *sie kann nicht mehr hinunter.* Sie ist nicht hier oben wie die anderen: um zwei, drei Wochen lang gute Luft zu atmen, braun zu werden, die Beinmuskeln zu entwickeln. Sie muss, sie muss! Wer weiss, vielleicht wird sie gesund, sie sieht ja beinahe gesund aus, und schön, weiss Gott – vielleicht gewinnt sie den Abfahrtslauf, wird eine berühmte Läuferin, aber was ist das alles. Vielleicht möchte sie etwas ganz anderes, macht nur eine Kraft aus ihrer Schwäche, aus der Not eine Tugend.

Aber ich, ich will nicht mehr fort. Ich will ein Haus haben, ein Dach, ein Stück Boden, und festen Fusses – er schüttelt den Kopf. Ist das Heimweh? Oder wird er alt? Wo bleibt der Drang, die Sehnsucht, das Abenteuer? Sonderbare Schmerzen ergreifen ihn jetzt zuweilen, Erinnerungs- und Zukunftsschmerzen; er hat nie etwas erwartet, von niemandem etwas, hat nur von Stunde zu Stunde, von Tag zu Tag gelebt, und auch von Freundschaft zu Freundschaft, immer wenn sich eine Hand bot ... und verschwand wieder im Dunkeln. Kärglich war das, aber man lebte doch. Aber – lässt sich ein Ende absehen? Sollte es so sein, dass nicht mehr von Tag zu Tag, sondern von Jahr zu Jahr der gleiche Ablauf sich vollzieht? Und siebzig Jahre wären es wohl im ganzen! Glaubt er denn nicht an eine Vorsehung? Will er etwa eingreifen? Ich werde doch noch in mein eigenes Leben ... Aber wie macht es Adrienne? Hat sie wirklich Geduld?

Manchmal ertappt er sich dabei, dass er ihr heimlich seine Freundschaft anbietet, eine brüderliche, aufrichtige Freundschaft – aber er weiss, das bietet man nicht an. Das ist da oder nicht, und Enttäuschung und plötzliche Kälte durchdringen ihn. Noch hat er etwas vor sich, Jahre, Unternehmungen, ja, auch Liebe, auch Erfolg. Er hat es nicht nötig.

Er wartet. Der Weg liegt im Dunkeln.

Carl Eduard schrieb nicht, Matthisch kam nicht wieder. Es war Februar, über Mittag brannte die Sonne sommerlich, die schwarzen Vogelscharen hockten auf den Abhängen in der Nähe des Hotels, flogen flügelrauschend auf, verfolgt von ihren Schatten. Das Wetter schlug nicht um. Eine Autofirma im Rheinland schrieb Francis einen abschlägigen Brief; er hatte sich vor Monaten als Vertreter gemeldet. Jetzt war er froh, dass sie ihm absagten, und legte den Brief weg. Ein alter Freund seines Vaters, Geheimrat, Jude, schrieb ihm aus Berlin: Gern hätte er sich für ihn eingesetzt, aber heute sei sein Einfluss zu gering. Francis schüttelte den Kopf. Wie ein kalbender Eisberg hatte sich die Welt gewendet, eine Seite war ins Meer gestürzt, eine längst verschüttete war dafür emporgetaucht. Nein, er wollte nicht nach Berlin. Er schrieb dem Geheimrat, dankte, war froh, als er den Brief Matthischs hinkendem Nachfolger für die Post übergeben hatte.

Die Tage vergingen. Vielleicht begann unten schon der Frühling. Vielleicht gab es grüne Wiesen, noch feucht vom geschmolzenen Schnee, vielleicht spielten die Kinder schon auf der Landstrasse. So weit also bin ich, dachte Francis. Ich lege die Briefe weg, zerbreche mir nicht den Kopf darüber, bedaure es nicht einmal. Nicht nach Berlin – was will ich denn? Wird die grosse Krise ausgerechnet vor mir Halt machen? Oder werde ich unter den Eisberg geraten? Nicht nach Berlin – das verfolgte ihn schon. Wahrscheinlich wird man mir ein Angebot machen: Welche Stadt sagt Ihnen zu, wieviel Gehalt wünschen Sie, für welche Tätigkeit sind Sie geeignet? Aber das waren ganz vernünftige Fragen.

Klaus Vidal lief mit blassem Gesicht umher, wich seiner Mutter aus, zeigte Andreas Wirz offen seinen Hass. Kinder können stärker als Erwachsene hassen, ihren ganzen noch unbenannten Lebensschmerz und Abscheu hineingiessen. Mit Francis sprach er manchmal noch unbefangen.

Er kauerte eines Abends in seinem Lehnstuhl, im Matrosenanzug, die nackten schmalen Knie hochgezogen.

„Fehlt dir etwas?“ fragte Francis besorgt.

Klaus sah ihn an, sagte scharf: „Mir fehlt nichts. Bitte fangen Sie nicht auch noch davon an.“ Francis schwieg hilflos. Klaus lenkte ein. „Was tun Sie eigentlich“, fragte er, „wie lange bleiben Sie noch hier?“

„Das weiss ich nicht“, sagte Francis.

Klaus, schon wieder erregt, fragte: „Aber was tun Sie denn sonst?“

Francis, lachend: „Ski laufen.“

„Dasselbe wie ich. Aber ich muss in drei Wochen wieder in die Schule.“

„Dafür bin ich Gott sei Dank zu alt.“

Klaus blickte ihn beleidigt an. „Das kann ich mir denken“, sagte er. „Aber Sie werden doch nicht nur Ski laufen. Sie müssen doch einen Beruf haben?“

Francis zuckte mit den Achseln. „Ich habe keinen Beruf“, sagte er und dann: „Ich bin sozusagen – arbeitslos.“

„Ach so.“ Klaus betrachtete ihn schweigend. Francis schwieg ebenfalls. Dann sagte Klaus zögernd: „Ich wollte Sie nicht kränken, Francis.“

Francis lenkte ab. „Lass nur“, sagte er. Dann: „Was willst du werden, Klaus?“

„Ich weiss nicht. Vielleicht Flieger.“

„Wie Richthofen“, nickte Francis.

Klaus sah ihn erstarrt an. „Das war doch im Krieg.“

„Richtig, das war im Krieg, das ist vorbei. Und du meinst, es gibt keinen Krieg mehr?“

„Mama sagt, es sei unmöglich.“

„Nichts ist unmöglich“, antwortete Francis zerstreut.

Klaus schwieg.

Einmal fragte Francis Adrienne: „Wie erziehen Sie den Jungen, was erzählen Sie ihm, haben Sie Einfluss auf ihn?“

Sie antwortete nachdenklich: „Ich erziehe ihn nicht, er ist für mich wie ein Erwachsener."

„Sein Vater war Offizier. Wollen Sie, dass Klaus Offizier wird?"

„Ihr Bruder Carl Eduard hat es ihm ausgeredet."

Francis war von dieser Antwort betroffen. Nie hatte Carl Eduard früher Stellung genommen, nie etwas abgelehnt und verurteilt. Jetzt sollte er gegen seinen eigenen, freiwillig gewählten Beruf geredet haben! Francis fragte unsicher: „Tat er das … aus Überzeugung?"

„Ich glaube schon", sagte Adrienne.

„Aber er war ja selbst Offizier. Er hat dies doch freiwillig gewählt."

„Mir sagte er: ‚Es gibt keine Freiwilligkeit.'"

„Aber er hat doch den Beruf auch freiwillig wieder aufgegeben."

Ihre Augen blitzten auf. „Es gibt keine Freiwilligkeit", sagte sie.

Francis gab sich kurz Rechenschaft: Deutschland verlassen – nach Südamerika gefahren – Existenz abgebrochen – hier oben neu angefangen – alles freiwillig, so oder so beschlossen. „Man wird doch vor Entscheidungen gestellt", wandte er ein.

„Ihr Bruder wäre zu einer anderen Zeit ein guter Offizier gewesen. Jetzt, glaube ich, konnte er nicht mehr."

„Also hat er sich doch freiwillig entschieden."

Wieder sah sie ihn an, kurz, und senkte den Blick. „Er sagte mir, man werde zwangsweise vor eine Entscheidung gestellt. Und wenn man sich zu entscheiden habe, rechts oder links, und mit Bewusstsein den Verzicht – oder ich glaube, er nannte es die Versündigung gegen das eine oder das andere – auf sich genommen habe, dann erst beginne das Erwachsensein."

„Bedeutete ihm das etwas?" (Carl Eduard, zartgesichtiges, schmales, hellblondes Kind.)

„Es bedeutete ihm, sich abzufinden."

Francis, hartnäckig, fragte weiter: „Mit was musste er sich denn abfinden?"

Sie zuckte die Achseln. „Wir finden uns doch alle ab", sagte sie.

Francis ging es durch den Kopf: Plötzlich vernehmen wir wieder die tiefen Ströme, sprechen von Fernliegendem wie von einem drohenden Unglück – was droht uns denn hier oben? Warum denken wir an Carl Eduard? Warum stellt diese Frau mich zur Rede, sagt, man müsse sich entscheiden, und das bedeutet Zwang, Verzicht – er nannte es Versündigung. Schon lange bin ich erwachsen, warum überfällt sie mich? Und sah bestürzt ein: Carl Eduards Name ist wie der eines Verschollenen zu uns gedrungen, will gehört sein, und damit eine Welt, Rufe, Anklagen, drohende Schicksale; alles stürzt plötzlich auf mich ein, jetzt begreife ich wieder: Die Ströme sind unaufhaltsam, Grausames geschieht, irgendwo in fernen Wüsten, durstige Pferde suchen Oasen, eine Fata Morgana steigt auf, bei ihrem Anblick stirbt man doch vor Durst, und erschöpft wiederholte er: Die Ströme sind unaufhaltsam.

9

Seitdem ist es vorbei mit dem ruhigen Leben, mit dem Warten ohne Ungeduld. Francis fängt an, die Tage zu zählen. Wozu? Er hat keinen Termin vor sich, aber er zählt, gibt sich Rechenschaft. Heute ist Mittwoch, 8. Februar, noch vier Tage bis zum Abfahrtsrennen, noch zweieinhalb Wochen hat Klaus Ferien, vor zehn Tagen ist Matthisch verschwunden. Donnerstag, Freitag – wieder fast eine Woche vorbei, nichts geschehen, es muss etwas geschehen, es muss etwas geschehen. Adrienne ist schon aufgeregt wegen des Rennens am Sonntag, sie macht einen kleinen Trainingslauf mit Wirz, ruht sich dann aus. Was für ein Theater! Fünf Uhr, ich will mit Esther Tee trinken. Wie hübsch sie ist! Ich glaube, ich habe nie eine hübschere Frau gesehen. Ein Engelsgesicht – ein wenig amerikanisch, aber so rührend sind Amerikanerinnen nicht, nicht so jung. Mit siebzehn sind sie erwachsen, verloben sich. Vermutlich hatte Esther mit siebzehn ihren ersten Geliebten. Armes Kind, aber man merkt es ihr nicht an. Ich glaube, sie weint noch des Nachts und betet lateinische Sprüchlein, die sie nicht versteht. Sie versteht das Leben nicht und bittet die Engel, es ihr zu erleichtern. Aber die meisten Leute sagen, dass Esther dumm sei. Ich glaube, dass sie klug und gutherzig ist und dass ihr Mann sie schlecht behandelt. Ich glaube, dass sie das nicht verdient hat, kleine Esther, aber sie wehrt sich gar nicht, bittet nur die Engel, ihr das Leben zu erleichtern.

Jetzt ist es fünf Uhr, sie ist noch nicht gekommen. Francis wird ungeduldig (was hat er denn zu versäumen?), geht in die Halle hinunter, sucht den Kellner. Es gibt noch genug leere Tische, aber er lässt einen reservieren, bestellt Tee und Toast. Den Kellner kann er nicht leiden, er ist ein eitler Bursche, und so langsam, als habe er nichts zu versäumen. „Beeilen Sie sich doch“, ruft ihm Francis nach, setzt sich dann, wartet, wartet. Wirz kommt vorbei, nickt störrisch. Wie ich ihn hasse, denkt Francis, aber warum hassen, nichts hat er mir getan, er müsste mir leid tun. Er sieht aus, als bekomme er nicht genug zu essen.

Klaus kommt die Treppe hinunter, grüsst, will an Francis vorbeigehen. Francis ruft ihm nach: „Willst du abends mit mir essen, Klaus?“ Ja, danke schön. Er ist ganz allein, seine Mutter will im Bett essen. Klaus geht weiter, die Augen geradeaus gerichtet. Er sieht schlecht aus und ist auch ganz allein. Wie Esther, wie seine Mutter, wie Wirz. Wie ich, denkt Francis, leicht verbittert. Sie geben Wirz nicht genug zu essen. Adrienne legt sich ins Bett und lässt Klaus allein. Nichtigkeiten, aber so unerträglich alles. Jetzt wird es schon ein wenig dunkel, und Esther ist noch nicht da. Ich werde sie holen. Natürlich hätte ich sie abholen müssen, ich hätte doch Zeit gehabt. Der Kellner bringt den Tee, deckt den Toast mit einer Serviette zu. Halb sechs Uhr.

Da erscheint Esther. Francis springt auf, geht ihr entgegen. Sie nimmt die Mütze ab, streicht das Haar zurück. Wie hübsch sie ist! „Setzen Sie sich“, sagt Francis, „es tut mir leid, dass ich nicht daran gedacht habe, Sie abzuholen.“ Sie setzt sich, lässt den Mantel über die Stuhllehne fallen. Er schenkt Tee ein, erregt, streicht ein Toastbrot. Es geschieht etwas …

Sie sagt: „Ich werde morgen wegfahren.“

Er setzt verwirrt die Teekanne ab. „Ist etwas passiert?“

Sie lacht. „Passiert, nein", sagt sie. „Aber mein Mann hat es nicht gern, wenn ich zu lange am gleichen Ort bleibe."

„Fahren Sie nach Hause?" (Wo ist „zu Hause" – ich glaube, in Ascona hat ihr Mann ein Haus, ein anderes in Paris.)

„Nicht nach Hause", sagt sie, „nach St. Andreas, oder vielleicht in die Schweiz."

„In die Schweiz …"

„Nach Arosa. Oder nach Mürren zum Kandahar. Haben Sie nicht Lust mitzukommen?"

„Lust schon, Esther. Aber kein Geld."

„Ich habe Geld genug."

Er sagt lachend: „Ich kann mich nicht aushalten lassen." Dann wird er wieder unruhig. Wie, sie sprachen hier über Nichtigkeiten, und gleichzeitig geschieht etwas, er weiss es genau, nicht, wo, nicht, ob es ihn angeht, aber die Ströme sind unaufhaltsam, und sie gehen mitten durch sein Herz. „Esther", sagt er, „ich wollte, Sie würden noch bleiben. Wir bleiben alle nicht mehr lange."

„Alle", fragt sie, „wen meinen Sie damit?"

(Mich, Adrienne, Klaus, denkt er rasch und bestürzt.) „Ich glaube, ich werde bald wegfahren", wiederholte er, „bitte, bleiben Sie noch."

Jetzt fängt sie an zu lachen. „Du hast nie Zeit für mich", sagt sie, „wir sehen uns kaum, und doch willst du nicht, dass ich wegfahre."

Er murmelt verzagt: „Wirklich, Esther, wirklich. Ja, ich habe keine Zeit gehabt, Esther, jetzt tut es mir leid."

„Komm nach St. Andreas!"

„Ich habe kein Geld."

„Du brauchst dort nicht mehr Geld als hier. Und du hast ja mich."

„Ich kann doch nicht einfach wegfahren."

Wieder lacht sie, beinahe zärtlich. „Was hast du denn hier zu versäumen?" fragt sie lachend.

Jetzt schlägt sein Herz stärker. Nichts zu versäumen, denkt er, sie hat recht, auf was warte ich denn? Er neigt sich zu ihr, befangen, klopfenden Herzens, halb schon verführt. „Es wäre vielleicht gut, von hier wegzufahren", sagt er.

Sie verstummt, wird ernst. „Was ist denn mit ..." Sie bricht ab, will den Namen nicht nennen.

Und er wiederholt für sich: Nichts zu versäumen, was habe ich mir eingebildet, unter welchem Druck habe ich gelebt, oh, nichts, nichts hält mich hier, nichts an irgendeinem Ort auf der Welt. Berauscht sich an seiner Freiheit, ist ganz bestürzt, ganz selig, ich, freier Mensch, o Liebe! Steht auf, sagt: „Wir wollen in die Bar gehen, dort kann man sich ruhiger unterhalten."

Sie setzen sich in eine Ecke, trinken Whisky und Orangensaft, sind allein. Francis spricht, Esther verstummt bald, sitzt zurückgelehnt, die kleinen Hände im Schoss. Francis betrachtet sie, gerührt und auf sonderbare und lang vergessene Art erregt. Wo war er, was war in ihm vorgegangen? Und was geschieht jetzt mit ihm? Neue Empfindungen wollen ihm die Brust sprengen, das Sprechen selbst macht ihm Mühe, die Worte drängen sich in qualvoller Hast hervor. Zusammenhang, denkt er, gejagt, glücklich und ängstlich zugleich – gestern – heute – morgen, was wird aus mir? Esther kann es nicht sein, die diese Verwandlung hervorgerufen hat. Gewiss, sie ist schön, gewiss, er sieht sie wie zum erstenmal, erinnert sich plötzlich: Liebe, und dass er seit Monaten nicht mehr eine Frau umarmt hat. Ach, nicht umarmen, nur ihre Hände um seinen Nacken, nur ihr Gesicht aufwärts gerichtet, nur diesen sanften Kinderblick –

Gestern, hämmert es in ihm, war ich weit weg, im Val Torn, allein, es war heiss, weisse Wolken schoben sich vorwärts, die Luft zitterte, hoch, hoch oben waren die Wolken, nur Himmel, Unendlichkeit, und ich sass, mit dem Rücken an die Hüttenwand gelehnt, schnallte die Skier nicht ab, so müde war ich, und um mich das Grenzenlose, die Seele hätte aus mir entweichen können, es war mir, als verblute ich, aber ich hatte ja keine Wunde, ich war nur so müde ... Ach, ich möchte Esther umarmen.

Und sie, von seinem Reden verwirrt, sagt nur: „Sie *wollten* es eben nicht wissen, Francis!"

„Was, Esther, wollte ich nicht wissen?"

„Dass ich Sie sehr, sehr gern habe."

„Liebling, darum geht es ja nicht, es geht um ..." Er versucht ganz hart und klar nachzudenken, die Formel zu finden – und merkt, er kann nicht, ihm wird heiss, worum geht es denn, das ist ja alles nur im Rausch, eine Art von Ausschweifung. Ich habe mich verliebt, habe Esther entdeckt, habe die Liebe neu entdeckt – jetzt verliere ich mich, das ist alles.

Esther legt ihre Hand auf seine, beugt sich vor, sieht ihn eindringlich an, sagt: „Sie brauchen keine Angst zu haben – es ist das Einfachste von der Welt, mich zu lieben."

Er nickt, um sie zu beruhigen. Er ist aufs neue gerührt: das Einfachste von der Welt, lieben, und gestern ist weit weg, vergessen, alle Schmerzen vergessen, lieber Gott, ich lebe und bin glücklich und will Esther haben, das ist das Einfachste von der Welt, will Esther haben, sie hat ein so himmlisch schönes Gesicht. „Esther", sagt er, streichelt ihre Hand und fängt plötzlich an zu erzählen, ja sich zu beklagen: „Allein war ich, man hat mich abgewiesen, hörst du, Esther, ich wollte zurückkommen, wollte arbeiten (redet so ungenau, phrasenhaft, unerträglich ist das!), wollte arbeiten, mich einfügen, wollte eine Frau haben, Kinder, ein Haus. Aber ich finde mich nicht mehr zurecht, ich weiss nicht, ob es an mir liegt oder an Deutschland, ob ich vergessen habe, wie Männer hier leben – und nun kommst du, Esther, bist so schön, aber das ist nichts für mich, ich verdiene dich gar nicht." (Wer redet da, doch nicht ich, nicht ich?) Und als er sich aufrichtet, sieht er in der offenen Tür Adrienne stehen, nur einen Augenblick, sie blickt ihn an, dann Esther, er vergisst zu grüssen, sie dreht sich um, geht weg …

Neben ihm sagt Esther: „Was für böse Augen sie hat."

Er antwortet nichts, sagt überhaupt kein Wort mehr, trinkt seinen Whisky aus.

„Ich geh jetzt nach Hause", sagt Esther.

„Bleib doch noch. Können wir nicht zusammen essen?"

„Ich muss packen. Die Jungfer ist so ungeschickt."

„Ich begleite dich."

„Schön – oder nein, bleib hier, du musst dich ja noch umziehen."

„Ich werde dir einen Schlitten bestellen."

„Bitte, komm später zu mir."

„Wirklich? Bist du nicht zu müde?"

„Nein, nein, nein. Komm bitte, Lieber."

Aufwachen mitten in der Nacht. Greifen nach der Uhr, das Zifferblatt leuchtet: drei Uhr. Das Fenster ist hell, vielleicht von einer Strassenlaterne, vielleicht vom Schnee und vom zunehmenden Mond. Breiter weisser Streifen, darin die Gegenstände: Toilettentisch, ein Spiegel, schwarze, glänzende Fläche, ein grosses Auge. Auf dem Tisch Fläschchen und Porzellantöpfe, ein Schal, Haufen leichter, zusammengeballter Wolle. Der Stuhl ein wenig abgerückt. Hier sass Esther, klappernde blaue Pantoffeln an den nackten Füssen. Die Haut spannte über den dünnen Fesseln. Sie kämmte sich, trug einen Morgenrock aus Kamelhaar, die Ärmel fielen zurück. Runde Kinderstirn, grosse blaue Augen im Spiegel. Er sass im Dunkeln auf ihrem Bett. Das Zimmer so gross, so viel Raum zwischen dem hellen Toilettentisch und ihm, so viele Schritte. Er stand nicht auf, sass, vornübergebeugt, eine Zigarette zwischen den Fingern.

„Darf man in deinem Schlafzimmer rauchen, Esther?"

„Bitte", sagte sie, drehte sich zu ihm, den Arm auf der Stuhllehne.

Jetzt sahen sie sich an. Würde sie aufstehen, kommen? Er war müde. Wartete. Es begann wieder, die schreckliche Geduld, nach innen gewendet.

Esther plauderte, gutgelaunt und zärtlich. „Hast du gehört", sagte sie, „der kleine Hausbursche, der Matthisch, soll seit zehn Tagen verschwunden sein."

„Man hätte ihn eben nicht entlassen sollen."

„Er hat mich einmal besucht", sagte Esther und brach bei der Erinnerung in ein kleines Lachen aus.

Francis schwieg unhöflich.

„Er war ein niedlicher Bursche."

War, dachte Francis, war kraushaarig, war hübsch, war arm und verführt und liebenswert. Armer Matthisch.

„Was wohl mit ihm geschehen ist?“ fragte Esther.

„Der kommt schon durch“, sagte Francis traurig und glaubte selbst nicht recht daran.

Sie wandte sich wieder zum Spiegel, hielt mit einer Hand das Haar zurück und rieb Stirn und Wangen mit weisser Creme ein, zerrieb sie sorgfältig, tauchte Watte in ein Fläschchen, wischte das Gesicht damit ab. Francis sah zum Fenster hinaus. Die Zigarette zwischen den Fingern brannte noch, die Asche fiel auf den Teppich. Er stand auf, suchte einen Aschenbecher, setzte sich wieder. Mit der Hand strich er über Esthers seidenbezogene Kissen. Sie sah es und lächelte.

Die Nacht war lang. Das Zimmer ein Schiff, verloren im Weltall. Francis lag mit offenen Augen und hörte die Luft an ihnen vorüberbrausen. Plötzlich wurde es still, er neigte sich über Esther. Sie schlief, das Gesicht in der Beuge ihres Arms. Atmete rasch, mit fast geschlossenem Mund. Sie sah nicht sehr froh aus. Er blickte wieder zum Fenster wie in ein grosses, helles Gesicht. Draussen flogen die Wolken vorüber, der Wind brauste, dazwischen schien die Sonne, warf eine Flut von milchigem Licht auf die Erde hinunter.

Da erglänzten die Seen, Tieraugen, und die Meere mit ihren Inselketten von Festland zu Festland. Ruhig lagen die Wälder auf dem Rücken Finnlands, in den verlorenen russischen Ebenen, in den schwarzen Gebirgen Deutschlands. Die Wolken ballten sich wieder zusammen, Dunkelheit brach herein, die Gondel flog aufwärts. In den Städten lagen die Liebenden in ihren dumpfen Zimmern, träumten schwer und stöhnten. Draussen der Wind, föhnig und warm, die Telegrafendrähte erzitterten. Hoch oben, in 1800 Meter Höhe, schwankte das Schiff. Mond und Laterne schienen durch das weisse Fenster. Ein heller Streifen über dem Bett, eine Strasse zu Esthers weissem gebeugtem Arm, zur weichen Haarsträhne.

Die Nacht war lang. Francis versuchte, wieder einzuschlafen. Er war es nicht mehr gewohnt, neben einem anderen Menschen zu liegen. Sein Körper schrak zusammen; der Schlaf, statt ihn zu erfrischen, hatte ihn nur erschöpft. Esther drehte sich zu ihm, griff mit der Hand nach seinem Haar, Ohr, Hals. Seufzte beruhigt, schmiegte sich an ihn, schon wieder eingeschlafen. Francis stand leise auf, ging zum Fenster und schob den Vorhang zurück.

Unter dem Fenster brannte die Laterne in einer trüben Gloriole. Die Häuser an der Dorfstrasse waren grösser geworden, die Strasse selbst breiter und so weiss, als wäre in der Nacht frischer Schnee gefallen. Am Ende der Strasse brannte eine zweite Laterne, dahinter erhob sich ein Berg. Francis konnte sich nicht auf den Namen besinnen. Der Berg war wie von einem sauberen Pinselstrich bläulich-hell in den schwarzen Himmel gesetzt, pyramidenförmig, mit glattgeschliffenen Kanten. Der Himmel wolkenlos und voller Sterne. Sie brannten unruhig, sandten ein schwaches, flackerndes Licht. Francis, den Kopf vorgestreckt, lauschte. Nichts, kein Geräusch. Er hatte vom Wind geträumt, aber es geschah nichts. Er war nicht unterwegs, das Schiff schwankte nicht. Als er sich umwandte, sass Esther aufrecht im Bett und sah ihn an. Da dachte er an seinen verirrten Schutzengel, und Traurigkeit schnürte ihm die Kehle zu.

Nein, du bist es nicht, dachte er, ging zu ihr und streichelte sie. Du bist es nicht, fremdes Engelsgesicht. Wenn Carl Eduard krank war, rief er im Fieber nach unserer Mutter. Unsere arme Mutter, ihr Gesicht ist verdunkelt, blüht nicht mehr. Ich rufe niemanden. Der Schutzengel war ein Ammenmärchen, du bist es nicht, Esther. Und fuhr fort, aufgelöst vor Trauer, ihr weiches Haar zu streicheln.

Schlaftrunken fragte sie: „Hast du Kummer?"

Er nickte, fühlte sich alt und weise, nahm sie in die Arme.

„Ich werde gut zu dir sein", sagte sie. „Trösten werde ich dich."

Er murmelte: „Wie gut du mich trösten wirst", und wiegte sie hin und her.

Aber sie liess sich nicht beschwichtigen. „Ich *möchte* so gern", sagte sie, „ach, ich möchte so gern etwas für dich tun."

In ihm blieb es still und kalt. Sie fühlte es und umklammerte ihn ängstlich. Dann begann sie plötzlich, ihn mit grosser Glut und Zärtlichkeit zu küssen, biss in seine Lippen, presste ihn an ihre Brust mit ihren schwachen Kräften. Mund an Mund blieben sie liegen. Er hielt die Augen geschlossen, war verwundert und genauso traurig wie vorher. Sie atmete gepresst, fast schluchzte sie beim Einschlafen. Dann stand Francis zum zweitenmal auf, kleidete sich im Badezimmer an und schlich hinaus. Im Korridor blieb er stehen und lauschte – nichts rührte sich in ihrem Zimmer. Sie schlief. Er zündete sich eine Zigarette an, ging die Treppe hinunter. Föhnluft und erste Dämmerung empfingen ihn draussen.

10

Anderntags reiste Esther ab. Ihr Schlitten war mit Pelzen gefüttert. Ein kleines Pferd zog ihn, zottig, dunkelbraun und weiss gefleckt, reich mit Glöckchen behangen. Im zweiten Schlitten, neben hochgetürmten Schrankkoffern, sass mit verfrorenem Gesicht die Zofe. Von Esthers jungen Franzosen war nur einer zurückgeblieben, ein schöner, dunkelhäutiger Mensch mit Kraushaar und hoher Stirn. Er trug ein verwaschenes dunkelblaues Hemd und ein rotes Tuch um den Hals. Neben Francis stand er und gab Esther mit belegter Stimme kleine Ratschläge. Sie sass in ihrem hellbraunen Pelzmantel im Schlitten, ohne Hut. Abwechselnd lächelte sie Francis und dem verstörten Franzosen zu, winkte, als das Pferdchen anzog. Die Glöckchen klingelten; es fehlte nur der kleine fratzenschneidende Moor.

Als die Schlitten verschwunden waren, entfernte sich der Franzose, ohne Francis die Hand zu geben. Er ging mit langen Jungenschritten.

Francis begab sich nach Hause. Das Wetter war schön, er hatte Lust, ein wenig Ski zu laufen, bevor die Sonne verschwand. Esther fuhr nach St. Andreas. Eine Stunde Schnellzug. Er hatte versprochen nachzukommen. Jetzt zweifelte er schon, ob er es tun würde.

11

Francis öffnete das Telegramm, der Hinkende stand demütig ängstlich vor ihm. „Sie können gehen", sagte Francis. Der Mann nickte, schlurfte die Treppe hinunter, eine Hand auf dem Treppengeländer. Das Telegramm lautete: „Ihr Bruder schwer erkrankt. Erbitten sofortiges Kommen." Es war vom Städtischen Krankenhaus in Innsbruck abgeschickt.

Francis ging in die Bar, klingelte dem Mixer und bestellte Whisky. Es war neun Uhr. Am Abend ging kein Zug mehr. Also warten bis morgen früh. Zwölf Stunden. Francis hatte noch nicht gegessen. Man vernahm aus dem Speisezimmer Klappern von Geschirr und Besteck.

Der Mixer fragte: „Keinen Appetit heute?"

Francis nickte gedankenlos. „Später", sagte er. Er hatte keinen Hunger, und noch so viel Zeit. Beim zweiten Whisky fiel es ihm ein: Ich könnte telefonieren. Er verlangte eine Verbindung mit Innsbruck. Es schneite seit dem frühen Nachmittag, der Föhn nahm zu. Die Berge waren ganz nahe gerückt, Wolken lagerten zusammengeballt um ihre alten Häupter. Warme Luft floss zu den Fenstern herein, feucht und dick wie in Treibhäusern.

„Das Wetter schlägt um", sagte der Mixer.

Francis wartete. Dann rief man ihn, er stand in der dunklen Zelle, vernahm aus der Leitung brausendes Geräusch. Wartete. Endlich eine weibliche Stimme: „Melden Sie sich doch." Er meldete sich, erfolglos. In weiter Ferne stritten sich zwei Menschen. Leise, dünn, abgerissen drangen ihre Worte zu Francis. Zwei Frauen. Vielleicht Mutter und Tochter, vielleicht Freundinnen. Vielleicht stritten sie sich gar nicht. Schon wurden sie von dem neu anhebenden Brausen verschlungen. Dann rief jemand: „Innsbruck“, und Francis antwortete aufgeregt: „Ich möchte den diensttuenden Arzt sprechen“ und wiederholte: „Den Arzt, bitte.“ Wieder warten. Der Föhn schüttelte die Drähte. Ein Mann rief: „Was wünschen Sie?“, und Francis nannte seinen Namen. Schon viel leiser die Antwort: „Der Arzt, der Herrn von Ruthern behandelt, ist heute nacht nicht da. Ich kann Ihnen keine Auskunft geben.“

Francis schrie: „Aber man muss mir doch sagen …“

„Morgen früh“, vernahm er noch, dann entwich die Stimme, vom Brausen übertönt.

Francis hängte ein und verliess die Zelle. Nichts erreicht – er ging in sein Zimmer hinauf, begann zu packen. Was brauchte er in Innsbruck? Einen Strassenanzug, lange Hosen, erinnerte sich: FIS-Rennen, wie konnte ich das vergessen, und legte den Anzug wieder weg. Also wollene Hemden und Knickerbockers. Vier Stunden Schnellzug nach Innsbruck. Das war gar nicht weit. Und Carl Eduard lag dort. Warum hatte er nicht geschrieben? Francis suchte Taschentücher und Socken hervor. Die Schnellzüge fuhren weiter nach Wien oder München. Nach Berlin, Hamburg. Vielleicht war Carl Eduard von Berlin gekommen. Jetzt werde ich mir untreu, dachte Francis. Jetzt stürze ich mich hinab. Er fühlte sich sehr bedrückt. Ich wollte doch nicht reisen. Und dann: Warum hat Carl Eduard nicht geschrieben? Die Handtasche war fertig gepackt. Aber es ist das Einfachste von der Welt, dachte Francis: Er war auf der Reise hierher und schrieb mir nichts davon, um mich zu überraschen. Morgen früh wollte er am Frühstückstisch erscheinen und sagen: Da bin ich. Aber eigentlich liebte Carl Eduard Überraschungen nicht, nichts Unvorhergesehenes. Nun hatte ihn die Krankheit überrascht, ihn rücklings angefallen. Nicht einmal selbst telegrafiert hat er, der sonderbare Junge. Oder ... konnte er etwa nicht telegrafieren? War er bewusstlos? Vielleicht nicht krank, sondern überfahren? Von hinten überfahren, bewusstlos – Himmel, warum hat man mir am Telefon nichts gesagt? Mag sein, dass die Leitung gestört ist. Es schneit, der Föhn schüttelt die Drähte, in den Tälern stürmt es, eine Stange ist umgestürzt und hat die Drähte mitgerissen. Warum schicken sie keine Leute aus, um die Leitung zu untersuchen? Ich muss warten.

Um Mitternacht kam ein zweites Telegramm. Wieder der Hinkende, demütig unter der Tür. Francis riss es ihm aus der Hand, überflog es: nicht aus Innsbruck. Aus St. Andreas: „Warum bekomme ich keine Nachtverbindung? Sehnsucht. Esther.“ Er zerknüllte es. Keine Nachtverbindung, aber telegrafieren konnte man, noch war man nicht gänzlich abgeschnitten. Vier Stunden Schnellzug, tief, tief unten, unter den Tälern, unter den Föhnstürmen, nahe dem Strom, lag Carl Eduard.

Morgen ist alles in Ordnung, beruhigte sich Francis, man wird die Leitungen untersuchen, den Schnee von den Drähten schütteln, die Stangen wieder aufrichten. Und ich werde hinunterfahren. Auf sieben Uhr ist der Schlitten bestellt. Schon sah er sich die gewundene Strasse hinabfahren, der kleinen Station zu, dann brauste der Schnellzug heran, er stieg ein, durcheilte die Täler, dort glänzte der Strom, dort weitete sich der Blick, dort lag die goldene Stadt Innsbruck.

Plötzlich wurde Francis ruhiger. Er erinnerte sich daran, wie oft Carl Eduard krank gewesen war. Vielleicht war es auch dieses Mal nicht so schlimm. Man rief ihn – gut, war er nicht der Bruder? An wen konnte sich Carl Eduard wenden ausser an ihn? Und nun würde alles in Ordnung kommen, er fuhr ja hinunter, griff ein. Man brauchte ihn, und er kam. Noch sechs Stunden – Francis zog sich aus und rauchte ein paar Züge, bevor er das Licht löschte.

II. Teil

12

Er war im Zug eingeschlafen. Kurz vor Innsbruck erwachte er. Er sah die gefleckten Abhänge, den blauen Himmel, ein Schlösschen mit weissen Mauern auf einem grünen Hügel. Unten, am Fuss des Hügels, lag Schnee. Der Talgrund war auch noch mit Schnee bedeckt, nur da und dort sah man ein gezacktes Stück bräunlich feuchter Wiese. Dann kam eine Brücke, mit hohen eisernen Bogen, die sich über den braunen Fluss schwangen, in der Ferne die Doppeltürme einer Kirche mit blitzenden Spitzen. Sie fuhren hoch über den Strassen der Stadt, an einem Asyl vorbei, an winterlichen Gärten, an einer niederen alten Kirche, an Häuserreihen, offenen Fenstern, aus denen Wäsche und Bettzeug heraushing; Frauen sahen dem Zug nach. Dann die gedeckte Bahnhofshalle. Stadt. Innsbruck. Francis fühlte sich wie in Wien oder München. Der Bahnsteig wimmelte von gebräunten Menschen, Jünglingen, Bergführern. Ein Wagen mit Skiern wurde vorübergestossen, junge Leute trugen ihre Skier auf den Schultern, liefen mit grossen Schritten nach vorne, zum Gepäckwagen.

Ein Mann in grauer Bluse trug einen braunleinenen Postsack. Ein anderer verkaufte Zeitungen, hatte ein Gestell voll bunter Titelblätter vor der Brust, ein weiteres auf dem Rücken. Pfiffe ertönten, auf dem gegenüberliegenden Gleis fuhr ein Zug ab, ein Lokalzug, Bauern mit schwarzen Hüten und Lodenjoppen sahen zu den Fenstern hinaus.

Francis gab seine Handtasche bei der Gepäckaufbewahrung ab und verliess den Bahnhof. Er ging wahllos durch mehrere Strassen, besah sich Häuser, Schaufenster, Hotels.

Viele Häuser hatten Fassaden mit grossen verblichenen Malereien: Helden schossen von runden Bergen hinunter auf Soldaten in weissen Gamaschen und blauen Röcken; Mädchen mit Tirolerhüten und runden steifen Röcken tanzten mit Burschen in Lederhosen.

Auf der Strasse begegnete man ähnlichen Leuten: in Lodenstoffe gekleidet, mit weissen Wollstrümpfen. Wieder liefen Burschen mit Skiern auf der Schulter an Francis vorüber, junge Amerikanerinnen gingen Arm in Arm, lange Federn keck auf ihren schiefen Filzhütchen, und im Café Triesch sassen sie vor ihren Schlagsahne-Kuchen, neben den Einheimischen, die Kaffee tranken und Zeitung lasen. Dort landete auch Francis und suchte sich einen Platz am Fenster. Es war noch früh, kaum drei Uhr, er wollte warten und erst um vier ins Krankenhaus gehen. Jetzt schlief Carl Eduard vielleicht, und der Arzt war noch beim Mittagessen. Francis bestellte Kaffee und fragte gleich den Kellner, wo das Krankenhaus sei. „Eine Viertelstunde zu Fuss", sagte der, „Sie müssen durch die Hauptstrasse bis zum Inntor gehen und durch die kleine Gasse hinauf am Kloster der Ursulinerinnen vorbei." Dann brachte er ihm den Kaffee, mit viel Schlagsahne. Triesch, dachte Francis, erinnerte sich an den Namen – einer Schauspielerin wohl, Irene Triesch hiess sie und war alt und berühmt. Oh, nicht besonders alt, man machte Schauspielerinnen immer älter. Er hatte sie in Berlin gesehen, mit Paul Wegener, in einem Stück von Ibsen. „Borkman" hiess es, mit zwei Vornamen – er hätte sich erinnern müssen, wusste nur noch, dass es langweilig gewesen war und von etwas handelte, was sich schon zwanzig oder dreissig Jahre vor der Entstehung des Stückes begeben hatte und worüber sich die Personen unterhielten und sich gegenseitig Vorwürfe machten. Dann starb Wegener am Schlag, aber das hatte man schon lange vorausgesehen, und es war nicht sehr packend, obwohl er vorzüglich starb. Sicher spielte er nur Stücke, worin er zuletzt am Schlag ... Das konnte nicht ohne Einfluss sein, dachte Francis, so oft auf der Bühne am Schlag zu sterben; er bereitete sich gut auf den Tod vor, dieser Wegener, musste eines leichten Todes gewiss sein ...

Ach, er wollte an etwas anderes denken, an etwas Heiteres, und sich nicht jetzt, bevor er zu Carl Eduard ging, mit solchen Dingen beschäftigen. Plötzlich war ihm der bevorstehende Besuch peinlich. Carl Eduard, dachte er, fast ein fremder Mensch – was soll ich ihm denn sagen? Natürlich schämte er sich, nahm sich zusammen, dachte aufrichtig traurig an den Jungen. Wenn ihm nur nichts geschieht, dachte er, aber wieder war es das peinliche Gefühl, und zugleich Unruhe und Ungeduld. Er sah auf die Uhr. Vorn, auf einem Podium, nahm jetzt eine Kapelle Platz, es waren Wiener; Francis hatte am Eingang das Plakat gesehen: „Die berühmte Wiener Kapelle ...“ Ungarn vielleicht, mit Zigeunerblut. Er sah ihnen zu, wie sie ihre Instrumente auspackten, den Flügel öffneten, die Stühle rückten. Eine Schiebetür wurde aufgemacht, die in einen geräumigen Tanzsaal führte, und die jungen Leute strömten hinein, besetzten die Tische um das blanke Parkett. Francis sah ihnen zu, wartete den ersten, den zweiten Tanz ab. Er sah gern zu, die Mädchen gefielen ihm, sie waren gross, schlank, angenehm, er hatte lange nichts Ähnliches zu sehen bekommen. Als hätte ich ausserhalb der Welt gelebt, dachte er und erinnerte sich an die Alpenrose: Ziehharmonika, schleifende Schritte im Kreis um das erhöhte Podium …

Dort oben kannte er jeden, hier niemanden, dort kreisten seine Gedanken um Adrienne und Esther, hier waren sie frei, schweiften zwischen den Namenlosen umher, ein Gesicht gefiel ihm, ein gerader Rücken, ein schmerzlich nach Atem ringender Mund oder ein lachender, eine zart um den Nacken des Partners gelegte Hand. Das ist Leben, dachte Francis aufatmend, Überfluss, Leichtigkeit, billiger Genuss. In Alptal war ihm Esther als ein Wunder an Anmut erschienen; wieviel Anmut bot sich hier den Blicken, wieviel Reichtum!

Jetzt war er froh, dass er Alptal hinter sich gelassen hatte. Warum hatte er nicht längst den Mut dazu gefunden? Angst vor der Tiefe, sagte er lächelnd, warf einen Blick auf die besonnte Strasse hinaus, zu den bunten Häusermauern, den trabenden Droschkenpferden. Denn sogar Droschken gab es hier, alte Damen mit Sonnenschirmen lehnten in den brüchigen Polstern; die Kutscher, uralte Bauern mit grauen Bärten, sassen, geschüttelt und gekrümmt, auf ihren hohen Sitzen.

Es schlug vier Uhr, die Musik setzte schallend wieder ein, die Paare drehten sich. Francis rief den Kellner, zahlte. Also am Kloster der Ursulinerinnen vorbei … Seine gute Laune und Gehobenheit verflog. Zuerst den Arzt sprechen, dachte er, als er auf die Strasse hinaustrat. Und im Gehen überlegte er sich, jetzt nicht mehr mit peinlicher Empfindung, sondern plötzlich mit nackter Angst: Im Telegramm stand ja nichts, vielleicht ist es schlimm, vielleicht fast zu spät. Er beschleunigte seinen Gang, sah die Leute, die hellen Lodenjacken, die klingelnden Droschken nicht mehr. Angst und Zärtlichkeit bedrängten ihn, er eilte zum Wiedersehen mit dem Bruder.

Man liess ihn warten. Das Wartezimmer war kühl, halb dunkel. Bäume vor den Fenstern, Sonne im Untergehen, schräge Strahlen zwischen den kahlen Zweigen. Hier unten ist fast Frühling, dachte Francis, die Luft ist weich, die Hügel sind grün. Weit hinten, hinter der Stadt, sieht man Schnee auf den Bergen. Dort könnte man noch Touren machen, im Auto hinfahren, die Landstrasse ist trocken, der Wind weht über das Land und in den Seitentälern.

Mehrere Leute warten mit Francis. Eine Frau mit einem Kind auf dem Schoss, jung, verhärmt, trägt ein schwarzes Tuch um den Kopf wie eine Italienerin. Neben der Frau ein alter Mann, lächelt blöde das Kind an, hält ihm seinen runzligen Finger zum Spielen hin. Das Kind sieht ihn fremd und ernst an, wie Kinder auf allen Madonnenbildern.

Nun geht die Tür auf, die Mutter mit dem Kind erhebt sich. Geruch bleibt zurück, von einem Desinfektionsmittel. So riecht es in allen Wartezimmern.

Der alte Mann lächelt immer noch vor sich hin, er hält jetzt die Hände über seinem Stock gefaltet. Und drüben an der Wand ein Junge in grünem Sweater und Skischuhen, den Arm in der Schlinge. Der hat einen bösen Sturz getan. (Wenn ich doch Ski laufen könnte, von hier weg, hinauf ...) Ungeduldige Sehnsucht erfasst Francis. Draussen die Sonne, jetzt schon auf den letzten Hügeln, und die frische, kühle Schneeluft. Hier ein Gefängnis, ach, die Fenster zertrümmern und den Hügeln entgegen! Sonderbar, er kann geschlossene Räume nicht mehr ertragen, fast wie früher, drüben, als noch Himmel und Erde sich treffen mussten, um seinen Blick zu begrenzen …

Was erwartet mich hier, dachte er, fast abgestumpft. Und dann fiel ihm ein: Carl Eduard weiss nicht, dass ich hier bin. Er erwartet mich nicht. Allein liegt er, Fremde pflegen ihn, erlauben mir, ihn zu sehen, oder verbieten es. Mein Bruder weiss nichts von mir, ich weiss nichts von ihm.

Jetzt kommt eine Schwester herein, nennt fragend seinen Namen. Er folgt ihr durch den langen Gang bis zur letzten Tür. „Stationsarzt“ steht daran, auf kleiner weisser Emailtafel, darunter „Anmeldung Zimmer 12“. Francis tritt ein, die Schwester verlässt ihn, verschwindet lautlos. Sie war weiss, jung, still. Jetzt steht er allein da. Der Arzt erhebt sich vom Schreibtisch, drückt seine Hand. Gedämpft sagt er: „Ich bin sehr froh, dass Sie gekommen sind.“ Er freut sich darüber, denkt Francis, nicht imstande, seine Gedanken zu sammeln. Sie sind draussen, auf den Hügeln, im Wind, bei Adrienne, unterwegs, immer unterwegs …

„Sie wissen ja Bescheid“, tönt sachlich die Stimme des Arztes. „Ich hielt es gestern für notwendig, Ihnen zu telegrafieren.“ Er betrachtet Francis aufmerksam.

„Nein, nein, ich weiss über nichts Bescheid. Man hat mir nichts gesagt, ich habe gestern versucht zu telefonieren, aber man hat eingehängt.“ Francis richtet seine Augen auf den Arzt.

Und dieser, als könne er dem Blick nicht standhalten, sagt rasch, leise, tonlos: „Ihr Bruder hat sich die Lunge durchschossen.“

„Er hat sich –" Francis verstummt, presst die Lippen aufeinander.

„Die linke Lunge. Und er ist sehr schwach."

Genug, denkt Francis, eines nach dem anderen, keine Überstürzung. „Was bedeutet das medizinisch?" fragt er, und dann, lächelnd: „Sie brauchen mich nicht zu schonen." Das ist seine Stimme: ziemlich leise, aber geschult, fliessend, und ruhig. Er hört seine Stimme, als wäre es nicht er, der spricht. Und fast, als ginge das Gehörte ihn nichts an, als wäre es eine von fern her aufgefangene Schreckensbotschaft. Sein Bruder hat versucht, sich das Leben zu nehmen?

Lungenschuss – das klingt wie im Krieg, ist eines Offiziers würdig.

„Er ist ja so jung", sagt der Arzt, „vielleicht kann er sich erholen."

Sonst spüre ich nichts, stellt Francis fest, nur dass ich von hier fort möchte, sonderbar fühle ich mich, aber das kommt von der Luft (so viele Kranke atmen sie), vom Äthergeruch.

„Ich will Sie hinüberbegleiten", sagt der Arzt.

„Ja, danke." Francis wendet sich um, der Tür zu. Fremder Bruder, denkt er, wir sind zu früh getrennt worden – das Leben der Erwachsenen trennte uns, sonst wären wir vielleicht Freunde geworden. Aber doch mein Bruder, das kann man mir nicht nehmen, alles nehmen die Jahre, alles verändern sie, das nicht. Es ist stärker. „Schläft er denn nicht?" fragt er, sich umdrehend, den Arzt, der noch am Schreibtisch steht.

„Kommen Sie nur", sagt er, „Ihr Bruder erwartet Sie."

Aber man hat uns getrennt. Deshalb kann ich mir jetzt

nichts vorstellen, wenn der Arzt mir sagt ... Was hat er gesagt? Oh, etwas Schreckliches von dir, lieber Carl Eduard ...

Sie gehen wieder durch den langen Gang, und von einem Stuhl neben einer Tür erhebt sich die weisse junge Schwester und folgt ihnen still.

Der Arzt wendet sich um und sagt: „Sie können den Herrn Leutnant mit seinem Besuch allein lassen." Sie bleibt zurück, lautlos. Die Schritte der Männer klingen gedämpft auf dem Linoleum.

Wieder eine Tür, der Arzt tritt ein, sagt: „Herr von Ruthern, Ihr Bruder ist gekommen." Die Tür schliesst sich. Was für ein kleines Zimmer, ganz schmal, das Bett steht an der Wand, nahe dem Fenster. Weisse Wände, weisses Eisenbett, süsslich scharfer Geruch, viel schärfer als vorher im Wartezimmer, und hell ist es hier, nackte Helle, und Carl Eduards Gesicht ganz dunkel gegen die Fülle des Lichts, das durch das Fenster hereindringt. Der Arzt ist fort, Francis geht auf das Bett zu, reicht Carl Eduard die Hand, beugt sich über ihn, lächelt.

Carl Eduard hebt den Kopf. „Hat man dir telegrafiert?" fragt er.

„Ja, man hat mir telegrafiert."

Hilflosigkeit. Und durch die linke Lunge ...

„Lieb von dir, dass du hergekommen bist", sagt Carl Eduard, lässt den Kopf wieder zurücksinken.

„Das ist doch selbstverständlich", sagt Francis herzlich und stöhnt unhörbar: Allmächtiger, diese Hilflosigkeit, unter Brüdern. „Bist du mit dem Arzt zufrieden?" fragt er.

„Er hat mir einen guten Eindruck gemacht."

„Du werdest dich rasch erholen, hat er gesagt. Darüber brauchst du dir keine Sorgen zu machen.“

„Hat er das gesagt?“ fragt der Kranke. Unmöglich, ihn zu belügen, unmöglich. Sein Blick ist so sonderbar ruhig, so todernst und eindringlich wie der des Kindes vorhin, im Wartezimmer. Er ist dem Ewigen begegnet, denkt Francis erschreckt und gerührt. Er hat es mit der Waffe versucht, jetzt ist ihm gleichgültig, was um ihn geschieht, und zu lügen lohnt sich nicht mehr. Aber warum, warum hat er es getan?

Carl Eduard spricht angestrengt, ganz langsam. „Es mag sein, dass ich es überstehe“, sagt er, „manchmal wünsche ich es sehr“, und seine Augen leuchten eine Sekunde lang auf. „Aber verstehst du, es ist nicht angenehm, nicht leicht, wenn man einmal so weit war ...“ Er verstummt, sein Gesicht wird wieder wächsern, ausdruckslos.

Francis neigt sich vor. „War es denn so schlimm?“ fragt er.

Er bekommt keine Antwort. Dann, nach einer Weile, fragt Carl Eduard in anderem Ton: „Und dir – geht es gut?“

„Ja – ganz gut.“

„Ich dachte es mir, dort oben! Du bist sicher ein guter Skiläufer. Ich dachte, es wäre vielleicht gut für mich ... es würde mir vielleicht helfen, du hast mir ja auch geschrieben, dass ich hinaufkommen soll ...“ Er verstummt wieder, und Francis, überflutet von Mitleid und Zärtlichkeit, legt seine Hand auf die des Jüngeren und sagt: „Wir holen es nach, hörst du? Sobald du gesund bist, fahren wir zusammen nach Alptal ...“ (Als verspräche ich ihm, nach Hause zu fahren.)

Carl Eduard bewegt leicht die Hand und schiebt die von Francis weg, sagt nein. (Er durchschaut mich ...)

„Warum hast du mir nicht geschrieben, dass es dir schlecht geht?“ fragt Francis.

Carl Eduard öffnet die Augen – hellblaue, starke Augen, tiefliegend, wie eingesunken unter der glatten, weissen, angestrengten Stirn. „Ich hatte keinen Grund zu schreiben“, sagt er. „Es ging mir so wie immer. Nur – liess etwas plötzlich nach. Ich kann es dir nicht erklären.“

„Was liess denn nach?“

„Nichts, ich weiss nicht. Bis jetzt wollte ich – trotz allem, und plötzlich wollte ich nicht mehr. Das ist es.“

Besondere Gründe zum Selbstmord – keine, denkt Francis, so ist er auch aus der Reichswehr ausgetreten. Er glaubte nicht mehr daran. Wie nannte es Adrienne? Er hat nicht gelernt, ohne Befehle zu leben. Er hat nie selbständig seinen Tag verbracht. Aufstehen – rasieren – frühstücken: Tagesbefehl. (Aber hinter dem Dienst muss etwas stehen.) Seine Dienstauffassung war rein, war tadellos – aber sie muss in Konflikt mit seiner Vernunft geraten sein. Er hat versucht, konsequent zu sein, der arme Junge. Als ob Erwachsensein nicht darin bestünde, Konsequenzen abzulehnen, die Dinge, die man tun muss, nicht zu Ende zu denken!

„Weiss es Adrienne?“ fragt Carl Eduard. Seine Augen glänzen jetzt fiebrig.

„Ich habe ihr gesagt, dass du krank bist.“

„Sie würde mich verstehen“, sagt er strahlend.

Francis denkt nach. Verstehen Frauen solche Dinge? Verstehen sie das männliche, namenlose Abenteuer, den Heldentod? Weiss, jung, still sind sie, zählen nicht mit –

oder böse, gierig, nehmen sich, was sie brauchen, verzehren es wie Tiere ihre Beute. Aber sie verstehen nicht, was in dir und mir vorgeht …

Carl Eduard sieht glücklich aus. Er spricht vor sich hin, fast unhörbar. „Sie war krank", sagt er. „Sie lag sechs Monate, 24 Wochen lang auf einem Bett ausgestreckt, ganz allein. Da hat sie einen Blick getan, über das Gewöhnliche hinaus. Dorthin, wo unser Leben nicht mehr standhält, wenn man es sich einfallen lässt nachzuprüfen –"

Francis, gegen seinen Willen, murmelt: „Du solltest nicht so viel sprechen, Junge, es macht dich zu müde."

Der andere verstummt sofort, das Lächeln bleibt auf seinem Gesicht, ein sonderbar unfassliches, unnatürliches Lächeln – er spricht doch nicht von heiteren Dingen, er wollte erzählen, wie er dazu kam, erklären wollte er. Und ich unterbrach ihn, ganz nahe war er schon, aber er hat den dunklen Blick über die Grenze hinaus getan, davor fürchte ich mich, ich unterbreche ihn lieber. Bis morgen, morgen ist auch noch ein Tag, wir sind ja Brüder, gar nicht fremd sind wir uns, ich werde es schon erfahren. Ach, Feigheit, den nackten Grund wollte ich wissen, der Arzt hätte mir sagen sollen: Er hat etwas Unehrenhaftes begangen, bei der Reichswehr nämlich – oder einen Gegner im Duell erschossen, Schulden, 12'000 Mark, können Sie sie begleichen, Sie sind doch der Bruder? Wegen eines Mädchens hat er ihn erschossen, ihrer Ehre wegen, das ist so üblich, und er ist jung, Ihr Bruder, sicher hätte man ihm verziehen. 12'000 Mark, Sie werden es aufbringen, das lässt sich wieder gutmachen. Er denkt dies alles in einer Sekunde, während er auf das blasse Gesicht des Bruders starrt. So feige bin ich, wiederholt er ausser sich, ich will den Grund wissen, schlage mit der Faust auf den Tisch: den Grund, Herr Doktor, sagen Sie mir in Teufels Namen den Grund!

Carl Eduard, sanft und klar, beginnt: „Dir muss das ja widerlich sein."

Francis widerspricht eifrig. „Wie kannst du so etwas denken", sagt er, und dann, nach vorn geneigt: „Lieber Junge, lieber Carl Eduard."

Der Kranke fährt fort: „Du warst doch immer ganz anders, stärker als ich, gingst den Dingen ganz anders zu Leibe."

„Das ist schon lange her."

„Und das Leben drüben – wird auch nicht so sanft mit dir verfahren sein."

„Aber du warst doch Soldat."

Carl Eduard antwortet eine Weile nicht. Dann sagt er: „Wir hatten beide Gelegenheit, ein Mann zu werden" – und schweigt wieder.

Männer, denkt Francis, seit wann – Schulbuben waren wir, jetzt Männer, neunundzwanzig, dreissig Jahre alt. Jenseits der Grenze – man hat uns Gelegenheit gegeben, Frauen boten sich an, Geld; Geld bot sich mir, ich habe es wieder ausgegeben; er hat schiessen gelernt, Carl Eduard, der zarte, bekümmerte. Jeden Morgen früh aufstehen, kalte Dusche, Exerzieren im Kasernenhof – in Reihen aufgestellt sah ich die Soldaten, im Hof lag Schnee. Rötliche Backsteinmauern um den Hof, dahinter der Reitplatz. Vor den Reihen stand Carl Eduard, ich fuhr an ihm vorbei, im Taxameter, langsam über das holpernde Pflaster. Kalt war es, sieben Uhr morgens. So früh musste ich kommen, um ihn noch zu sehen. Frühstück im Offizierskasino; Carl Eduards Bursche kam herein. „Es hat geschneit", sagte er, „ich habe den Mantel mitgebracht" – und stand stramm, mit dem Mantel über dem Arm. „Es ist gut", sagte Carl Eduard mit seiner sanften Stimme.

Wir tranken bitteren Kaffee; wenn man Milch hineingoss, schillerte er ölig und bläulich. „Drüben bekommst du besseren Kaffee", sagte Carl Eduard. „Wer weiss, was aus uns hier wird ..." Dann musste er gehen. Im Hof seine Leute in Reih und Glied, ich fuhr vorbei, winkte ihm. Er kehrte sich langsam um, hob die Hand an die Mütze, grüsste. Wer weiss, was aus uns wird ...

Carl Eduard ist eingeschlafen. Leise steht Francis auf, verlässt das Zimmer. Im Gang brennt das elektrische Licht, trübe, durch grüne Glasschirme. Da merkt er erst, dass es dunkel geworden war, während er an Carl Eduards Bett sass.

13

Francis ging durch die kleine Strasse in die Stadt zurück, vorbei am Kloster der Ursulinerinnen (ob sie um diese Stunde beteten, fragte er sich) und an den dunklen Vorgärten. Er kam in die Hauptstrasse, sah erleuchtete Schaufenster, den offenen Eingang des Kasinos. Er vernahm Musik. Durch die grossen Fenster sah er Tanzende, sie glitten auf und ab, die Mädchen wandten ihre braunen Gesichter dem Fenster zu, als wollten sie auf die Strasse hinaussehen. Hell glitten sie vorüber, verschwanden im Hintergrund. Neue Paare tauchten auf. Wie von einer Spieluhr aufgezogen, dachte Francis, sie verschwinden im Turm und kommen auf der anderen Seite wieder hervor, gleiten vorüber zum Glockenschlag. Traurigkeit befiel ihn.

Er stand im Dunkeln, sah die Menschen hinter Glasscheiben. Er war allein und die Stadt voller Menschen, voller Fenster, voller Dinge für das Auge, Musik für das Ohr aus offenen Türen.

Hungrig war er, auch müde. Er raffte sich auf, wandte der Glasscheibe, den still vorübergleitenden Paaren den Rükken zu, trat in das Dunkel der Strasse zurück. Nicht weit unterhalb des Kasinos fand er einen Gasthof mit neuer, ländlich aufgeputzter Fassade. Er ging hinein, verlangte ein Zimmer, schickte den Boy zum Bahnhof, um seine Handtasche zu holen. Es war halb acht Uhr, er dachte daran, dass Adrienne, oben in Alptal, jetzt aus der Alpenrose zurückkam, Wirz begleitete sie, sie gingen über den knirschenden Schnee, nebeneinander. Klaus sass im Matrosenanzug in der Halle, mit nackten, schmalen Knien. Das Tal war dunkel, der Schnee leuchtete, die Fenster waren helle, leere Rahmen in der dunklen Hausfront. Und ringsum glatte, gewellte weisse Abhänge. Francis sehnte sich nach den Bergen zurück; diese kleine, provinzielle Fremden-Stadt vermochte es, ihn zu ängstigen, ihm seine Einsamkeit bis zum Unerträglichen fühlbar zu machen. Zu Recht hatte er sich davor gescheut.

Was sollte er hier, zu viele Strassen gab es, zu viele Mädchen und Frauen, in Pelzmänteln die fremden abends, in den erleuchteten Hallen der Hotels, und die einheimischen, Arm in Arm mit den Burschen, lachend und plaudernd unter geöffneten Haustüren. Automobile gab es hier, Pferde, Wagen. Drüben am Platz eine Schule, eine grosse Kirche mit bestürzender Fassade und zwei gewaltigen Türmen, ein Tor am Ende der Strasse, ein Kloster am Abhang – und Schüler, Studenten, Handwerker, Ärzte, Führer. Führer und Skiläufer trugen die Skier auf den Schultern eilig zur Stadt hinaus, die schmelzenden Halden hinauf. Ach, Fluss und rauschendes Wasser, jetzt ganz dunkel und schnell unter den kleinen Stegen fliessend.

Der Hausbursche kam vom Bahnhof zurück und brachte die Handtasche in das Zimmer hinauf. Er war braun und kraushaarig und glich dem Matthisch. Francis gab ihm ein Trinkgeld, hielt ihn einen Augenblick im Gespräch zurück, schickte ihn dann plötzlich weg. Er wusch sich, wechselte sein Hemd, ging hinunter, bestellte zu essen. Man brachte ihm Schnitzel mit Salat, er ass es rasch, gedankenlos. Da er noch hungrig war, verlangte er Käse, Schwarzbrot, nachher Linzertorte. Er sass allein im halbdunklen Essaal, die anderen Gäste waren längst fertig. Um neun Uhr ging er wieder auf die Strasse hinaus, wunderte sich über die laue, fast südliche Luft. Gruppen von jungen Leuten gingen schwatzend auf und ab. Gross, gelbrot stand der Vollmond am Himmel, mitten über der Strasse. Die Fassaden leuchteten in seinem milchigen Licht. Dann zogen Wolken vorüber und verdeckten ihn.

Francis trat in einen Keller, verlangte Tellauer und unterhielt sich mit einem jungen Burschen, der sich, angeheitert und geschwätzig, zu ihm setzte. Er erzählte, dass heute nacht die Heimwehr aufgeboten sei.

„Was ist los?“ fragte Francis.

„Sie marschieren mit den Fahnen ein, und mit Musik“, sagte der Bursche. „Sie wollen die Kommunisten aus ihren Löchern jagen.“

„Gibt es hier so viele Kommunisten?“ fragte Francis.

„Die reichen Juden betrügen die Bauern“, gab der Bursche zur Antwort.

Francis hatte seit Tagen keine Zeitung gelesen. Er bot dem Burschen Wein an. Der trank und nickte Francis zu: „Wir wollen wieder Soldaten haben“, sagte er. Sie tranken zusammen, der Bursche wurde noch gesprächiger, Francis immer schweigsamer. Schliesslich zahlte er. Als er aufstand, merkte er, dass er zuviel getrunken hatte. Er ging durch die Hauptstrasse zum Hotel zurück, froh, den Burschen los zu sein. Die laue Luft umwehte ihn, er fühlte sich erleichtert, traurig, teilnahmslos. Alles floss an ihm vorüber, er allein ging vorwärts, liess alles hinter sich gleiten, streifte es ab. Der Wein war gut gewesen, aber zu süss. Und er hatte fast einen Liter getrunken. Vielleicht konnte er im Hotel noch etwas bekommen. Er ging durch den schon dunklen Gang zur Bar. Sie war neu eingerichtet, im Stil einer Bauernschenke, mit rohen Bänken und Holztäfelung an den Wänden. Junge Leute im Skianzug sassen an den Tischen und spielten Karten. Vorne, an der Bar, sassen ein Junge und ein Mädchen, beide blond, das Mädchen sah aus, als sei sie der Bruder des Jungen. Sie tranken Cognac aus einem Glas, hatten die Köpfe aufgestützt. Glücklich sahen sie aus. Francis setzte sich in ihre Nähe und bestellte ebenfalls Cognac. Wirz ist ein Säufer, dachte er, unvermutet an seinen Widersacher erinnert – ich verachte ihn, weil er ein Säufer ist. Aber es ist gut zu trinken. Immer noch fühlte er sich erleichtert, fast heiter, seine Müdigkeit war einer schweren, taumeligen Lässigkeit gewichen.

Er trank still aus dem kleinen, schlanken Glas. Niemand beachtete ihn. Seine Gedanken schweiften über die grossen Gebirge, er hielt sie nicht zurück. Er sah sich dort oben, wo es so kalt ist, dass der Hauch in Ringen gefriert, und die Sonne so stark, dass die Gletscher sich in fliessende Wasser verwandeln. Seine Haut brannte vor Kälte und Hitze, Eisnadeln sassen in seinem Fleisch. Er war allein, verloren. Eine Frau lockte ihn, grossarmig, Wind im Haar. Lachend widerstand er.

Jetzt bin ich im Tiefland, dachte er beruhigt, wo sich das Tor auftut zu den Riesenstädten, den Flugplätzen und Weltmeeren. Alles steht mir offen, nichts zwingt mich. Von Kommunisten redete der Bursche drüben, von Juden und Bauern. Davon habe ich lange nichts gehört. Vielleicht kehre ich jetzt zurück, die Worte nehmen Gestalt an, ich selbst agiere unter ihnen, streite mit ihnen. Das ist menschlich, dort oben war nur Natur und ich ihr ausgeliefert, allein, verloren. Ich bin hinaufgeflohen wie die Etrusker vor den Galliern, die fruchtbaren Tiefen verlassend, vom Feinde verheert. Aber jetzt ruft man mich zurück. Plötzlich wurde er unsicher, nüchtern. Wer rief ihn? Er sah sich um, fand sich allein mit dem jungen Paar. Das Mädchen lächelte ihn an, er lächelte zurück, aber sie sah es schon nicht mehr, hatte sich wieder ihrem Freund zugewendet. Francis rief den Kellner, zahlte. Eine Weile blieb er noch auf dem Stuhl sitzen, ernüchtert, müde. Dann steckte er sein Geld ein und ging.

Mitten in der Nacht schreckte er auf. Er sass aufrecht im Bett, schweissüberströmt. Er hatte geträumt, noch glaubte er sich zu erinnern, spürte Namen und Geruch, sprach in die leere Dunkelheit, Bedeutungsvolles, und da war nichts mehr, keine Stimme; allein war er, tastete sich krampfhaft zurück, o Namen, o Begriff, o Nähe.

Da kam es. Ein Name: *Carl Eduard.*

Er erwachte vollends, sank zurück, presste sein Gesicht ins Kissen. Oh, er begriff etwas, es raste durch sein Blut, raste dumpf in seiner Stirn, er begriff: nur ein Name, der Name meines Bruders, und wir sind uns gleich. Er hat sich geirrt, ich mache es nicht anders als er; nicht anders als du, Carl Eduard, gehe ich an die Dinge heran, nur dass ich Ski laufe, oben, und den Städten entfliehe, ich laufe Ski, während du, viel mutiger als ich, deine linke Lunge durchschossen hast. Bis jetzt waren wir uns fremd, Meere des Erwachsenseins trennten uns, plötzlich stehen wir beide an der dunklen Grenze und tun einen Blick hinüber. Das begreife ich jetzt, wir müssen auf eine neue Brüderschaft trinken, auf die Sinnlosigkeit, die Unwegsamkeit, die tastende Spur –

Von draussen vernahm er plötzlich Klingeln, Pfeifen, Stampfen von Schritten. Er suchte ein Taschentuch und wischte sich das nasse Gesicht ab. Dann stand er auf, stand am offenen Fenster, bis er schlotterte. Durch die Strasse näherten sich Musik, Klingeln, Pfeifen, taktfester Schritt. Vom Tor her zog sich der Zug. Er sah Fahnen, hin und her wehend helles Tuch. Erinnerte sich: Die Heimwehr war aufgeboten. Nun schwieg die Musik, sie begannen zu singen. Dröhnend-fröhlich sangen sie, begleiteten ihre dröhnenden Schritte auf dem Pflaster. Francis stand am Fenster, gebannt. Eine Stimme in ihm: Was geht es mich an, längst haben wir dies alles überstanden. Deine Leute, Carl Eduard, im Kasernenhof, wo Schnee lag im trüben Frühlicht. Er hob die Augen, über die Dächer der Häuser, hinüber zu den stummen weissen Gestalten. Berge, dachte er, Heimat, zurückkehren. Siehe da, er hatte Heimweh, im fremden Ort nach fremden Gebirgen. Dies hier war Feindschaft, ging ihn nichts an. War alte Welt, ewig wiederkehrend, ihm und den Seinen ewig Feindschaft schwörend. Sein Fenster war der Blick zurück und vorwärts, in die neuerstandenen Reihen. Was blieb ihm, als sich abzuwenden, den Blick immer höher zu heben. Blick über die Grenze … und er fühlte wieder sein Herz schlagen für den Schwachen, Versagenden, den Bruder. Vor was, Gott im Himmel, hatte er denn versagt?

Er wird verstummen, dachte Francis, wird es mir überlassen, dies alles zu bestehen. Leidenschaftlich gefangen, sah er wieder auf die Strasse hinab, wo die blonden, breitschultrigen jungen Patrioten marschierten – engstirnig, dröhnend-fröhlich, unbedenklich. Sie verschwanden in der

Dunkelheit, liessen die wehende Helle des Fahnentuches zurück, ihren Gesang, ihr Pfeifen, Klingeln.

Francis stand noch an derselben Stelle, feindselig, traurig, ratlos. Adrienne tauchte vor ihm auf und neben ihm, fast Wange an Wange, das stille Antlitz seines Bruders. Er wird sie mitnehmen, dachte er, er wird Ansprüche auf sie erheben, ach, er sagte es ja: sie verstehe ihn, zusammen werden sie sich abwenden, zusammen den Schritt tun –

Er verliess das Fenster, legte sich wieder ins Bett. Die Tücher waren kalt geworden. Ich muss fort, fiel ihm ein, Carl Eduard wird sterben, aber ich will mich befreien, will ihn verlassen, will in die Berge zurück und in den Armen einer Frau schlafen. Oh, wissen will ich, dass sie lebt und dass ihr Herz für mich schlägt, dass ich lebe und dass leben gut ist und dass dies alles mich nichts mehr angeht. Oh, wieder atmen dürfen und die Augen erheben. Und plötzlich, von unfasslicher Angst und Abwehr ergriffen, stiess er wie einen Schrei den Namen seines Bruders aus, die Hände vor die Augen gepresst. Rollte sich erschöpft der Wand zu und schlief ein.

14

Endlich sass Esther in ihrem Abteil erster Klasse, und der Zug setzte sich in Bewegung. Aufatmend sah sie die Dächer von St. Andreas zurückbleiben, auch das grosse, flache des Palasthotels mit seinen niederen Schornsteinen und den kleinen, grauen, gekräuselten Rauchfahnen. Dort wurde jetzt das Abendessen vorbereitet, Suppe und Fisch, Fleisch, Salate, Pudding – für 150 Gäste, und auch für sie, Esther von M., Zimmer 208. Und für die Jünglinge, die jetzt in der Bar auf sie warteten. Sie sah sie vor sich: Jünglinge aus Paris und Berlin, aus England und Holland.

Sie hatte einige Zeit in ihrer Gesellschaft zugebracht – welch eintönige Ewigkeit! Ein wenig Ski laufen am Morgen (und sie machte doch keine Fortschritte), Lunch, Eisplatz, Tee, Bar, umziehen, Dinner, Bar, tanzen bis nach Mitternacht. Immer dasselbe, immer dieselben Leute! Und wie sie es fertiggebracht hatte, so viel Geld auszugeben! Immer blieb in der Halle und in der Bar ein Tisch für sie reserviert, und wer sich dort einfand, war Esthers Gast. Auch die Jungen, die sie von früher kannte, aus Berlin.

Damals war sie arm und wurde von den Jungen eingeladen. Aber keiner von ihnen schien es Esther zu verübeln, dass sie den alten Herrn von M. geheiratet hatte und damit sein ganzes Geld, so dass sie jetzt viel, viel reicher war als sie alle. Nein, sie waren treue Freunde geblieben, und Esther war darob aufrichtig gerührt.

Trotzdem langweilte sie sich. Oder war es einfach die Sehnsucht nach Francis? Sie dachte viel an ihn, hoffte im stillen ... aber nein, das wagte sie nicht zu hoffen. Nein, das verlangte sie nicht einmal. Nur von Zeit zu Zeit ein Telegramm schicken, das hätte er tun sollen, es hätte sie so glücklich gemacht. Dann hörte sie, dass Francis nach Innsbruck gefahren sei, zu seinem schwerkranken Bruder. Sicher war er allein dort und brauchte jemanden. Aber ob gerade sie? Dann hätte er geschrieben, er wusste doch, dass sie sofort bereit sein würde. Und wenn er es nicht wusste? Männer hielten so wenig von der Freundschaft einer Frau, das hatte er selbst zu ihr gesagt. Sie zögerte, überlegte das Für und Wider. Aber in St. Andreas konnte sie es nicht länger aushalten, nur weil ihr Mann wünschte, dass sie … Warum kam er nicht? Warum blieb er so lange in Wien, schickte nur seine riesigen, kostbaren Blumensträusse? Aber sie wollte es nicht beschwören, es wäre entsetzlich, wenn er wirklich hier heraufkäme. Sie versuchte, sich ihren Mann im Skianzug vorzustellen … Nein, sie wollte fort. Ihre Zofe musste im öden Palast-Zimmer zurückbleiben, mit den Schrankkoffern.

Allein reiste sie, ganz allein. Mochten sie doch warten in der Bar und auf ihre Kosten Whisky trinken! Sie befahl der bestürzten Zofe, eine Handtasche zu packen, telegrafierte ihrem Mann und beschloss, den Abendzug nach Innsbruck zu nehmen. Als sie dann unterwegs war und es dunkel wurde, begann sie über ihre Unternehmung nachzudenken. Nie seit ihrer Verheiratung war sie allein gewesen … und nie würde sie den Mut haben, Francis aufzusuchen! Sie sass still, die Hände in grauen Reisehandschuhen auf den schmalen Knien. Angst wie als kleines Mädchen, dachte sie, Angst habe ich, Angst. Sechzehnjährig war sie zum erstenmal von ihrer kleinen Stadt nach Hamburg gefahren, von Hamburg nach Berlin. Dann nahm sie jemand nach Paris mit, sie musste Französisch lernen, bald darauf Englisch, sie fuhr nach England, wieder nach Paris, ihre grosse Zeit. Neunzehn Jahre alt war sie, als sie nach Berlin zurückkam. Und dazwischen die Seebäder und Gebirgsorte, die vielen vergessenen Namen! Wie oft allein im Schlafwagen, der feuchte, rauchige Geruch der schweren Leintücher, die blaue Leselampe. Nachts pflegten die Grenzbeamten an ihre Tür zu klopfen, sie schreckte hoch, sie entschuldigten sich, löschten das Licht. Esther schlief wieder ein, hörte draussen die Schritte der Männer, die morgens im Gang auf sie warteten. Frühe Landschaften durch beschlagene Fenster, fremd, flach, von durchsichtigem Nebel bedeckt. Gespräche im Speisewagen (Geruch von gebackenen Eiern), in Hotelhallen (die kreisende Drehtür vor den Augen), angelehnt an offene Schlafzimmertüren. Werben, antworten, leise, mit kalten Lippen. Erregung und streicheln heisser Hände, und endlich einschlafen in der Kühle des frischen Betts. Welcher Schrekken, am Morgen den ersten Blick zum Fenster hinaus zu tun: Fremde Mauern wachsen in die Höhe, fremde Gärten breiten sich aus, das Meer glänzt blau und silbrig, drüben raucht ein Berg, ein Boot fährt hinaus. Oder: ein breites Tal, grüne Wiesen, jenseits davon Berge, sie rücken näher, neigen ihre brüchigen alten Gipfel zusammen, bärtige Greise flüstern, und wieder Mauern, Absturz in enge, tiefe, belebte Strassen, und zurück in die Armut der Höfe, der dunklen, feuchten Hinterzimmer, Frühstück auf klebrigem Tablett, von einer schlampigen Wirtin ans Bett gebracht; im Hof werden Teppiche geklopft, die kurzen, trockenen Schläge dringen in frühe Dämmerträume, viel später erwachen, ach, verirrt, und bang zurückstreben in den Schlaf. Einmal sagt jemand, hinter Esther stehend: „Es ist keine Schande, arm gewesen zu sein." Sie lächelt gehorsam, jemand flüstert und neigt sich an ihr Ohr: „Schönheit – ein Kapital." Sie antwortet mit kleinem abgebrochenem Lachen und besteht, im grauen Halbschlaf, mit eigensinnigem Stirnrunzeln darauf: „Jawohl, ich bin schön", und das rhythmische Rattern des Zuges wiegte sie.

Sie sass da, im Reisekleid aus leichtem englischem Tuch, sah die kleinen Hände im Schoss, die spitzen Kinderknie durch den Stoff abgezeichnet, gähnte, fühlte plötzlich ihren leichten, dünnen, hingeschmiegten Körper, als sähe und betastete sie ihn mit wohltätiger Zärtlichkeit, lächelte, verliebt in ihn, und wusste sogleich, dass sie beim Lächeln den Mund ein wenig öffnete und die weissen, mit schimmerndem Schmelz überzogenen Zähne sichtbar wurden; sie gefiel sich in tausend kleinen Bewegungen, führte ein verliebtes Spiel auf, freute sich daran, hatte den Traum, den grauen Dämmer verscheucht, war ganz in Gold und Seide getaucht, in Gold und fliessende, weiche, kühle, schmiegsame Seide, in gebrochene Farben. Strom von fliessender Farbe. Strom von Gold, Strom von Verführung. Und brach plötzlich in Tränen aus. Der Zug ratterte und wiegte sie, und sie sass da, still, geschüttelt, wehrlos, leise und hysterisch schluchzend, wusste nicht, weshalb, du lieber Gott, das ist ja so albern, wo bin ich hingeraten? Endlich stand sie auf, öffnete die kleine Handtasche aus Krokodilleder, suchte ein Taschentuch, ihres war ganz zerknüllt, fand zuoberst im schmalen Silberrahmen die Fotografie ihres Mannes, drehte sie unentschlossen zwischen den feuchten Händen, rieb dann mit dem Handschuh den fleckig gewordenen Rahmen ab, rieb eifrig, hauchte auf das Glas, rieb es ebenfalls ab, betrachtete dies fremde, fast ängstlich gemiedene Gesicht. Ein gutes Profil, nichts liess sich dagegen sagen, das Kinn zu weich, ein wenig aufgeschwemmt (sie erinnerte sich an das lockere grauweisse Fleisch), die Stirn dagegen weiss, gespannt, mit zartblauen Äderchen an den Schläfen, das dünne Haar stark gelichtet, darunter die fette weisse Schädelhaut. Welche Farbe hatte aber das Haar? Grau, rötlich, rötlichblond konnte man es nennen, und nun mit unreinem Grau gemischt. Esther lachte wieder, betrachtete das Bild aufs neue: Den Mund hatte sie vergessen, mein Gott, was für ein unmännlicher Mund mit nassglänzenden, dicklichen Lippen, wie konnte er sie fest schliessen, sah immer aus wie zum Küssen bereit, kurz, ein geiler Mund. Esther erinnerte sich an etwas, wurde rot, lachte, schüttelte sich, lachte noch mehr, das Bild ihres fremden Gatten in der Hand (sie hatte bessere Geliebte gehabt, aber keinen reicheren), lachte Tränen – und liess die Hand sinken, lehnte sich stumm in die Ecke, verbarg das Gesicht, schluchzte hilflos und flüchtete sich zu dem einzigen Namen, der ihr zu Gebote stand, murmelte „Francis“ mehrmals hintereinander, schnell, leise, flehend, als hätte sie Angst, man könnte es ihr verbieten.

Der Zug hielt. Die Station erschien Esther klein, dafür gross, breit, hell die gleissenden Schienenstränge. Der Portier vom Grandhotel nahm ihr die Handtasche ab; sie sah dem Zug nach, der stampfend und brausend in die Dunkelheit fuhr.

Ein Wagen wartete, Esther stieg ein, der Portier setzte sich neben den Kutscher. Die Pferde zogen an, leicht rollte der Wagen über den Asphalt. Die Stadt lag zwischen Bergen; Esther sah sie verschwiegen aufragen am Rand des dunklen Tals.

Sie durchfuhren die Hauptstrasse, vorbei an erleuchteten Läden, Kaffeehäusern, bogen dann in einen dunkleren und stillen Weg ein. In den Gärten lag noch Schnee. Landhäuser zwischen kahlen Sträuchern und Bäumen. Die Einfahrt zum Grandhotel war beleuchtet. Esther betrat die geräumige Halle, wurde vom beflissenen Empfangschef begrüsst. In der Halle sassen Leute in Skianzügen, andere im Smoking, in einem Nebenraum wurde getanzt. Die Jazzmusik begleitete Esther, als sie im Fahrstuhl hinauffuhr.

Auf ihrem Bett sitzend, die Handschuhe noch an den Händen, nahm sie den Hörer ab und verlangte die Auskunft. Man nannte ihr den Gasthof, wo Francis wohnte.

Es war halb elf Uhr. Esther hatte noch nicht gegessen. Vielleicht bestelle ich etwas, dachte sie flüchtig. Sie war sehr müde und hatte Lust zu schlafen. Es würde gut sein, zu schlafen und nicht an Francis zu denken. Still sagte sie vor sich hin: „Ich denke nicht an dich." Dann: „Ich will ihn morgen anrufen. Lieber Francis, ich bin zufällig nach Innsbruck gekommen, ich freue mich, dich zu sehen …"

In der Zwischenzeit hatte sie sich gewaschen, Creme aufgelegt, sich gepudert. Sie zog ein Abendkleid an, es war lang und eng und hüllte sie wie ein Schal ein. Dann nahm sie ihren Pelzmantel und ihre Handschuhe und verliess das Zimmer.

Sie war immer noch müde. Befangen ging sie die Treppe hinunter und durch den erhellten Garten auf die Strasse. Sie fand den Gasthof, trat ein, fragte den Portier nach Francis.

Fast zitterte ihre Stimme. Man sagte ihr, Francis sei in der Bar. Jetzt zögerte sie, stand unentschlossen in der Eingangshalle und blickte den dunklen Gang hinunter.

Es roch nach Küche, nach Bier, nach aufgewaschenen Steinfliesen. Der Portier fragte, ob er Herrn von Ruthern rufen solle. Nein, sie wehrte erschrocken ab. Raffte sich auf und ging, den Pelzmantel offen lassend, durch den Gang zur Bar hinüber. Die ganze Zeit dachte sie, dass sie etwas Unmögliches tue.

Man hatte ihr verboten, allein zu reisen, verboten, allein nachts herumzulaufen, verboten, natürlich verboten, einen Mann einfach aufzusuchen. Sie war ein rückfälliges kleines Mädchen, von schlechtem Gewissen geplagt. Sie stiess die Tür der Bar auf, sah hinein, als suche sie jemanden, erblickte Francis, der ihr den Rücken zukehrte und mit dem Mixer sprach. Der Mixer sah sie, wurde aufmerksam, sagte etwas zu Francis. Bevor dieser sich umwenden konnte, hatte Esther die Tür wieder geschlossen. Sie ging durch den Gang zurück und verliess den Gasthof. Ihr Herz klopfte. Sie blieb auf der Strasse stehen, mit sich selbst uneins, erregt und niedergeschlagen. Sie wusste, dass sie sich unmöglich benommen hatte. Sie war rückfällig gewesen, und ausserdem hatte sie keinen Mut gezeigt. Wenn Francis sie gesehen hätte, so würde sie es auf immer mit ihm verdorben haben. Sie stöhnte, während sie die Strasse hinunterging. Sie erinnerte sich, dass sie bis zum Hotel mindestens zehn Minuten zu gehen hatte, und fühlte sich dazu nicht mehr fähig. Dann merkte sie, dass ihr jemand folgte. Die Strasse war leer geworden, sie hörte den Schritt, zögernd, wenn sie zögerte, rasch, wenn sie rascher ging. Sie drehte sich nicht um. Wer konnte es sein ausser Francis? Vielleicht hatte er sie doch gesehen, oder der Portier hatte ihm gesagt, dass eine Dame in hellbraunem Pelzmantel …

Der Schritt kam nicht näher. Er zögerte, wenn sie zögerte. Manchmal glaubte sie, ihn an einer Strassenkreuzung verloren zu haben. Dann vernahm sie ihn wieder. Sie fragte sich, warum Francis sie nicht einholte und ansprach. Oder es war jemand anders, ein Fremder. Sie erschauerte. Viel früher, vor vielen Jahren, durch enge, dunkle Strassen geflohen, Schritte hinter sich, nicht sich umwenden, nicht verraten, manchmal war es ein Polizist, manchmal ein Fremder, der sie einholte, oh, nicht ihn ansehen, nichts sagen, weitergehen, er neben ihr, fasste sie am Arm, sie ganz allein – verschwand, wenn sie schweigsam blieb.

Esther ging durch das Tor, bog in den dunklen Weg ein, der zum Grandhotel führte.

Sie sah den Schnee in den Gärten liegen, atmete die kühle, reine Luft ein und beruhigte sich. Sie wusste, ohne sich umzudrehen, dass der Verfolger nicht mehr hinter ihr war, bei dem Tor war er abgebogen und seines Weges gegangen, ein Fremder, der nichts von ihr zu fordern hatte. Francis sass vermutlich noch in der Bar, trank aus seinem kleinen, schlanken Glas, brütete vor sich hin. Von ihrer Gegenwart wusste er nichts, Ahnungen gab es nicht, keine Bereitschaft, keine magische Verständigung der Herzen. Ihr Herz war allein, ihre Hoffnung betrog sie. Gutmütig belächelte sie sich. Der Frieden der Nacht besänftigte sie wunderbar.

Sie wollte sofort in ihr Zimmer hinaufgehen und sich schlafen legen. Niemanden antreffen, dachte sie, mit niemandem sprechen – allein, ohne Bekannte, ohne die Zofe, ohne das abendliche Ferngespräch mit Wien. Nein, auch telegrafieren wollte sie nicht, nur sich hinlegen, allein, und die Illusion haben, frei zu sein, alles und nichts unternehmen zu können – auch nicht an den nächsten Tag und an Francis denken zu müssen.

Sie verlangte ihren Zimmerschlüssel und ging durch die Halle auf die Treppe zu. Auf der linken Seite sah sie die geschlossene Glastür, die dunklen Fenster des Speisesaals. Ein Gang führte nach hinten, am Schreibzimmer vorbei, dort brannte noch Licht, sie hörte Stimmen, Lachen. Die Bar, dachte sie, und erleichtert: Wie gut, dass ich nicht dort sitzen muss, dass ich niemanden kenne.

Dann kamen zwei Leute durch den Gang auf sie zu. Sie war im Begriff, die Treppe hinaufzugehen. Aber ohne zu wollen, zögerte sie, machte ein paar Schritte, blieb stehen, als suche sie jemanden. Sie war zu sehr daran gewöhnt, auf der Bühne der grossen Hotels zu stehen, beobachtet, kritisiert zu werden. Fast war sie unbefangener, wenn sie ihre gewohnte Rolle für ein anonymes Publikum spielte, als wenn sie sich plötzlich allein fand, sich selbst überlassen. Und sogar in ihrem Schlafzimmer brauchte sie Spiegel, um sich frei und sicher zu fühlen: dann war sie selbst Zuschauerin und kritische Bewunderin.

Jetzt drehte sie sich um und ging langsam, wie in Gedanken wieder auf die Treppe zu. Die beiden Gestalten standen noch im Schatten des Gangs. Junge Leute, gross, im Frack. Mehr hatte Esther nicht gesehen. Und sie wollte auch nicht, was war ihr denn eingefallen – aber es war zu spät. Man sprach sie an, eilte auf sie zu, verbeugte sich, nannte Namen. „Sie erinnern sich nicht?“ Doch, natürlich erinnerte sie sich. Nur hatte sie die Gesichter nicht gleich erkannt. „Wir werden Ihnen helfen, Berlin, Hotel Esplanade – und letztes Jahr in Ascona, mit Ihrem Herrn Gemahl, Terrasse am See, Motorboot." Ja, Esther erinnerte sich genau. Zu spät, da war alles wieder, jetzt konnte ihretwegen auch der Blumenstrauss kommen und das Ferngespräch aus Wien, und oben packte die Zofe die Koffer aus, und in der Bar wurde sie erwartet …

Verzweifelt sagte sie zu, als die jungen Leute sie aufforderten, noch eine halbe Stunde in die Bar zu gehen. Ach, sie waren so wohlerzogen, so aufmerksam, die beiden! Und sie hatten so viele gemeinsame Bekannte. Esther tauchte in die gewohnten Gespräche wie in ein laues Bad. Das war also alles, und unentrinnbar und überall dasselbe. Keine Möglichkeit, dem Abenteuer wieder zu begegnen wie früher. Viel, viel früher, Jahre zurück: Da war alles gefährlich, neu, erregend gewesen. Da hatte sie Schritt für Schritt erobert, Kleider, Autofahrten, Mittelmeer, Freunde, den ersten Drahthaarfox (Silverkid hiess er, ein Auto überfuhr ihn eines Abends), aber jetzt waren Scotch beliebter; einer der jungen Leute besass eine Zucht und versprach, Esther im Frühjahr einen kleinen Hund zu schenken. „Wie soll er heissen?" fragte sie fröhlich, aber eigentlich wollte sie gar keinen Hund, sie hatte ja schon zwei unten in Ascona, mehr als genug. Und so wie Silverkid war keiner …

Sie tanzten auch, bis ein Uhr, die Kapelle spiele nicht länger, eine Kleinstadt eben, sagten sie bedauernd. Aber viel Abwechslung durch die grossen Skirennen, jeden Tag sei etwas zu sehen.

„Sie bleiben doch einige Zeit?" fragten sie.

„Aber es hat ja viel zu wenig Schnee“, sagte Esther. „Nein, ich bin ganz zufällig hier, auf der Durchreise.“

„Nach Wien sicher?“

Sie zögerte. „Ja, nach Wien.“ Sie verstummte im gleichen Augenblick, starrte blass auf die Tür, ganz steif in ihren Sessel gelehnt: Dort stand Francis, im offenen blauen Sportshemd, ohne Mütze, Francis, das Haar in fester Welle zurückgekämmt, suchte offenbar jemanden, blickte zögernd über die Tische hinweg.

„Ein Bekannter?“ fragten die beiden, sie nickte, wollte seinen Namen sagen, ihm ein Zeichen geben. Aber sie konnte nicht, die Überraschung machte sie stumm. Und jetzt hatte Francis sie gesehen, mit grossen Schritten kam er auf ihren Tisch zu, küsste ihre Hand, stellte sich den beiden Herren vor, weil sie vergass, es zu tun. Sie waren höflich aufgestanden, jetzt setzten sich alle drei, fingen wieder an, sich zu unterhalten.

„Bitte“, sagte sie, „du musst etwas trinken, Francis.“

Der Kellner stand schon da, Francis bestellte. Natürlich Whisky, dachte sie aufatmend, ja, nun ist alles wieder in Ordnung, er ist gekommen, ihretwegen, gewiss, nur ihretwegen, er ist braun, hübsch, gutgelaunt, er trinkt Whisky wie gewöhnlich, spricht vom Ski laufen wie gewöhnlich. Ihre Befangenheit verfloss, plötzlich brach ein kleines, heiteres Lachen aus ihr. Francis sah sie an, lachte auch.

„Warum hast du nichts von dir hören lassen?“ fragte er.

„Ich wusste ja nicht … bin nur auf der Durchreise“, antwortete sie und errötete über ihre Lüge, die er sofort durchschaute. Die beiden jungen Leute wurden von ihrer guten Laune angesteckt; es war schon nach ein Uhr, die

Kapelle war weggegangen. Sie waren die letzten Gäste. Die Herren bestellten den dritten Whisky, aber Esther hatte keine Lust zu trinken, sie fing an, ungeduldig zu werden. Oder nicht ungeduldig – vielmehr müde, eigentümlich gespannt, fast gereizt. Die drei vertrugen sich ausgezeichnet, gewiss auch ohne sie, und sie wollte doch früh schlafen gehen, warum hatte sie sich überraschen lassen! Und jetzt noch Francis, kein Haar besser als die anderen, drei von derselben Sorte – fremd, höflich, wie genau sie das alles kannte! Sie hatte genug bis zum Überdruss, erhob sich etwas unvermittelt, sagte gute Nacht. Natürlich brachen die Herren mit ihr auf, begleiteten sie bis zum Lift. Und Francis murmelte, dass er sie begleiten, noch einen Augenblick sprechen wolle. Sie erschrak. Nicht allein mit Francis, dachte sie, aber warum, kannte sie ihn denn nicht, hatte sie etwa Angst vor ihm? Sie sah ihn nicht an, sagte kurz: „Wie Sie wollen", und gab den anderen die Hand.

Francis und Esther fuhren im Lift hinauf, ohne ein Wort zu wechseln, fast feindselig. Francis griff in die Tasche, gab dem Portier ein Trinkgeld und folgte Esther, die rasch vorausgegangen war und die Tür ihres Zimmers aufschloss. Er nahm ihr den Mantel ab, sie setzte sich aufs Bett, erschöpft, sah ihn umhergehen, vom Bett zum Fenster, vom Fenster zum Schrank. Mehr gab es nicht, er blieb stehen, fragte, ob er rauchen dürfe. Rauchte.

Sie konnte es nicht mehr mit ansehen, herrschte ihn an: „Komm her, komm doch her!" Er setzte sich sogleich neben sie, die Zigarette zwischen den Fingern. Sie sagte nichts mehr, atmete auf, als wollte sie in Tränen ausbrechen, und zog seinen Kopf an sich.

15

Er sagte zu ihr: „Mein Bruder stirbt" – in einem Augenblick, als dies unabänderliche Sterben ihn anfiel wie ein wildes Tier.

Sie sah ihm angstvoll ins Gesicht, sprach schmeichelnd das schwere Wort aus, das sie nicht verstand. „Bitte, hab keine Angst", sagte sie, „er wird nicht sterben, er wird doch nicht sterben."

„Nein", sagte er, „lass nur", und sie wiederholte flehend: „Bitte, hab keine Angst."

Er setzte sich ihr gegenüber, nahm ihre Hände, fing an, wie in einen Spiegel zu reden, eindringlich, leise, den Blick auf ihren Mund gerichtet: „Du", sagte er, „du musst das verstehen, er ist mein Bruder, und er stirbt" – Antwort heischend, aber sie fand keine, presste nur seine feuchten Hände, und ihre Lippen begannen zu zittern. Er wiederholte ratlos: „Du musst das doch begreifen" – denn er selbst begriff es nicht, und im Spiegel senkten die Augen die Lider, verschwiegen, weise, alt, senkten sich, verschlossen das Geheimnis. Der Spiegel trübte sich. Esther weinte beinahe. Es war zu viel für sie, sie erriet: Ihre Zärtlichkeit war vergebens, versagte; dass sie schön war und alle Welt sie dafür lobte, ach, gerade ihm kam das nicht zugute, das Leben selbst wurde alt – was half es ihr dann, jung zu sein –, glitt aus ihren kleinen warmen Händen, rollte, unaufhaltsam. Jetzt sagte er: „Sterben", und liess ihre Hände los. Unendlich müde wurde sie plötzlich, also war dem nichts entgegenzusetzen, also war alles vergebens …

„Weine nicht, Esther", sagte er, und sie nickte, lächelnd,

mit zitternden, geschlossenen Lidern. Er sollte nicht sehen, nicht fragen, was sie beweinte. Sie wusste es selbst nicht. Die Lider zitterten wie die dünnen, entblössten Flügelblätter gefangener Falter.

Er erhob sich und ging weg. Wen ansprechen? dachte er, kopfschüttelnd, denn er wusste, der Mund schloss sich, die Lider blieben gesenkt, es gab nur einen, mit dem zu sprechen sich lohnte: Carl Eduard selbst. Ihm gegenübersitzen, seine Hände fassen, sich neigen, der Stromkreis schliesst sich. Wohin wurden wir geführt, Carl Eduard?

Aber die dunkle Grenze tat sich auf, und ratlos, bitter fragte sich Francis: War das alles? Hast du mich so weit gebracht, mir das Antlitz im Spiegel gezeigt, nur damit ich einsehe: Es ist zu spät und vergeblich? Nur damit ich mich vom Leben verraten fühle?

Aber wer zwang ihn, alle Hoffnungen aufzugeben? Der Arzt hatte nichts Entscheidendes gesagt, ein nichtssagendes, tröstendes Wort genügte, damit Francis sich plötzlich wieder warm und glücklich fühlte. Er wird gesund werden, dachte er, ich werde mit ihm in die Berge gehen, und er wird das Leben herrlich finden.

Eines Abends ging er um sieben Uhr nochmals ins Krankenhaus. Der Pförtner liess ihn sofort hinauf; er ging allein in den ersten Stock und bis zur Tür von Carl Eduards Zimmer. Niemand antwortete auf sein Klopfen. Er öffnete vorsichtig und trat ein: Carl Eduard schlief schon. Man hatte die Fensterläden geschlossen, eine kleine Lampe brannte neben dem Bett. Francis blieb stehen und sah auf Carl Eduard. Er dachte, der Kranke müsse seine Gegenwart fühlen und erwachen. Aber er wusste auch: Wenn er die Augen aufschlug, kam er aus weiter Ferne zurück, und was man ihm sagte, war verloren. Wohl verstand er noch, mehr als ein gesunder Mensch, aber er gab keine Antwort, war nicht mehr ansprechbar. Was Francis bewegte, war ihm nicht mehr wichtig. Es war etwas Unmenschliches in dieser sanften Teilnahmslosigkeit – und zugleich etwas ergreifend Reines und Trauriges.

Francis verliess das Zimmer, ohne den Bruder zu wekken. Als er durch den Gang zurückging, holte ihn die junge Schwester ein, die Carl Eduard pflegte. „Haben Sie ihn noch besucht?" fragte sie und sah ihn freundlich an.

„Er schläft", sagte Francis.

„Es geht ihm gut", sagte sie. „Er hat nicht mehr Fieber als heute mittag." Francis fragte nicht, wie hoch es gewesen sei. „Und er hat ein Schlafmittel bekommen – er wird eine gute Nacht haben", fuhr sie fort und sah ihn wieder an.

Er sah zur Seite. „Ich wollte nur nochmals nachfragen", sagte er.

„Sind Sie spazierengegangen?"

„Ich bin zufällig vorbeigekommen."

„Sie sollten mehr spazierengehen", sagte die junge Schwester. „Laufen Sie nicht Ski?"

„Es hat zu wenig Schnee."

„In der Höhe hat es genug. Versuchen Sie es einmal."

Er nickte. „Gut", sagte er. „Ich werde es morgen versuchen."

Am anderen Ende des Ganges tauchte ein Mann in gestreiftem Schlafanzug auf. Er kam langsam, ein wenig schwankend auf sie zu. „Was machen Sie denn da?" fragte die Schwester, und zu Francis: „Das ist einer meiner Patienten." Sie lief dem Mann entgegen. Francis sah zu, wie sie ihn am Arm zurückführte. Dann ging er langsam die Treppe hinunter.

Der Portier sass in der Loge und grüsste, als Francis vorbeiging. Vor den Postfächern stand ein junger Arzt im weissen Kittel und las die Zeitung.

Draussen roch die Luft feucht, nach Erde und feuchten Blättern. Der Garten des Krankenhauses war noch ganz kahl. Aus den erleuchteten Fenstern fiel das Licht auf die nackten Büsche und auf das nasse, kurze Gras. An den Rändern des Wegs lag noch Schnee. Francis ging durch den ganzen Garten, um das Absonderungshaus herum und wieder zurück zum Hauptgebäude. Carl Eduards Zimmer lag auf der Rückseite. Francis sah hinauf, konnte aber nicht feststellen, welches es war. Alle Fenster des ersten Stocks waren dunkel ausser dem Schwesternzimmer.

Als er auf die Strasse hinauskam, dachte er immer noch daran, dass Carl Eduards Fieber heute abend nicht gestiegen war und dass er eine gute Nacht haben würde. Es stimmte ihn glücklich, beinahe heiter. Er wird das Leben herrlich finden, dachte er, und ich werde immer für ihn da sein und alles für ihn tun. Er dachte nicht mehr an Esther. Er war ganz erfüllt von der Hoffnung, dass Carl Eduard am Leben bleiben und glücklich sein würde. Er blickte über die Stadt hinweg und auf die Berge dahinter, als stehe er zum erstenmal hier. Der Fuss der Berge lag im Dunkeln, aber höher oben waren sie weiss und leuchteten und sahen aus wie schwimmende Eisberge. Das Tal war weit, gross und dunkel, und an seinem Ende erhoben sich die leuchtenden Berge und bildeten Ketten. Das Land war von Vorfrühlingsstürmen heimgesucht, und alle Heimsuchungen kamen von den Bergen: Dort sammelten sich die Wolken zu dunklen Heerscharen, die Winde fingen sich in den runden Kesseln und Trichtern und brachen aus ihnen wieder hervor. Und das Wasser stürzte von dort abwärts, Schnee und geschmolzenes Eis nahm es auf, unten wurde die Erde schwer, und der Fluss stieg bis zum bröckelnden Rand seiner Wiesenufer. Die Strassen in der Stadt waren nass, und jetzt, in der Nacht, strömten die Mauern kühle Feuchtigkeit aus. Francis ging an den Gärten mit den weissen Beeten und schwarzen Kieswegen vorbei zum Grandhotel. Er erinnerte sich, dass Esther dort auf ihn wartete. Und am nächsten Tag wollte er Ski laufen gehen.

Beim Abendessen erzählte er es ihr. „Es geht Carl Eduard besser", sagte er und beobachtete ihr Gesicht.

Sie legte ihre Hand auf seine. „Siehst du", sagte sie fröhlich, „ich wusste, dass er nicht sterben wird."

Aber als sie das sagte, kehrte seine Angst plötzlich zurück. Er wurde still und sah auf seinen Teller.

„Ich bin so froh für dich", sagte sie.

Er antwortete: „Ich will doch lieber nicht Ski fahren gehen."

„Es wäre so gut für dich", sagte sie bittend.

Er zog seine Hand zurück. „Es gibt Föhn", sagte er (warum lüge ich sie an, durchzuckte es ihn). In Wirklichkeit hatte er einfach Angst, Carl Eduard einen Tag zu verlassen.

Später ging er noch zu Esther hinauf. Sie sass im Bett und polierte ihre Nägel. Auf einem Stuhl stand ihre Handtasche, zur Hälfte gepackt.

„Was ist los?" fragte Francis, „willst du wegfahren?"

„Vielleicht morgen", sagte sie, ohne aufzusehen.

Er blieb vor dem Bett stehen. „Was sagst du?" fragte er, plötzlich erschrocken.

„Ich habe ein Telegramm bekommen", sagte sie. „Es liegt auf dem Tisch." Er drehte sich um und las das Telegramm unter der Lampe. Ihr Mann teilte ihr mit, dass er sie in Lugano treffen wolle. Sie musste es schon am Morgen bekommen haben.

„Warum hast du mir nichts davon gesagt?" fragte Francis. Er kehrte ihr immer noch den Rücken zu.

„Ich wollte warten", sagte sie.

„Und jetzt?"

„Jetzt denke ich, dass es besser ist, wenn ich wegfahre."

Francis sagte nichts. Er schämte sich, dass ihm nichts Freundliches einfiel, und begann aus Verlegenheit zu rauchen und im Zimmer auf und ab zu gehen.

„Du sagst doch, dass es Carl Eduard besser geht", fuhr Esther fort (aber was geht mich Carl Eduard an, dachte sie hart), „und dass du nicht mehr Ski laufen willst."

„Ärgert dich das?" fragte er.

Sie hörte auf, ihre Nägel zu polieren. „Sei doch nicht so dumm", sagte sie. „Ich bin so froh für dich, dass es besser geht. Aber ich kann doch nichts für dich tun."

„Ich gehe nicht Ski laufen."

„Aber es wäre gut für dich."

„Du weisst gar nicht, was für mich gut ist", sagte Francis.

„Nein, vielleicht weiss ich es nicht."

Er sah sie an und wusste, dass er sie gekränkt hatte. „Musst du wirklich fahren?" fragte er.

„Ich muss mich um das Haus kümmern“, sagte sie, „ich muss das für meinen Mann tun.“

Francis konnte es nicht leiden, wenn sie von ihrem Mann sprach. „Also wegen deines Haushalts lässt du mich hier allein“, sagte er unfreundlich.

Sie schüttelte traurig den Kopf. „Du brauchst mich nicht anzulügen“, sagte sie. „Du sagst jetzt, dass du mich nötig hast und dass du nicht allein sein kannst, weil du mich trösten willst. Aber im Grunde ist es dir ganz gleichgültig.“

Er wiederholte: „Bitte bleib da“, und als er sie umarmte, fühlte er durch ihr dünnes Hemd ihren leichten, kleinen Körper, und plötzlich war er gerührt, und der Gedanke, dass sie ihn verlassen würde, machte ihn traurig. Aber sie liess sich nicht davon abbringen. „Du darfst dir nichts einreden“, sagte sie. Sie wollte nicht getröstet werden, und schliesslich sprachen sie nicht mehr darüber. Als er sie verliess, schlief sie schon. Er ging in seinen Gasthof zurück und fühlte sich fast erleichtert. Er hatte nie über Esther nachgedacht: Sie war einfach gekommen, und es war wie ein Geschenk für ihn gewesen. Aber sie war ja gar nicht seine Frau, und sie wusste nichts von ihm. Sie war da und wusste, dass sein Bruder starb, und dass er darauf wartete und dass es ihm furchtbar nahe ging und ihr nicht. Sie versuchte, ihn durch ihre Zärtlichkeit zu trösten, und manchmal gelang es ihr, und er war ihr dankbar dafür, aber es half ihr nicht, ihn zu verstehen, und deshalb war selbst seine Dankbarkeit ein unwichtiges Gefühl und hatte mit dem, was jetzt geschah, nichts zu tun. Nun würde sie wegfahren …

Er war nicht unglücklich darüber, oh, er belog sie nicht. Er sah nur ein, dass ihm alles unwichtig geworden war: alles ausser Carl Eduard. Seine Tage waren mit nichts anderem angefüllt als mit Warten, und mit der Sorge um ihn. Aber es stumpfte ihn nicht ab und machte ihn nicht ungeduldig. Seine Hoffnung, dass Carl Eduard am Leben bleiben würde, wurde immer geringer, aber seine Liebe wuchs jeden Tag. Oft war es ihm, als würde er selber mit ihm sterben, und auch das bekümmerte ihn nicht mehr. Er wollte keine Ablenkung, keinen Trost. Esther hatte versucht, ihn abzulenken – jetzt verliess sie ihn. Fast kam er sich selbstsüchtig vor, er war ungerecht und hart gegen sie gewesen, obwohl sie alles für ihn getan hatte. Aber er wollte keine Ablenkung, das Bild im Spiegel hielt ihn, war stärker als er. Ja, manchmal glaubte er sogar, dass er jetzt zum erstenmal das Leben begriff, und dass es unendlich bedeutungsvoll war in der Nähe des Todes, der Tod selbst aber gering und nicht zu fürchten.

Carl Eduard starb erst viele Tage später. Francis wusste nachher nicht genau, wie lange es gedauert hatte: neun Tage, vierzehn Tage. Manchmal schien es ihm, er sei schon Wochen und Monate hier, und Jahre würden folgen. Manchmal wurde er mitten in der Nacht vom Schrecken erfasst, aus dem Schlaf, aus einem furchtbaren Traum gerissen – den Traum hatte er vergessen, aber der Gedanke blieb: Jetzt, in dieser Stunde, stirbt er. Er telefonierte ins Krankenhaus, drüben antwortete die sanfte Stimme der jungen Schwester: „Nein, es ist nichts, Ihr Bruder schläft, soeben war ich bei ihm. Er sieht nicht gequält aus, atmet ruhig, es ist nichts, haben Sie keine Angst. Schlafen Sie wieder." Ihre Stimme war gut, voller Wärme, und ein wenig schlaftrunken. Sie sprach ruhig, halblaut. Die Leitung zitterte. Die Telefonistin in der Stadt wartete auf das Aufflammen des Lichts. Francis legte den Hörer auf. Die Telefonistin griff nach dem Pfropfen im Schaltbrett und zog ihn heraus. Das Licht erlosch, die Verbindung war unterbrochen. Die junge Schwester ging vom Apparat weg und in ihr Zimmer zurück.

Aber Carl Eduard starb nicht nachts, sondern mitten am Tag, und allein. Francis war am Morgen früh aufgestanden und mit zwei jungen Engländern ins Gebirge gefahren. Er hatte sich von ihnen überreden lassen; sie hatten ein Auto und versprachen, dass sie früh zurückfahren würden. Und sie waren gute Skiläufer.

Sie fuhren mit dem Wagen bis in ein kleines Dorf, wo es ziemlich viel Schnee gab, und stiegen dann durch den Wald zu einer Alp hinauf. Francis hatte sich in der Stadt ein Paar Ski geliehen. Oben assen sie, was sie mitgebracht hatten, und sassen in der Sonne. Es war ein herrlicher Tag, und Francis fühlte sich sehr glücklich. Die beiden Jungen wussten, was mit Carl Eduard war, aber sie taten, als wüssten sie es nicht. Sie redeten über Polo, vom Fischen in Schottland, und auch über die englische Kolonialpolitik. Später rauchten sie Pfeife und tranken Whisky mit Schnee. Der Whisky schmeckte rauchig und mit dem Schneewasser zusammen ein bisschen abgestanden. Sie warteten, bis die Sonne unterging, dann fuhren sie hinunter. Der Schnee war stellenweise zu Eis gefroren, und weiter unten waren die Wiesen fleckig, und das gelbe Wintergras kam zum Vorschein; im Wald fuhr man über vereiste Wurzeln und über schwere schwarze Erdschollen.

Francis fuhr am besten und kam vor den anderen unten

an. Er setzte sich auf einen Zaun an der Strasse und wartete auf sie. Es wurde ziemlich kalt, und die Fahrt hatte ihn angestrengt. Als die anderen kamen, schnallten sie die Skier ab und trugen sie bis ins Dorf. Es war schon sieben Uhr, und Francis wäre lieber gleich nach Innsbruck zurückgefahren. Aber die beiden waren hungrig und wollten zuerst essen. Sie gingen in einen Gasthof. Während des Essens stand Francis plötzlich auf und sagte, er wolle ins Krankenhaus telefonieren. Der grössere Engländer hielt ihn zurück. „Sie dürfen nicht telefonieren", sagte er. „Heute dürfen Sie nicht besorgt sein." Sie hatten ziemlich viel Wein getrunken, und sie kamen aus der Kälte und waren müde. Der Wein und das Essen und die dicke, heisse Luft in der Gaststube hatten ihre Wirkung getan. Der kleinere Engländer sagte: „Lass ihn doch. Du kannst ihn nicht dazu zwingen, unbesorgt zu sein."

Francis musste eine halbe Stunde auf die Verbindung warten. Während dieser Zeit ass er rasch und viel, aber den Wein rührte er nicht an.

Die Engländer beobachteten ihn und unterhielten sich halblaut miteinander. Francis hörte nicht, von was sie redeten. Er verstand sehr gut Englisch und hatte sich den ganzen Nachmittag mit ihnen unterhalten. Aber jetzt konnte er plötzlich kein Wort mehr verstehen. Er sass da und wartete auf das Läuten des Telefons, als wäre er allein in der Stube, und nicht nur in der Stube, sondern im ganzen Haus, und auch im Dorf niemand ausser ihm und dem Leitungsdraht, der gleich zu sprechen beginnen würde. Er hatte Lust aufzuspringen und den Draht im letzten Augenblick zu durchschneiden. Dann würde nichts mehr kommen, er würde hier sitzen bleiben, allein, und müde werden und an nichts mehr denken. Es war Nacht, und es würde nie mehr Morgen werden. Wenn er nur den Mut hätte aufzuspringen und den Draht zu durchschneiden. Dafür blieb ihm gerade noch Zeit – jetzt noch –, und noch immer hatte es nicht geläutet. Aber etwas bereitete sich vor, Francis fühlte es, und seine Nerven waren furchtbar gespannt. Einer der Engländer sagte laut: „Es ist nicht richtig, sich so aufzuregen. You shouldn't do that. Sie sollten das nicht tun." Der andere legte ihm die Hand auf den Arm, aber Francis hatte gar nicht zugehört.

Dann läutete es, Francis ging langsam hinaus und nahm den Hörer ab. Der Flur war dunkel und mit grauen Steinfliesen belegt. Es zog von der Haustür her. In der Mitte der Decke hing eine Laterne an einer schwarzen Kette. Die Küchentür stand offen, Francis sah die Wirtin am Herd stehen, Wolken von Dampf stiegen ihr ins Gesicht. Dann drehte sie sich um und schlug die Tür zu. Francis wartete, bis der Arzt an den Apparat kam. Die kalte Luft im Flur ernüchterte ihn. Er hörte den Arzt sagen: „Ja, kommen Sie, ich warte im Krankenhaus auf Sie" – und dann: „zwischen vier und fünf Uhr." Er hatte es ja gewusst. Es war viel zu spät, Carl Eduard war zwischen vier und fünf Uhr gestorben; niemand war bei ihm gewesen.

Francis ging in die Gaststube zurück und sagte, sie müssten zurückfahren. Sonst sagte er nichts, und sie fragten auch nicht, sondern brachen sofort auf. Der grössere Engländer sass vorne und fuhr. Der kleinere sass neben Francis. Sie hatten beide Carl Eduard nicht gekannt. Der grosse hatte gesagt, dass Francis sich nicht aufregen dürfe. Jetzt sass er am Steuer, pfiff durch die Zähne und fuhr, so rasch er konnte. Und es hatte doch keinen Sinn mehr.

Sie kamen um elf Uhr in Innsbruck an und fuhren gleich zum Krankenhaus. Francis sprach mit dem Arzt. Vor der Tür von Carl Eduards Zimmer standen Blumenvasen. Der Arzt wiederholte: „zwischen vier und fünf Uhr“, als sei damit alles erklärt.

Die Engländer warteten vor dem Krankenhaus auf Francis und brachten ihn in sein Hotel zurück. Aber sie kamen nicht mit hinein, sondern verabschiedeten sich an der Tür von ihm. Francis war sehr froh darüber. Sie waren ihm nicht unangenehm, und er war auch nicht müde. Aber er konnte nicht sprechen. Er fühlte sich leer und sonderbar nüchtern. Alles vorbei, er brauchte keine Leitungsdrähte mehr zu durchschneiden, überhaupt blieb ihm nichts mehr zu tun. Er setzte sich in der Eingangshalle in einen Sessel. Der Portier wagte nicht, ihn zu stören, und ging dann schlafen. Er dachte, Francis warte auf einen Anruf.

16

Es war nicht schwer, das Leben von sich fernzuhalten. Man konnte der schrecklichen, nach innen gewendeten Geduld ein Ende setzen, aber man brauchte es nicht. Esther war fort, Carl Eduard war gestorben. Man sprach es leicht aus und begriff es schwer. Aber man konnte alles an sich vorbeigleiten lassen und brauchte nichts zu begreifen. Francis brauchte nicht in die Berge zurückzugehen. Mochte dort die Sonne das Eis in Wasser und stürzende Bäche verwandeln, mochten sie oben stehen, grossarmig, Wind im Haar, sie lockten ihn nicht. Mochte die Kälte tödlich sein und das Licht einen erblinden lassen. Mochten die Bergdohlen dort leben, scharenweise, und mit runden Bäuchen und langen, langsam schlagenden Flügeln über die Schneefelder fliegen. Mochten sie doch …

Der Himmel war überall gleich, nur über den Weltmeeren war er ein Spiegel, und dort, zwischen Unendlichkeit und Unendlichkeit, starb man am leichtesten. Dort war der Mensch untauglich, Zufall trug ihn hinüber. Nachher dankte er nicht einmal, brüstete sich auf dem Festland. Aber er hatte recht, solange er sein Leben nur irgendwie zu lieben vermochte, denn schliesslich war Dankbarkeit ein unwichtiges Gefühl, aber Liebe war alles und mehr, als ein Mensch begreifen konnte.

Dies über die Unschuld der Menschen – aber Francis wusste mehr, ihm schien, er erkenne jetzt, mit der gleichen sanften und abgerückten Teilnahmslosigkeit wie Carl Eduard, was ihm zum Leben mangle und was den anderen, die so gut zu leben und zu marschieren verstanden. Oh, ihnen fehlt ja alles, dachte er, zumindest die Gnade (und nichts ausser ihr schien ihm wichtig) – und einmal werden sie umstürzen wie gefällte Bäume und am Ende sein. Aber ich bin nicht rachsüchtig, nur müde. Und manchmal auch nicht müde, nur weit von ihnen entfernt. Ich will nicht einmal die Hand ausstrecken. Aber er wusste, dass es diese Flucht nach innen nicht gab, ja dass er auf diese Weise sich nicht rechtfertigen konnte, niemals recht haben würde, die anderen niemals unrecht.

Als Adrienne Vidal ihn eines Abends anrief, war das Begräbnis schon vorüber; er war bereit abzureisen. Aber wohin?

„Ich bleibe solange wie möglich in Alptal, vielleicht endgültig", sagte sie.

„Endgültig?" fragte er, das Wort öffnete sich wie ein Abgrund.

„Vielleicht, wenn Sie nichts vorhaben, kommen Sie doch hinauf – ich meine, wenn Sie nichts Bestimmtes gefunden haben."

Er zögerte, wich ihrer Frage aus. Vielleicht müsse er nach Berlin, sagte er, oder London. Er griff nach den Namen dieser Städte wie nach einer Rettung.

„Friedrich fragt nach Ihnen", sagte sie, „Ende März ist der letzte Termin dieses Jahres, wenn Sie die Skilehrerprüfung machen wollen ..."

Das war beinahe eine Aufforderung. Er sagte nein, schob jeden Entschluss verzweifelt hinaus. Was half es, Entschlüsse zu fassen, wenn ein unvorhergesehenes Ereignis genügte, eine Kugel zum Beispiel, ein Leitungsdraht ... Als er eingehängt hatte, tat es ihm doch leid, als habe er etwas versäumt, etwas ausgeschlagen. Sie hat es nur aus Freundlichkeit gesagt, redete er sich ein, natürlich ist es Unsinn, dass sie mich erwartet, und selbst wenn sie es ernst gemeint hatte: Konnte er das annehmen? Konnte er seine Zukunft, diesen ungewiss schwebenden Ball, einer Frau anvertrauen? War es nicht nur das nagende Gefühl seiner Einsamkeit, seiner wachsenden Losgelöstheit, das ihn verführte? Nein, der Abenteurer regte sich: nicht sich verführen lassen, nicht eine Lösung ohne Kampf annehmen. Nicht um ihretwillen ... Er wollte mehr, wollte erobern, statt den angebotenen Weg gehen.

Ein zweiter bot sich bald darauf: Die beiden Engländer, im Begriff abzureisen, fragten, ob er mit ihnen kommen wolle. Sie waren reich, hatten Geschäfte, hatten Wohnungen, Porzellan, Kleiderschränke, Dienstmädchen, einen Portier. Einer von ihnen würde bald eine Frau haben. Sie boten ihm: London – eine Stadt, ein Haus, eine Tür. Das Leben tat sich ihm auf. Warum sollte er nicht ja sagen können?

Er hatte in Südamerika gelebt – warum nicht in London, Paris, New York? Ach, Südamerika, Traumland. Er hatte vieles vergessen, aber nicht die nächtlichen Gerüche der Pflanzen, nicht den trägen Gifthauch über stehendem Gewässer, nicht das zottige, vom Schmutz harte Fell der schwarzen Stiere. Und sie standen noch immer dort, auf den grossen Weiden, die Beine in die Erde gebohrt, und sahen mit glasigen Augen zu den Gebirgen.

Er wollte zurück. Das Leben schien eine Flucht ohne Ende, warum sich nicht dazu bekennen, umkehren, dem Unendlichen begegnen und als Abenteurer sterben?

Er sagte den Engländern, dass er für Geschäfte nicht der richtige Mann sei. Als sie abreisten, begleitete er sie zur Bahn und sah dem Zug nach, der sie durch das breite Tal entführte. Der Wind drückte den Rauch nieder. Von den Bergen kam Schneegeruch. Der Himmel war blau wie in Italien. Vor den Häusern sassen alte Männer und blinzelten in die Sonne, Hunde und kleine Kinder balgten sich auf den Strassen.

Die Fremden reisten ab, Wagen mit ausländischen Nummern fuhren durch die Hauptstrasse und zur Stadt hinaus, unaufhörlich rollten die hochgetürmten Gepäckwagen der Hotels zum Bahnhof hinunter. Francis war schon lange aus seinem Hotel ausgezogen und wohnte bei einem Gerbermeister in einem alten Haus mit Holzstuben und grünen Öfen. Noch eine Woche, dachte er, mehr gebe ich mir nicht, dann muss es entschieden sein. Und er erwartete den Termin wie ein Angeklagter das Urteil, ein wenig auch wie ein Lotteriespieler die letzte, die entscheidende Ziehung …

Ernstlich begann er zu erwägen: noch einmal Südamerika, und dann für immer? Aber auch das war nur möglich, wenn er sich Geld beschaffte. Man reiste heute nicht als Bettler nach Südamerika. Seine Barschaft ging zu Ende, und er wusste niemanden, den er um Geld angehen konnte. Freunde von früher? Sie waren alle seit Jahren beschäftigt, in Anspruch genommen von ihren Geschäften, ihren Verlusten, ihren Kindern, ihren Häusern.

Francis, ebenso alt wie sie, hatte nichts Derartiges aufzuweisen. Wo waren Sie? würde man ihn fragen, und das Wort „Südamerika“ bedeutete ihnen nichts, weil er kein

Geld hatte, es mit nichts belegen konnte. Warum wollen Sie wieder zurückfahren? Man wandert nicht zweimal aus. Wer es das erste Mal nicht weiter gebracht hat als Sie – er war weit gekommen, durch gewaltige Ebenen, auf Hochflächen mehrere tausend Meter über dem Meer, aber was wussten sie davon? –, der wird das zweite Mal bestimmt zugrunde gehen ... Sie fragten nur: Was bieten Sie uns für unsere Hilfe? und meinten Sicherheit, Bürgschaft, Gewährsleute. Seine Freunde von drüben – Gewährsleute? Bürgschaft von Viehhirten, von halbnackten Indios?

Eine Empfehlung, ein Zeugnis von seinem Arbeitgeber, dem weissbärtigen Hazienda-Besitzer – gewiss, das könnte er beschaffen. Aber es war nichts als ein Fetzen Papier, und bis er es erhielt, würden Monate vergehen. Und wie viele seiner Freunde lebten noch? Wie viele waren verschollen, mit ihren Pferden in Abgründe gestürzt? An wie viele Namen konnte er sich erinnern?

Nein, er sah ein, er müsste von vorne beginnen, das ganze Abenteuer wiederholen wie einen Film. Und sie hatten recht: Das nahm keiner auf sich, das war Verzicht, Absage, nackte Verzweiflung.

In mutlosen Augenblicken warf er sich vor, leichtsinnig seine Möglichkeiten verscherzt zu haben, als er Südamerika verliess. Ach, nicht leichtsinnig, sondern um heimzukehren ... Aber wen interessierte das, und wer war bereit, ihm einen Platz einzuräumen? Er war zurückgekommen mit Ansprüchen, Rechten, Hoffnungen, aber sie waren gut für nichts, galten vor keinem Gericht. Zweifellos war das Recht bei den anderen (Vision der auferstandenen Reihen), und er war auf sie angewiesen – aber zuerst galt es, allem abzusagen und sich nicht ihrem Stundenschlag, ihrem Morgen und Abend, und nicht zuletzt ihren Parolen zu verpflichten. Er erinnerte sich der ewigen Gegnerschaft, Trauer und Abwehr erfüllten ihn, aber auch Trotz, eine nie gekannte Lebensfreude, Mut zum Widerstand. Carl Eduard war tot, hatte sich freiwillig abgewendet, eine unendliche Niederlage erlitten und sie heldenhaft gesühnt. Aber Francis war nicht gewillt, den toten Bruder zu verraten. Er hatte das Gesicht im Spiegel verloren, aber er würde den Spiegel zertrümmern und das geliebte Antlitz wiederfinden ...

Eines Abends ging er zur Stadt hinaus, stieg auf Feldwegen einen Hügel empor bis dorthin, wo noch Schnee lag und in gezackter Linie in die gelbliche Wiese hineingriff. Dort, an der Grenze der Jahreszeiten, blieb er stehen und sah über die abendliche Landschaft auf die Dächer der Stadt hinunter. Sie breitete sich aus mit Kirche und Tor, mit Plätzen, engen und breiten Gassen, mit Bahnhof und einem Gewirr blitzender Schienenstränge und Brücken über dem Fluss. Der Fluss rauschte schäumend vorwärts, er führte die grossen Wassermengen des Vorfrühlings mit sich, an den Pfeilern der steinernen Brücken bildeten sich weisse Wirbel. Weiter unten, wo der Fluss die Stadt verliess, trat er beinahe über seine Ufer; es schien, als wollte er sich begierig in das breite Tal ergiessen wie der fruchtbare Nil in Ägypten.

Francis wandte der Stadt den Rücken und sah flussaufwärts. Dort wurde der Fluss immer schmaler, glitt als glitzerndes Band durch das verengte Tal, schliesslich glich er dem Saumpfad, der gewunden zum Sattel emporführt und vorstösst mitten in das Herz der Gebirge.

Wolken schwebten am Himmel, so weiss wie die schneebedeckten Bergspitzen. Dort, dachte Francis, ist Ende der Welt und Übergang, dort sind Kampf und Stille, dorthin darf jeder gehen, der vom breiten Pfad abgekommen ist und keinen Lotsen gefunden hat.

Und gestärkt und beruhigt ging er talwärts und kehrte in die Stadt zurück.

17

Francis befand sich auf der Reise nach Berlin. Er hatte sich plötzlich entschlossen, seine Rechnung beim Gerbermeister bezahlt, ein Billett zweiter Klasse mit Schlafwagen Nürnberg–Berlin gekauft. Es war die reine Verschwendung, er wusste es, aber warum sparen mit den letzten Banknoten: Berlin brachte doch die Entscheidung, dort bleiben, oder Südamerika, oder ... Was gab es noch? Heimkehr, es würde sich herausstellen wohin, aber doch Heimkehr. Seine Brust weitete sich, er schöpfte tief Atem, um die unerträgliche Spannung, die innere Unruhe zu überwinden. War das Angst? Oder einfach Erwartung? Auch auf das alte, jetzt zum Verkauf stehende Gut wollte er fahren. Der Rechtsanwalt hatte ihm geschrieben, dass der Staat es übernehmen werde, zur Aufteilung ... Ein Glück, dass seine Mutter das nicht mehr erlebte. Ihr Gut, das Gut ihres Vaters und ihres Grossvaters, aufgeteilt! Nie hätte sie es begriffen, nie akzeptiert. Ihre Ehre hing daran. Und meine Ehre? dachte Francis, ein wenig spöttisch, ein wenig zweifelnd auch, denn hatte Carl Eduards Tod nicht in einem ganz anderen, einem vielleicht neuen Sinn etwas mit Ehre zu tun?

Der Zug fuhr durch die gewellte Voralpenlandschaft auf München zu. Francis sah hinaus. Er hatte erwartet, hier unten den Frühling anzutreffen. Aber es war nicht anders als in Innsbruck, die Wiesen von schmelzendem, eingesunkenem Schnee bedeckt, gelbe Flecke da und dort, auch die Abhänge sonderbar zerfranst, stellenweise von frischem, leuchtendem Grün. Die Feldwege aufgeweicht, mit tiefen, wassergefüllten Radspuren von den Wagen der Bauern, die man über die Wiesen fahren sah. Auch in München war es kalt und regnerisch, die Strassen glänzten vor Nässe, die Fensterscheiben des Taxis beschlugen sich rasch während der Fahrt. Francis fuhr zu einem Restaurant, an dessen Namen er sich erinnerte – auch den Weg kannte er wieder, den grossen Platz mit dem weissen Brunnen und den sich bäumenden Pferden, drüben die Auslagen, der Eingang zum Hofgarten. Als Kind hatte er hier Tauben gefüttert; seine Mutter hatte ihn in München malen lassen, in einem Kittel aus hellblauer Seide mit weissem Kragen. Während der Sitzungen bekam er Schokolade, und draussen auf der Strasse schenkte man ihm schwarzweissrote Fähnchen, denn es war Kriegs-Sommer; Urlauber gingen feldgrau mit ihren Angehörigen spazieren, Soldatenlieder wurden überall gesungen, und auf dem grossen weissen Raddampfer spielte Militärmusik. Francis erinnerte sich an alles, während er allein beim Essen sass. Das Essen war gut, der Wein wärmte ihn, er blieb lang am Tisch sitzen.

Es begann wieder zu regnen, das Wasser lief über die Fensterscheiben. Er hatte viel Zeit, sass da und sah auf die Strasse hinaus. Gegen vier Uhr wurde es dunkel. Er bestellte Kaffee, zahlte dann und fuhr zum Bahnhof zurück. Sein Zug fuhr um fünf Uhr, er würde am Morgen in aller Frühe in Berlin ankommen. Aber wenn er Lust hatte, konnte er vorher aussteigen, schon in Nürnberg, und dort zu Abend essen. Oder mitten in der Nacht in Leipzig. Er machte sich nichts aus Leipzig, schliesslich bedeutete jede Stadt Fremde, Verlassenheit, den Hotelportiers ausgeliefert sein, in Hotelhallen sitzen, durch Strassen gehen voller Schaufenster, Kaffees und Konditoreien mit Kuchen und Schokoladepyramiden in den Auslagen. Telefonzellen warteten, stumme Aufforderung, man konnte irgendeine Nummer verlangen; wenn man Glück hatte, antwortete eine angenehme Stimme. Man konnte Mädchen ansprechen, in Paris jedoch besser; dort waren sie nett und gesprächig, freuten sich auf ein gutes Essen und hatten zärtliche, altmodische Vornamen. In den deutschen Städten ass man lieber allein und ging nachher auf einen Rummelplatz, wo es Schiffschaukeln und Achterbahnen gab, und Lebkuchenstände und Karussells mit weissen Pferden und Elefanten …

Hübsch waren die kleinen Städte in Deutschland; an Weimar erinnerte er sich, mildes Frühlingswetter, Blumenbeete voller Tulpen, hellgrüne Trauerweiden im Park, eine warme Mauer, der niedere, überwachsene Hausflügel der Frau von Stein – an Fachwerkhäuser und dunkle Weinstuben in Dinkelsbühl, an die spitzen Türme der Kirche in Hof, an die Wälder um Eisenach, an den schweren Wein, den der alte Hoffmann in Bamberg getrunken hatte, und an die Aussicht vom Dom über unendliche sanfte Hügel bis zum Kloster Banz als Silhouette im Abendlicht.

Ja, nun erinnerte er sich an alles, an die Wälder und Ritterburgen, an Felsen, altersgraue Dorftürme, an die grünen Täler, an Pappeln und schöngeschwungene Brücken mit steinernen Heiligen – an die Obstgärten und Bauerndörfer, an die weiten Landflächen mit Äckern, wo abends die pflugziehenden Pferde am Horizont auftauchten, an die rötlichen Barockschlösser, an bröckelnden Mauerputz, runde Toreinfahrten mit grossen, gehauenen Wappen, an die frischgetünchten Dorfkirchen und Rathäuser, an kleine Städte an spiegelnden Wasserläufen, ruinengekrönte Hügelspitzen, Klöster mit zweitürmiger Kirche und weit über das Land tönenden Glocken am Abend ...

Um halb zehn Uhr verliess der Zug Nürnberg. Der Schlafwagenschaffner kam herein, um die Betten zu machen. Francis wartete im Gang, rauchend. Nun also Berlin, dachte er, von Heimweh ergriffen. Ich werde nirgends aussteigen, in keiner der kleinen Städte. Dort ist niemand wach um diese Zeit, ich müsste den Hausburschen im Gasthof wecken oder den Wirt, und das Zimmer würde nicht geheizt sein. Morgen würde ich doch weiterfahren. Nach Berlin. Ich fahre nach Berlin und dann nach Hause.

Vielleicht gab es etwas von Carl Eduards nachgelassenen Sachen zu ordnen, vielleicht hatte er Bücher dort, Uniformen, einen Sattel. Vielleicht Briefe ... Francis legte sich schlafen. Er blieb in seinem Abteil allein. Das blaue Lämpchen beschien sein Kopfkissen. Er legte zwei der roten Wolldecken übereinander, die Luft war dumpf und warm, trotzdem fror er und konnte nicht einschlafen. Ein grünes Tuch hing vor dem Fenster, die Scheibe war dunkel, von aussen nass. Draussen flog das Land vorüber, vielleicht Wald mit tausend Stämmen, vielleicht Weiden, jetzt leer und kahl; die Tiere lagen dumpf brüllend und kettenklirrend in den dunklen Ställen. Francis erhob sich und versuchte, das Fenster zu öffnen. Es gelang ihm nicht. Er dachte an Schnee und Kühle, und an grelles Licht auf den geblendeten Augen. Er hörte den Zug stampfen, fast wurde der Lärm unerträglich. Schliesslich öffnete er die Tür. Der Gang war leer, alle Abteiltüren geschlossen, glattlackiert, braun, glänzend. Am Ende des Gangs sass der Schaffner auf einem Klappstuhl. Francis rief ihn, schweissbedeckt und frierend. Der

Schaffner erhob sich, kam näher. Unendlich langer Weg, den er zurücklegte.

„Ist Ihnen nicht gut?" fragte er. Seine Stimme dröhnte.

„Bringen Sie mir etwas Cognac", sagte Francis, hin und her geschüttelt, Dröhnen in den Ohren. Er legte sich wieder hin und wartete. Der Mann brachte Cognac, Wasser und eine halbe Zitrone. „Danke, es wird schon besser", sagte Francis.

Der Mann war freundlich, wollte gern etwas tun. „Reiben Sie die Stirn und die Schläfen mit Zitrone ein", sagte er.

Francis gehorchte. Wenn es nur helfen würde! Wenn nur das Dröhnen und Stampfen, das Hin- und Herschleudern ein Ende nähme!

„Sie brauchen nur zu läuten", sagte der Mann, ging hinaus und schloss die Tür.

Nun wieder Dunkelheit, blaues Licht auf dem Kopfkissen. Francis tastete nach dem Glas – schenkte Cognac ein, trank. Er hatte nichts zu Abend gegessen, der Cognac brannte im leeren Magen, erregte Brechreiz. Schwindel und Übelkeit ergriffen Francis, er lag still, die Luft kreiste in roten Ringen um ihn, rhythmisches Lärmen betäubte ihn. Dann strömte Hitze durch seinen Körper, seine Schläfen klopften. Er fühlte sich besser, aber so, als wäre er stark betrunken. Flüchtig dachte er daran, was ihn bewegt hatte. Deutschland – ich ein Fremder, heimatlos zurückgekehrt. Wie viele Deutsche haben ihr Leben lang Sehnsucht gehabt und sich heimatlos gefühlt? Dann: Fahr ich nach Berlin, weil ich glaube, dass ich dort bleiben kann? Glaube ich noch an die Städte, habe ich an London geglaubt? Sicher hat es etwas mit Glauben zu tun – ich, für meine Person, glaube nicht an die Wichtigkeit jener Dinge, die ihr so eifrig betreibt. Für meine Person – denn dafür muss ich einstehen. Vielleicht täusche ich mich. Vielleicht werde ich einmal bestraft, weil ich mich entziehen will. Aber wenn – nein, kein Missverständnis: Ich glaube an die Wichtigkeit der kleinen Dinge, der kleinen alltäglichen Funktionen. Er quälte sich schlaflos. (Das Abteil roch jetzt nach Cognac, merkwürdig frisch, stark und süss.)

Vielleicht sich mit Carl Eduard rechtfertigen, dachte er, mit seiner unantastbaren Unschuld? Dann überfiel es ihn, im dumpfen Halbwach-Zustand: Keiner kann für den anderen einstehen, keiner mich schützen. Gesetze? Sie organisieren nur, scheinbare Gemeinsamkeit, äusserliche Verpflichtung. Aber sie heben die Isolierung nicht auf. Genügte das nicht? Konnte man nicht einfach jene Verpflichtungen anerkennen, welche die organisierte Menschheit anbot? (Bin ich denn Anarchist, dachte er, und wurde von der Frage wieder in waches Bewusstsein gerissen.) Aber man kann sich doch nichts vormachen, man unterwirft sich nicht blind ihrem Tagewerk, ihrer Religion, ihrer Stadt und ihrer Landschaft – oder gar ihrer Geistesart, vom trägen Dahinleben bis zu den gefährlichen Suggestionen, Krämpfen, Idealen und fanatischen Äusserungen. *Gab es denn keine Freiheit,* nicht einmal die eines moralischen Gewissens? Durfte man die entsetzliche Verlorenheit, Einsamkeit und Fragwürdigkeit nur dem eigenen, dunklen Bild eingestehen, nur dem Bruder, nur nachts, und musste sich am Tag engstirnig, laut-fröhlich damit abfinden?

Der Zug fuhr langsam, bremste quietschend, hielt. Francis schob den Vorhang ein wenig in die Höhe, Licht drang herein, er sah auf einen grossen, hell erleuchteten Bahnsteig. Ein Herr kam eilig die Treppe hinauf, der Schlafwagenschaffner nahm ihm sein Billett ab, liess ihn einsteigen. Draussen stand noch der Gepäckträger und wartete auf seine Bezahlung. Jetzt streckte er die Hand aus, gegen ein unsichtbares Fenster, griff an die Mütze und ging auf die Treppe zu. Ein schläfriger Junge schob einen Wagen mit Getränken, Obst und Brötchen vor sich her. Ein zugedeckter Kessel dampfte. Francis stand auf und beugte sich hinaus. „Würstchen?" fragte er. Der Junge hob den Deckel, holte mit einer hölzernen Zange ein Paar Würstchen heraus, wickelte sie in Papier und reichte sie Francis hinauf.

Der Zug setzte sich langsam in Bewegung, der Junge blieb auf dem Bahnsteig zurück. Francis hatte vergessen, den Namen der Station zu lesen. Sicher war es eine grosse Stadt, dachte er. Er sass auf dem Bett und ass die heissen Würstchen. Er war jetzt ganz wach, der dumpfe Druck verschwunden. Wie gern ich lebe, ging es ihm durch den Kopf, wie gern ich trotz allem lebe! Und fast enttäuscht setzte er hinzu: Dann gilt es also, einen Weg zu finden!

18

Berlin war ihm vertrauter als München, trotzdem fühlte er sich hier noch verlorener, noch weniger an seinem Platz. Bahnhof, Haus Vaterland, Tiergarten (immer noch die Reichswehroffiziere auf den Reitwagen morgens vorübertrabend). Bismarckstrasse und Kaiserdamm schnurgerade nach Westen, Funkturm, nachts seine Lichtgarben auswerfend, und der Siemensturm beleuchtet, im blauen, von Dunst und abertausend elektrischen Wellen gesättigten Grossstadthimmel – das alles kannte er, auch die Lokale, wo er früher Bekannte getroffen hatte, die Restaurants, die billigen und die teuren, die alten, geschwärzten Weinhandlungen und die ruhigen, vornehmen Lokale, wo Rang-Listen der kaiserlichen Armee, dicke Bände, reihenweise aufgestellt waren. Aber fast störte es ihn, dass ihm alles so unverändert begegnete. Die Welt hat sich doch verändert, hielt er eigensinnig fest – warum setzte sich dies alles friedlich fort? Es war dasselbe und doch anders, so als liesse er die Stadt nur wie im Film an sich vorbeigleiten. Dazu trug bei, dass alle seine Unternehmungen misslangen oder sich als überflüssig erwiesen. Etwa Carl Eduards Nachlass zu ordnen – das war fast nur ein Vorwand, eine jener getarnten Tätigkeiten, die das Gefühl des Unwirklichen, des nur gespielten Schein-Daseins noch verstärkten. Da war ein Rechtsanwalt, der schon seit einer Reihe von Jahren alle Geschäfte für Carl Eduard erledigt hatte, ein zuverlässiger, selbständiger Mann. Natürlich kannte er sich viel besser aus als Francis, er hatte alles schon an die Hand genommen; Francis' Einmischung war nur formell möglich, ein Brief hätte genügt …

Der gleiche Rechtsanwalt hatte sich auch um das Gut gekümmert. Alles war in die Wege geleitet; was getan werden konnte, wurde pünktlich und ordentlich getan, man würde Francis Bescheid geben … Er fühlte sich von Tag zu Tag überflüssiger. Anfangs hielt er noch an seinem Südamerika-Plan fest, er ging auf ein Auswanderungsbüro, hörte, dass man nicht ohne weiteres eine Aufenthaltsbewilligung bekam, Schritte waren nötig. Er nahm alles zur Kenntnis, ging wieder zu Carl Eduards Rechtsanwalt.

„Bleiben Sie nicht in Berlin“, riet dieser, „man würde Sie monatelang hinhalten, es kostet nur Geld, und niemand kann im Ernst heute etwas für Sie tun.“ Auch dies nahm er zur Kenntnis.

Dazu die Klagen, Befürchtungen, Hoffnungen seiner „Freunde“. Was hatte er sich denn vorgestellt? Sichere, kleine, bürgerliche Existenzen? Davon war nichts mehr übrig, sie alle schifften auf den Wogen der allgemeinen Unsicherheit. Und immer noch das Wort „Krise“, abgenutzt im Verlauf vieler Jahre. Sie schienen alle, ausnahmslos, auf eine falsche Karte gesetzt zu haben, eben auf die der „bürgerlichen Existenz“. Nein, einige hielten immer noch daran fest: das müsse wiederkommen, bekundeten einen liberalen Optimismus, den die Erfahrung ständig Lügen strafte. Andere waren resigniert, auf alles gefasst, noch andere glaubten, mit verzweifelter Tatkraft, an die Umwälzung von Grund auf. Eines aber stand fest: Man konnte ihn hier nicht brauchen, ausser wenn er sich einer jener extremen Meinungen anschloss und verpflichtete.

Beides gab er auf: hier zu bleiben oder sich noch einmal in Südamerika zu versuchen. Das geschah leicht, fast schmerzlos. Er wurde einfach still inmitten des wirbelnden Getriebes. Und so wie ihm ging es vielen, man wurde still, wartete, wurde anspruchslos für seine eigene Person, skeptisch gegenüber der wankenden Moral der Geschichte. Nach zwei Wochen seines Berliner Aufenthaltes verzichtete er auch auf den Plan, auf das heimatliche Gut zu fahren. Es war doch verloren, keine Möglichkeit, den alten Besitz, die alte Lebensform wieder herzustellen. Und Heimatgefühl hiess, Verpflichtung gegenüber einem Land, einem Stück Boden auf sich nehmen.

Eine andere Zugehörigkeit gab es nicht, das blosse Verweilen auf einer würdigen Herkunft und Vergangenheit genügte nicht, um eines Mannes Leben zu fristen. Auch das musste ausgelöscht werden.

Diese Wochen waren Revision, erbarmungsloses Abrechnen. Berlin war dafür der richtige Ort, keine Sentimentalität fand hier Nahrung, keine Schwäche wurde unterstützt. Aber auch der leere und laute Wirbel der Ereignisse verwirrte Francis nicht. Was die Leute hier erlebten, riss sie nur mit fort; gewiss, Lawinen aus Geschehnissen ballten sich hier zusammen, konnten jeden Augenblick sich lösen und den Abgründen zurollen. Aber nichts davon schlug Wurzeln.

Als ein Brief von Adrienne aus Alptal eintraf (Bote aus einer anderen Welt), stand seiner Abreise dorthin nichts mehr im Wege.

19

Man wartete immer auf etwas: Matthisch auf die Rückkehr nach Alptal, Klaus Vidal auf Matthisch, auf Francis oder auf das Ende der Ferien, Adrienne auf einen Brief von Francis, Wirz auf das Abfahrtsrennen und seinen Triumph über die Friedrich-Schule. Und dann war es plötzlich soweit, und war eine Enttäuschung, ein Tag wie ein anderer, eine Stunde Spannung ausgenommen.

Klaus Vidal redete mit niemandem. Er hatte einmal eine Karte von Matthisch bekommen – „Ich trage schon vierzig Kilo" –, aber das sagte ihm nichts, er hatte bloss den Eindruck, dass er nur zehn Kilo tragen könnte, oder höchstens zwanzig, und dass vierzig Kilo gleich viel bedeuteten wie Mann und Erwachsensein. Aber was hiess es ausserdem? War Matthisch Träger geworden? Nein, Klaus wusste es besser, er verschwieg es nur vor sich, des Gewissens wegen: Der Matthisch war bei den Schmugglern. „Schmuggler" gehörte zu den heimlichen, düsteren Worten wie „Verrat", „Räuber" oder „Krieg". Man sprach sie nicht aus, sie waren unantastbar und gefährlich, aber man dachte manchmal an sie, abends im Bett, und nachher betete man, aber es nützte nichts, man lag da, heiss und unruhig, und konnte nicht einschlafen. Bis im Nebenzimmer seine Mutter eintrat. (Klaus hörte angespannt, wie sie leise die Tür schloss – ach, leise seinetwegen, um ihn nicht zu stören!) Manchmal wollte er, wie früher, sie zu sich herüberrufen. Damit sie an seinem Bett sitze, die grosse, kühle, braune Hand auf seinem Haar. Damit er das Gesicht auf ihre Knie lege. Aber er biss auf die Lippen, um nicht zu rufen. Das nicht mehr: nicht mehr klein und ihr Junge sein, denn es war kein Verlass mehr auf sie; es hiess, sich selbständig machen. Darin, dachte Klaus, liegt der Sinn des „Erwachsenseins", dass man sich nicht mehr, wie früher, blind auf jemanden verlassen kann. Und was hatte es dann noch für einen Sinn, eine Mutter zu haben? Er wünschte sich weit fort, stellte sich vor, dass er allein Berge und Flüsse überschreite, Länder durchwandere, allein sich auf fremden Lagern schlafen lege, am Morgen unerkannt seinen geheimnisvollen und unendlichen Weg fortsetze. Es rührte ihn ungemein, daran zu denken. Und alles wegen Wirz, dachte er verbittert, denn so viel war ihm klar, dass Andreas Wirz den Matthisch weggeschickt hatte – warum, das allerdings blieb ihm unverständlich. Und jetzt nahm er ihm seine Mutter! „Trennung" hiess das, Klaus hasste das Skirennen, ja, er überlegte sich, den Ansichten des Dorfes und der Schule von Friedrich zum Trotz, was es schon bedeuten könne: in einem Abfahrtslauf zwei Sekunden rascher als die anderen zu sein. Und doch lockte es ihn, seine Mutter als Siegerin zu sehen.

Für Adrienne allerdings bedeutete es mehr. Sie fühlte sich wieder krank, vielleicht aus Schwäche und Unlust, denn seitdem Francis fort war, fehlte jeder Antrieb. Sollte sie ihm schreiben? Oder durfte man nicht? Die Stunden mit Wirz waren nur Ersatz, erzwungene und vertane Energie. Das half nichts und musste doch helfen, denn was blieb ihr sonst? Sie wusste: Wenn ich erlahme und nachgiebig werde, geht es bergab. Jenes spannungslose Ausruhen war Gift für ihren Körper, lähmte ihn, setzte alle Funktionen herab. Dann erst bin ich krank, wiederholte sie für sich und sog alles auf, vor allem ihre Liebe zu Klaus, denn das blieb doch, das konnte man ihr nicht nehmen. Für viele mochte es gleichgültig sein, ob sie ein wenig nachgiebiger gegen die Krankheit waren, sich dem Fieber überliessen, auch unvorsichtig waren, so als liege ihnen nichts daran. Aber ihr lag daran, ja, sie liebte schon ihr freiwilliges Gefängnis, weil sie wusste, dass sie hier leben, hier tätig, mütterlich, liebend sein konnte. Mehr noch: Man bewunderte sie, sprach viel von ihr, sie war zugleich populär und gefürchtet. Das reizte sie, sogar Wirz reizte sie, seine begehrliche, feige, rücksichtslose männliche Schmeichelei. Vielleicht hätte sie sich dagegen gewehrt, wenn sie wirklich gesund, Herr ihrer selbst gewesen wäre. Aber jetzt griff sie nach allem, was sie fesseln, am Leben erhalten konnte, und jede Erregung war ihr recht. Nur nicht untauglich werden, nicht wieder Davos und Liegekur, nicht wieder fühlen, wie alles zurückgeht, sogar die Muskeln – mit Entsetzen erinnerte sie sich an die Monate passiver Hingabe an die Krankheit.

Sie kam abends erschöpft von ihren Trainingsläufen ins Hotel zurück; es ist zuviel, wusste sie, ich werde es nicht aushalten. Ein einziges Mal weinte sie, von Schwäche übermannt. Es war kalt gewesen, sie hatte gefroren, war gestürzt, mehrmals, und Wirz war brutal vorausgefahren, ohne sich um sie zu kümmern. Unten hatte sie ihn eingeholt, aber sie war so müde, dass ihr schwindelte, als sie sich bückte, um die Skier abzuschnallen. Dann ging sie in ihr Zimmer, hoffte, aus irgendeinem Grund, einen Brief vorzufinden, telefonierte dem Portier. Nichts war gekommen. Und Klaus? Er hatte hinterlassen, er sei mit dem Skilehrer Matter in der Alpenrose. Adrienne zog die Schuhe aus und legte sich auf ihr Bett. Nur noch kurze Zeit, dachte sie, bis zum Abfahrtsrennen. Plötzlich sah sie mit Schrecken die Rennstrecke vor sich, und gleichzeitig wurde ihr die Absurdität des Unternehmens bewusst: wochenlang sich zu erschöpfen, nur um dieses Rennen zu gewinnen, das ein ehrgeiziger Skilehrer ihr vorschrieb. Wo war ihr Ehrgeiz, ihre Aufgabe? Lebte man wirklich nur, um sich von Woche zu Woche zu ertüchtigen, um dann am Ende ein Abfahrtsrennen … Und kein Mensch, der etwas anderes verlangte? Und Klaus …

Sie weinte plötzlich, während sie an die schmächtige Knabenfigur dachte, das blasse, von Ahnungen und brennenden Fragen heimgesuchte Gesicht. Sie sah die Wirtsstube, Gewühl von Menschen, Klaus an einem runden Tisch zwischen Männern, sah ihn durch Wolken von Rauch, durch eine Wand von Tränen, ihr ganz entfremdet. Sie war nicht gewohnt zu weinen, es beschämte sie, erfüllte sie zuerst mit noch grösserer Schwäche, ernüchterte sie dann plötzlich und rief ihren trotzigen Willen wach. Nein, sie würde Francis nicht schreiben, ihn keinesfalls zurückrufen. Sie musste hier leben, gut, das hiess auch Klaus abgeben, an die Welt unten, früher oder später wäre es doch dazu gekommen. Also lieber gleich, bevor es zu hart für sie wurde. Sie entschloss sich, an das Internat zu schreiben, wo Klaus schon ein halbes Jahr zugebracht hatte. An Ostern sollte er dort wieder eintreten. Und ich, dachte sie jetzt ganz ruhig, ich trenne mich von Wirz. Das Rennen noch, es lässt sich nicht mehr vermeiden, und dann langsamer, systematischer arbeiten, nicht bis zur Erschöpfung, nicht ehrgeizig, sondern um gesund zu bleiben. Auch lesen, und an niemanden denken … Und ein Radio will ich haben, fiel ihr plötzlich ein. Einen guten Apparat, den sie in ihrem Zimmer haben würde – dann abends allein und Musik aus der ganzen Welt, Schwingungen aus den grossen Sälen der grossen Städte, über das Gebirge zu ihr getragen.

Wirz sah die Niederlage kommen, zähneknirschend gestand er sie ein. Der Schwarzsee-Hof war halb leer, dafür die Gasthöfe im Dorf überfüllt; die besten waren angekommen, die Kitzbüheler Läufer in grünen, die aus St. Andreas in roten Sweatern, andere, unbekannt, wollten sich einen Namen machen. Siebzehn Jahre alt ein blonder Junge, rot verbrannt, noch schüchtern neben den lauten Kameraden. So alt wie der Matthisch – Wirz wagte nicht mehr, in die Alpenrose zu gehen, wo sie alle sassen, er blieb zu Hause, hatte auch keine Schüler mehr, stand qualvoll unbeschäftigt in der Hotelhalle herum. Adrienne Vidal ... Er bildete sich ein, dass sie kühler zu ihm sei als gewöhnlich, das hätte gerade noch gefehlt! Mehrmals liess sie ihm sagen, sie sei zu müde zum Laufen, dann versuchte er, sich an Klaus heranzumachen. Aber der wollte nicht, war auch mit den anderen, den Leuten von Friedrich, zu gut befreundet.

Abends ging Wirz in die Rössl-Schenke, dort wenigstens war er allein, mit einem dicken Wirtsmädchen, Rosi hiess sie und erfreute sich eines unsoliden Rufes. Ihn widerte es an, wenn sie beim Einschenken den Arm um seinen Hals legte. Aber er blieb, trank eine Menge, vergass auf diese Weise die Alpenrose, die Kränkungen und Adrienne.

Am Tag des Rennens – endlich war es soweit – riet er Adrienne, vor dem Start Cognac zu trinken. Er stand unten, neben dem Ziel, und sah die Läuferinnen mit ihren grossen schwarzen Nummern auf weissem Tuch den letzten

Steilhang herunterkommen. Adrienne war als eine der ersten gestartet. Er erkannte sie gleich: gross, ein wenig zu steif, und viel zu rasch tauchte sie über dem Rand des Steilhangs auf und fuhr ohne zu zaudern gerade hinunter. Schräg, murmelte er, schneiden wäre besser gewesen – da überschlug sie sich schon, fiel, ohne sich halten zu können. Alles glatt, abgefahren, und viel zu steil. Sie erhob sich, nicht sehr schnell, sie schien zu zögern, kam dann langsam, mit vorgeneigten Schultern, auf das Ziel zu. Vorbei, der Zeitverlust zu gross. Er sagte nichts, wartete, sah zwei, drei der nachfolgenden Mädchen herunterkommen. Sie fuhren gut, tief in den Knien, eine hatte flatternde Zöpfe, lächerlich sah das aus! Aber sie stand es durch, hatte Säulen statt Beine, natürlich, was hatte er sich denn gedacht, wie konnte da eine Frau wie Adrienne …

Er wandte sich ab und ging. Später traf er Adrienne auf der Dorfstrasse, sie kam, die Skier auf der Schulter, eine Hand in der Tasche.

„Schade“, sagte sie, „sehr schade, aber ich habe zu viel Cognac getrunken.“

Wütend stiess er hervor: „Wer hat davon etwas gesagt?“

„Es war ein schlechter Ratschlag“, sagte sie lachend.

„Einen Schluck habe ich gemeint, wieviel haben Sie denn getrunken?“

Sie fuhr fort zu lachen. „Ich hätte sonst vielleicht gewonnen“, sagte sie. (Lag ihr denn nichts daran?) „Und wenn Ruthern dagewesen wäre, so hätte er auch gewonnen“, setzte sie hinzu.

Wirz blieb fassungslos zurück. Kein Wort verlor sie darüber, dass er, wegen einer krassen Ungerechtigkeit, nicht zugelassen war, aber Ruthern, den vermisste sie, an ihn erinnerte sie sich. Eifersucht, nein, das war es nicht, aber Angst, denn jetzt hatte er verspielt, einen hohen Einsatz: verloren die Wochen des Wartens, des Trainings, des Dienens um den Preis, dass sie gewinnen sollte, und dann weitermachen, in der Schweiz, mit ihm, nach Cortina, mit ihm, nach Mürren, nach Zermatt. Er hätte mit Esther von M. nach St. Andreas gehen können, oder doch fort, fort von hier, wo man ihn verachtete. Und was jetzt tun, ohne Geld, vielleicht auf den Sommer warten und Lasten tragen, und dann heuen und Kühe melken? Ja, und auch das nur, wenn er Glück hatte, er war kein guter Arbeiter, bekam zu leicht Streit. Also fertig mit den Hotelhallen und feinen Jungs in hellen Sweatern, fertig mit Adrienne …

Am Abend schneite es. Am folgenden Morgen sah man nichts mehr von der Rennpiste, nur da und dort ein Fähnchen, halb zugedeckt, an der Halde, wo das Rennen stattgefunden hatte.

20

Matthisch kam des Nachts an. Er ging zu Fuss von der Station bis ins Dorf, zweieinhalb Stunden lang. Wenn ihm ein Schlitten entgegenkam, verbarg er sich hinter einer Tanne oder einem Felsen. Beim dritten Mal befand er sich auf offener Wegstrecke, schutzlos. Er sah den kleinen Schlitten mit dem leinenen Schutzdach auf sich zukommen, das Pferd trabte langsam, eine gelbe Laterne schwankte an der Deichsel. Matthischs Herz klopfte. Er erkannte den Kutscher: den zwanzigjährigen Franz aus der Alpenrose. Sollte er seinen Namen rufen? Aber seine Lippen lagen fest aufeinander. Der Bursche schlief wohl oder war betrunken, er sah ihn gar nicht. Das Pferd wich von selbst ein wenig zur Seite. Matthisch setzte schwer atmend seinen Weg fort. Es war mühsam zu gehen. Wenn ein Schlitten von der Station her ihn einholen würde, wollte er versuchen, sich hinter der Kapuze zu verbergen. Er war müde und sehr hungrig. Er hatte zwar Geld in der Tasche, aber wie sollte er es wagen, in Alptal in einen der Gasthöfe zu gehen? Noch eine Stunde; er wurde sehr mutlos. Sein schwerer Rucksack drückte. Vierzig Kilo hatte man ihm aufgeladen, ein Mann in der Bahn, zwischen Innsbruck und St. Andreas. Matthisch hatte ihn gleich erkannt, es war derselbe, den Wirz manchmal in Alptal getroffen hatte. Wem gab er wohl damals die Waren? Vierzig Kilo – er wusste nicht einmal, was er schleppte. Der schnurrbärtige Mann trug eine grüne Jacke mit Hornknöpfen und lange dunkelgraue Hosen, unten in die Skistiefel gesteckt.

„Also, du weisst Bescheid“, sagte er.

„Aber den Weg weiss ich nicht."

„Ganz einfach, von Alptal durch das Val Torn."

Matthisch nickte.

„Dann bei der dritten Hütte rechts ab. Oben sind ein paar Steine markiert, dort wartet einer auf dich."

„Und wenn ich ihn verfehle?"

„Dann fährst du über die Grenze, siehst bald die Häuser von M. (er nannte ein italienisches Nest), gehst dort in den Gasthof."

Matthisch sah ihn unsicher an. „Ich kann nicht Italienisch", sagte er.

Der Mann rauchte die ganze Zeit – der Tabak roch stark – und biss auf den Pfeifenstiel, während er sprach. „Die sprechen alle Deutsch", sagte er, „ich habe schon oft Leute hinübergeschickt."

Matthisch dachte an Andreas Wirz. Der lässt sich also auch schicken, dachte er, für einen Schilling pro Kilo. Den behandeln sie wie mich ...

„Von Alptal gibt es fast jede Woche etwas hinüberzubringen", sagte der Mann, und setzte ermunternd hinzu: „Wenn du zuverlässig bist ..."

In St. Andreas war er ausgestiegen. Matthisch blieb allein im Abteil, den schweren Rucksack neben sich, und hungrig. Als er in Alptal angekommen war, drückte er sich unerkannt am Stationsvorsteher vorbei und vergass, in der Restauration etwas zu kaufen. Erst unterwegs fiel es ihm wieder ein – der lange Weg, die erste Stunde nahm kein Ende. Oben, im Dorf, schritt er rascher aus. Zum Glück war kein Mensch mehr auf der Strasse, die meisten Häuser schon dunkel, nur die Schaufenster noch beleuchtet. Er sah Skibindungen, Rucksäcke, einen Korb Orangen, Schnüre mit Feigen, Aluminiumteller, eine Pyramide aus Milchschokoladetafeln, ein Gletscherseil. Dann Licht aus den Fenstern der Alpenrose, auch Musik. Sicher wird getanzt, dachte er, und hätte gern durch die Tür geschaut. Ob Friedrich dort sass, Matter, vielleicht Wirz …

Aber er lief ohne Aufenthalt weiter. Nach Hause, dachte er, nach Hause. Er hätte Wirz suchen, auf ihn warten sollen, aber sein Herz verhärtete sich gegen ihn. Er wollte ihn nicht sehen, wollte nach Hause. Er verliess das Dorf und schlug den Weg zum Schwarzsee-Hof ein. Dahinter lag im Dunkel das väterliche Haus. Sein Herz schlug schneller. Er würde sie überraschen, sicher schliefen sie bereits, aber der Hund würde ihn verraten, und dann die Mutter, aus der Kammer, das Haar schon entflochten, der Vater –

Matthisch fühlte plötzlich eine sonderbare Beklemmung. Er blieb stehen, zögernd. Vielleicht war der Vater böse, wollte ihn gar nicht sehen? Konnte er denn ungestraft wochenlang wegbleiben? Einmal eine Karte an die Eltern: „Es geht mir gut.“ Sonst nichts, und jetzt, wie sich rechtfertigen? Warum hatte er nie daran gedacht, nie sich ein Gewissen daraus gemacht? Seinen Eltern weglaufen, nur weil Wirz es ihm befahl! An ihn hatte er oft gedacht; jetzt war es ihm unbegreiflich. Und vierzig Kilo, dachte er unsicher, er war stolz darauf gewesen, vierzig Kilo Schmugglerwaren, vierzig Schilling Belohnung. Was würde der Vater davon halten? Er selbst hatte sich daran gewöhnt, hatte sich abgefunden, dass so das Erwachsensein, das richtige Leben aussah.

Aber einmal heimzukommen – nicht richtig vorgestellt,

jetzt zu spät, und alles vergessen, was er als Bub so genau gewusst hatte: Das ist Recht, und das Unrecht, und das Unrechte scheut man wie das Feuer –

O Gott, und dass man für das Unrechte bestraft wird, o Gott, ihn auch vergessen, jetzt war es vielleicht zu spät … Er stand da, zweifelnd und unentschlossen; Müdigkeit, Hunger und Angst machten ihn schwach. Der Rucksack war schwer, die Riemen schnitten in seine Schultern. Vierzig Kilo, wenn er alles ablieferte; aber was bedeuteten ihm jetzt vierzig Schilling? Am liebsten hätte er den Rucksack im Schnee liegenlassen, doch er fürchtete, man würde ihn finden.

Endlich entschloss er sich weiterzugehen. Er stolperte langsam vorwärts bis zum Schwarzsee-Hof. Ging durch die Eingangstür, an der Portiersloge vorbei, niemand war zu sehen, und links die Treppe hinauf. Nummer 21, erster Stock, erinnerte er sich. Er brauchte nicht durch die Halle zu gehen, das Zimmer lag im vorderen Flügel. Er klopfte, öffnete die Tür, schloss sie rasch und leise hinter sich. Klaus hatte schon geschlafen. Er schreckte hoch, flüsterte: „Wer ist da?" und starrte mit aufgerissenen Augen in die Dunkelheit. Matthisch, mit dem Rücken an die Tür gelehnt, antwortete: „Ich bin's, der Matthisch. Ich bin zurückgekommen."

Klaus, sofort hellwach, rief leise: „Komm doch näher. Mach Licht."

Matthisch flüsterte zurück: „Es ist besser, wir bleiben im Dunkeln. Man darf nicht merken, dass ich hier bin."

„Hat dich niemand gesehen?" fragte Klaus aufgeregt.

„Bis jetzt nicht. Kommt niemand in dein Zimmer?"

Klaus, im Verschwörerton: „Niemand."

„Auch deine Mutter nicht?"

„Nein. Sie spielt Karten mit Wirz."

Betroffen fragte Matthisch: „Mit Wirz?"

„Natürlich", sagte Klaus bitter. „Die stecken jeden Abend zusammen."

Matthisch schwieg. Er sass jetzt auf dem Bettrand, den Kopf zum Fenster gewendet.

Klaus neigte sich vor und fragte: „Hast du den Wirz noch nicht gesehen?"

„Nein." Matthisch schüttelte den Kopf. „Ich will auch nicht."

Klaus schwieg. Er hatte sich an die Dunkelheit gewöhnt und konnte jetzt Matthischs Gesicht erkennen. Er hatte sich verändert. Klaus fühlte, dass Wichtiges mit ihm passiert war. Er war nicht mehr sein Freund. „Kann ich etwas für dich tun?" fragte er fast höflich.

Matthisch sagte, ohne den Kopf zu wenden: „Wenn du etwas zu essen hättest ..."

Klaus sprang aus dem Bett und lief mit nackten Füssen in das Zimmer seiner Mutter hinüber. Er brachte eine Schachtel Kekse und eine angebrochene Schokoladentafel. „Mehr habe ich nicht", sagte er. Matthisch fing sofort an zu essen. Er steckte die Kekse und grosse Stücke Schokolade in den Mund und kaute stumm. Klaus sah ihm zu. Plötzlich sagte er hart und immer den Blick auf Matthischs Gesicht gerichtet: „Ich hasse den Wirz."

Er hatte das Gefühl, er müsse es einfach sagen. Wahrscheinlich war es gefährlich, denn Wirz war Matthischs Freund, und Matthisch liess nichts auf ihn kommen. Aber

Klaus wusste, dass Matthischs Veränderung in irgendeinem Zusammenhang mit Wirz stand. Also war auch Wirz daran schuld, dass Matthisch nicht mehr sein Freund war. Genau so wie er schuld war, dass seine Mutter sich nicht mehr um ihn kümmerte. Ja, er hasste Wirz schon lange, und mit Recht. Und einmal musste es gesagt sein.

Matthisch antwortete zuerst gar nicht darauf. Er war mit den Keksen und der Schokolade beschäftigt. Schliesslich fragte er: „Hat er dir etwas getan?"

„Nein", sagte Klaus. „Und dir?"

Matthisch schüttelte ernst den Kopf. Dann sagte er mit ruhiger Stimme: „Ich hasse ihn auch manchmal", und fuhr fort zu essen. Er sprach ganz ruhig und so wie jemand, der weiss, was er tut. So bewegte er auch den Kopf, so war sein Gesicht. Er war erwachsen geworden.

„Willst du hier schlafen?" fragte Klaus scheu.

Ohne zu antworten, zog Matthisch die Stiefel aus, sagte: „Ein paar Stunden vielleicht", streifte den Sweater über den Kopf und legte sich in Skihosen und Flanellhemd neben Klaus, der zur Seite rückte, mit angehaltenem Atem.

Matthisch schlief sofort ein. Klaus hörte, wie er regelmässig und tief die Luft einzog; er lag still auf dem Rükken, den grossen, jetzt in der Dunkelheit unbekannten Körper neben sich. Matthisch roch nach feuchter Wolle, nach Skiwachs, nach Holz und Rauch. Er röchelte manchmal im Schlaf, räusperte sich und wurde wieder still. Er hatte einen Arm unter den Kopf geschoben und hielt den Mund offen. Klaus sah den dunklen Kopf neben sich auf dem weissen Kissen. Er wagte nicht, den anderen aus den Augen zu lassen, sah beständig hinüber, mit Herzklopfen.

Er fühlte sich in ein Abenteuer verstrickt, fast mitschuldig. Nicht Matthisch lag neben ihm, sondern ein Fremder, ein Schmuggler, einer, der in die Berge hinauf gehörte, an offenen Feuern schlief und sich in dauernder Gefahr befand.

Klaus hob vorsichtig den Kopf und sah zur Tür, die in das Zimmer seiner Mutter führte. Wenn er sich wegschliche und auf das Sofa drüben legte? Er würde ganz still liegen, sich mit keinem Wort und keinem Atemzug verraten. Ohne Decke würde er liegen und seine Mutter atmen hören. Fort von Matthisch! Er verriet ihn, wünschte ihn weit weg. Er hatte nichts mit ihm zu tun, er wollte zu seiner Mutter. Wie sie ihn beschützen würde! Sich über ihn beugen und ihn in ihre Arme schliessen. Wie er ihre braunen, langen, kräftigen Arme liebte!

Neben ihm röchelte Matthisch im Schlaf. Gepeinigt blickte Klaus zu ihm hin. Der Kopf lag zurückgeworfen auf dem Kissen, die Nase ragte in die Luft. Deutlich erkannte Klaus die geöffneten Lippen, aus denen das mühsame, tiefe Atemzeichen kam. Vorsichtig langte er nach Matthischs Hand. Sie war kalt, ein wenig feucht und lag schlaff an seiner Seite. War Matthisch krank? Klaus erschrak entsetzlich. Er wollte aufspringen, in das Zimmer seiner Mutter stürzen, Hilfe herbeiholen. Da richtete sich Matthisch auf und murmelte: „Ist es schon Zeit?"

Erlöst, noch zitternd, antwortete Klaus: „Nein, nein, es ist höchstens ein Uhr."

Matthisch gähnte. „Ich hab gefroren", sagte er.

Natürlich, er war nicht richtig zugedeckt! Eifrig breitete Klaus die Steppdecke über Matthischs Beine. Aber

Matthisch schob sie zurück, stand auf, langte nach seinen Stiefeln. „Ich muss jetzt zum Wirz", sagte er. „Und um vier Uhr gehe ich los …"

Klaus sah zu, wie er vorsichtig die Tür öffnete, dann den schweren Rucksack aufnahm und in den Gang hinaustrat. Klaus streckte sich im Bett aus, schob das Kissen unter die Wange und schlief sofort ein.

21

Hoch oben, in der ausgetretenen Spur, die zum Val Torn führte, stieg Matthisch am nächsten Morgen bergan. Es war noch sehr kalt, selbst das Aufsteigen erwärmte ihn nicht. Die Luft roch nächtlich, feucht, war regungslos. Der Schnee schimmerte blau und strömte Kälte aus; beim Gehen knirschte der harte, vereiste Rand der Spur gegen die Kanten von Matthischs Skiern. Er hatte keine Stahlkanten, das Holz splitterte in winzigen weissen Fetzen ab.

Matthisch hatte vor dem Fortgehen Milchkaffee getrunken. Wirz hatte ihn selbst in der Küche gewärmt; noch spürte Matthisch den lauen, rahmigen Geschmack auf der Zunge. Das flackernde Feuer in der kalten Küche, Geruch nach Wäsche und Steinfliesen; Wirz war bleich, fleckig im Gesicht. Er hatte auf der linken Seite gelegen, das krause und struppige Haar war in die Höhe gedrückt. Er trug graue Filzpantoffeln. Die Knöchel waren weiss, mit blauen hervortretenden Adern. Matthisch trank den lauwarmen Kaffee aus einer runden Schüssel. Ass Brot, dick mit Butter bestrichen. Er sass auf dem Küchentisch. Wirz stand am Herd.

„Es wird ein schöner Tag“, sagte Matthisch. Draussen war es noch dunkel, der Himmel im Osten sammetblau, sonst schwarz, fast ohne Sterne.

„Du brauchst keine Angst zu haben“, sagte Wirz, „der Anstieg ist nicht schlimm.“

Matthisch kaute schläfrig. Er hatte keine Angst, er wollte sich Zeit lassen.

„Heute abend bist du zurück“, sagte Wirz.

„Und dann?"

„Vierzig Schilling ist viel Geld."

Matthisch nickte träg. „Und dann?"

„Meld dich gleich bei mir", sagte Wirz. Er schüttete ihm zum zweitenmal Kaffee ein. Er gähnte.

Matthisch trank in langsamen Schlucken. „Wann muss ich das nächste Mal gehen?" fragte er.

Wirz sagte unsicher: „Du brauchst gar nicht mehr zu gehen. Es war nur ein Versuch. Damit du Geld verdienst."

Matthisch dachte: Der Klaus schläft noch. Der braucht kein Geld zu verdienen.

„Nachher sollst du doch Skilehrer werden", sagte Wirz. Er legte ihm die Hand auf die Schulter.

Matthisch hatte die Berührung nicht gern. Er kannte das. Er hatte Wirz nicht mehr gern. „Ich werd kein Skilehrer", sagte er. „Es ist zu spät."

Wirz schüttelte ihn. „Siebzehn Jahre alt", sagte er.

„Nicht deshalb", sagte Matthisch, „aber wenn ich jetzt zurückkomme ..."

„Das geht doch keinen Menschen etwas an!"

„Doch", sagte Matthisch, „es geht sie etwas an. Ich werd kein Skilehrer."

„Jetzt geh!" sagte Wirz.

Aber Matthisch rührte sich nicht.

„Es ist fast halb sechs Uhr", sagte Wirz. „Geh! Steck das Brot ein. Und vergiss nicht, bei der dritten Hütte rechts."

„Ich vergess es schon nicht", sagte Matthisch kurz. „Ausserdem, wenn man mich erwischt, ist es meine Sorge."

„Wer soll dich denn erwischen?" Wirz' Stimme wurde unsicher.

„Das ist nicht deine Sorge“, wiederholte Matthisch und stand auf.

Die Dämmerung begann um halb sieben Uhr. Bis ins Val Torn ging er in der Dunkelheit, der ausgetretenen Spur folgend. Die Kälte weckte ihn. Er liess das Dorf hinter sich, die verschlossenen Häuser, die kalten Schornsteine. Ob Wirz wieder eingeschlafen war? Sein schwerer, traumgequälter Schlaf, wütendes, stöhnendes Erwachen. Wie er gegen sich wüten konnte, die Welt beschimpfen, Gott lästern! Und alles ausartend in eine unbeschwichtigende Zärtlichkeit, preisgegeben dem Dämon. Wie besiegt er war, ohne Demut besiegt, zähneknirschend. Wie er Gott lästern konnte, sein Gewissen in Brand stecken und wütend-traurig in die Flammen blasen! Wie er sein Haar streicheln konnte! Matthisch schauderte bei der Erinnerung.

Nein, es war vorbei. Es war viel besser jetzt, auch gefährlicher, aber er war nicht mehr in der Gewalt des Bösen. Er gehörte sich wieder. Der Tag stieg auf, der samtene Himmel im Osten zerfloss und wurde rötlich. Er gehörte sich wieder, würde es schon meistern. Vielleicht würde er, wenn Gott ihn schützte und heil wieder ins Tal brachte, zu seinen Eltern zurückkehren und alles wieder gutmachen. Nie mehr zu Wirz, nie mehr. Er war kein Kind mehr. Ermutigt, fast freudig stieg Matthisch bergan.

Die Landjäger waren mit dem ersten Frühzug aus Innsbruck gekommen. Sie weckten den Polizisten in Alptal, befestigten in der Alpenrose, im Schwarzsee-Hof und am Postbüro die Bekanntmachung, dass der Aufstieg zum Val Torn und in die ganzen benachbarten Gebiete an diesem Tag für

Touristen gesperrt sei, frühstückten dann ausgiebig in der Alpenrose, assen Käse, tranken Rotwein und machten sich gegen neun Uhr auf den Weg. Sie folgten, einer hinter dem anderen, derselben Spur wie einige Stunden zuvor Matthisch. Der Himmel blieb bezogen, Wolken kamen von Westen. Die Gipfel waren von nebelähnlichem Dunst verhüllt. Bald senkte er sich tiefer, wallte die steilen Hänge hinab, füllte die Mulden wie schwelender Rauch. Das Val Torn lag schon in seinem Bereich, die Luft war drückend wie vor einem Erdbeben, und unheilvoll still.

Weiter oben blies ein heftiger Wind, jagte den Nebel vor sich her, riss Löcher hinein. Für Augenblicke traf milchiges Sonnenlicht die nassen Felsen und die stumpfen grauen Schneeflächen. Dann verhüllte sich der Himmel wieder, Dunstfahnen schwangen auf und ab.

Wirz schlief lange. Als er erwachte, sah er Nebel vor seinem Fenster und erinnerte sich sofort beunruhigt an Matthisch. Es war zehn Uhr, er konnte den Kamm schon überschritten haben. Vielleicht war es drüben hell, jedenfalls nebelfrei.

Aber Matthisch fand den Kamm nicht. Er war durch das sanft fallende Val Torn gefahren, bei der dritten Hütte abgebogen und aufgestiegen. Da hatte ihn der Nebel überrascht. Er ging aufwärts, solange er konnte. Dann merkte er, dass es sehr steil wurde, fast senkrecht. Er wich aus, ging einige Zeit quer der Halde entlang, stieg von neuem auf. Der Schnee war weich und schwer, die Skier sanken ein. Plötzlich befand er sich in einer Art Hohlweg zwischen schwarzen Felsen. Es war windstill, ganz warm. Er beschloss zu warten. Er hatte keine Uhr. Der Nebel verwirrte ihn. Eine halbe

Stunde warten konnte ebensogut ein halber Tag sein oder nur zehn Minuten. Er nahm den Rucksack ab und stellte ihn neben sich. Wartete wieder. Aber der Nebel nahm zu, wurde gelb und immer dichter, wogte schwindelerregend in die Tiefe zu seinen Füssen. Er hatte Hunger, zog das Brot aus der Tasche und ass es auf. Zwei Minuten vergangen, dachte er, oder fünf? Wo stand die Sonne? Ringsum war der Nebel gelb, Wasser tropfte von den Felsen. Matthischs Knöchel schmerzten. Er schnallte die Skier ab, legte sie quer in den Schnee und setzte sich darauf. Jetzt nicht einschlafen! Wenn es ein halber Tag war, dann kamen bald der Abend, Kälte, die Nacht. Er würde erfrieren.

Er beschloss, den Abstieg zu versuchen. Vielleicht konnte er den Rucksack in einer der Hütten verstecken oder sogar dort übernachten. Bis zum nächsten Morgen musste sich der Nebel verziehen.

Langsam kroch die Kälte in seine Glieder. Er nahm den Rucksack, trug die Skier Schritt für Schritt bergab. Es war sehr steil, er glitt beim Gehen aus, manchmal gab der Schnee nach. Plötzlich fürchtete sich Matthisch. Vielleicht lag ein Abgrund vor ihm, und er ging ahnungslos darauf zu, stürzte, und einen Meter tiefer oder zwei begann die Felswand … Er versuchte, sich zu beruhigen: Es gab keine Felswände im Val Torn. Aber doch Felsen, hoch genug. Mit zitternden Knien ging er weiter. Die Stöcke schleiften im Schnee nach. Seine Füsse sanken ein, grosse Löcher blieben hinter ihm, wie die Spur eines grossen, schweren Tieres.

Francis war mit dem gleichen Zug wie die Landjäger angekommen. Er war die ganze Nacht gefahren. Im Morgengrauen begrüsste ihn der Stationsvorstand wie einen Heimgekehrten. Er trank Kaffee in der Restauration und ass frischen Gugelhopf. Draussen wartete der Kapuzenschlitten, das kleine Pferd mit dickem Fell, der Kutscher aus dem Schwarzsee-Hof, ein blonder Hüne in Schaftstiefeln. Während die Landjäger bergan stiegen, fluchend vor Kälte, überholte sie der kleine Schlitten.

Die Berge waren verhüllt, grau. Selbst der Schnee war grau, glanzlos, ein wenig feucht. Der Föhn hatte ihm zugesetzt. Grau und feucht war der Asphalt in Berlin gewesen – lange vorbei. Der Potsdamer Platz mit rasenden Lichtreklamen. Haus Vaterland und ein neuer Grossfilm, lange vorbei. Weltkriegausstellung. An der Hardenbergstrasse stand hinter Glasscheiben ein Neger, bunte Tücher über die Schulter geworfen. Unter dem weissroten Leinengewand schauten die langen Hosen hervor, Schuhe mit Gummiabsätzen, hellbraunes Leder. Er stand da, neben dem blonden Kassenfräulein, und die Kinder quetschten sich die Nasen platt, um ihn besser zu sehen. Er grinste mit blauroten Lippen: Kolonialausstellung. Die Reifen der Taxis quietschten in den Kurven. Der Rechtsanwalt telefonierte noch um neun Uhr ins Hotel. „Wird alles besorgt“, sagte er, herzlich und beruhigend. Fahrt durch den Grunewald, vorbei am Wellenbad. Junge Uniformierte standen davor, in Schnürstiefeln. Einige hatten Mädchen, wie früher die Einjährigen – lange vorbei. Lichter von der Avus, trübe. Er fuhr zum Anhalter-Bahnhof. Regentropfende Bäume im Tiergarten. Lastwagen jagten einander, ein schwankender Omnibus bewegte sich von der Haltestelle in die Mitte der Strasse, mit riesigem Pfeil winkend. Der Lärm der Autos brandete gegen die Eingangshalle. Der Schritt des Gepäckträgers hallte laut. Francis folgte ihm. Mädchen in Pelzmänteln, bleich, zartrot geschminkt, sahen ihm ins Gesicht. Ein Hund kläffte, stand verloren neben der Sperre. Knaben trugen Skier rüstig vorüber. Noch dauerte der Winter.

Francis schlief. Er sah durch das Fenster schwarze Horizontlinien und einsam flackernde Lichter, dachte, es sei das Meer; Schiffe grüssten sein Schiff von weitem. Nachtschwere betäubte sein Gehirn. Am Morgen wachte er auf im Gebirge, stieg um, erblickte Gipfelketten, grauen Himmel. Sah: Bahnhof Innsbruck, und erinnerte sich an nichts anderes mehr als an den Weg zum Krankenhaus, feuchter Hohlweg, vorbei am Kloster der Ursulinerinnen und an Vorgärten, wo Schnee auf den Beeten lag.

Nachher wurde er ungeduldig – warum? Aber heimzukehren ...

Nun sass er im Schlitten und war zufrieden, den Weg zu kennen. Galerien, Schluchten, erstarrte, durchsichtig gläserne Wasserfälle, Lawinenmauern, das Dorf eine Festung, der Gasthof zur Post. Er liess halten, stieg aus, stand in der Stube am weissgrünen Kachelofen und trank scharfen Enzian.

In Alptal liess er vor Friedrichs Haus halten. Es war ein kleines Haus, alt, der weisse Kalk bröckelte von den windschiefen Wänden. Zur Haustür führte eine Treppe mit geschnitztem Geländer aus blankem, hartem, farblosem Holz. Unter der Haustür war der Stall. Die beiden Pferde der Alpenrose waren im Winter darin untergebracht; im Sommer hatte Friedrichs Bruder ein paar Schafe darin. Francis liess sein Gepäck abladen und bezahlte den Kutscher. Er wusste, was er tat. Er hatte schon an Friedrich geschrieben. Gross, mit runden Schultern stand Friedrich im Hausflur. Im Wollhemd, die Pfeife zwischen den Zähnen. „Schön, dass du wiedergekommen bist", sagte er. „Ich habe deine Skier aus dem Schwarzsee-Hof geholt. Sie stehen im Skiraum." Sie sassen in der Stube und beratschlagten.

„Ich muss zuerst wieder trainieren", sagte Francis.

„In zwei Wochen machst du das Examen", erwiderte Friedrich. „Der Winter ist noch lang. Ich habe Schüler bis Ende April."

Dann ging Francis in den Schwarzsee-Hof. Es war halb zehn Uhr. In den Hotelgängen brannte Licht. Gelb wie Rauch legte sich der Nebel an die Scheiben. „Schmugglerjagd im Val Torn", sagte Matthischs Nachfolger, als er die Bekanntmachung las.

Klaus kam die Treppe hinunter. Er war zum Ski Laufen angezogen, hatte das blaue Jäckchen bis unters Kinn zugeknöpft. Francis gab ihm die Hand. Klaus sah ihn mit weit aufgerissenen Augen an. Er war gelbblass, stotterte.

„Fein, dass man sich wiedersieht", sagte Francis. Klaus lief an ihm vorbei ins Freie.

Adrienne sass noch beim Frühstück. Sie ass Hörnchen mit Butter und Honig, wischte die Hände an der Serviette ab, lehnte sich zurück, schlug die langen Beine übereinander, nahm die brennende Zigarette vom Rand des Aschenbechers.

Francis arbeitete sich zwischen den Tischen hindurch. Sie sass da und rauchte und sah ihn gar nicht. Er freute sich unbeschreiblich. Sie bestellte Kaffee für ihn.

„Ich hab schon zweimal ...", wandte er ein.

„Du kannst auch dreimal trinken“, sagte sie. Der Kaffee war schwarz und dick und roch stark. Nirgends gab es so guten Kaffee. Die Milch schäumte.

Er trank in grossen Schlucken. Sie sass ihm gegenüber, drückte ihre Zigarette aus und stützte die Arme auf. Sie waren sich überhaupt nicht fremd.

„Bist du nicht erstaunt, dass ich wiederkomme?“ fragte er.

„Was solltest du schon in Berlin“, antwortete sie. „Nein, nein, es war höchste Zeit für dich zurückzukommen.“

Er ass und trank, langte mit dem Messer in die Butterschale. Es war alles selbstverständlich.

„Ich werde Skilehrer“, sagte er. „Friedrich stellt mich ein.“

„Gott sei Dank“, sagte sie. „Dann brauche ich mich nicht mehr über Wirz zu ärgern.“

„Es war höchste Zeit“, sagte er.

„Ich konnte nicht hinunterfahren. Ich dachte, dass du mich vielleicht in Berlin brauchen würdest. Es war sicher scheusslich für dich.“

„Nein“, sagte er, „es war nicht so schlimm, sobald ich wusste, dass ich wiederkommen und dich sehen würde.“

„Aber ich konnte nicht hinunterkommen. Ich kann jetzt nicht ins Tiefland“, wiederholte sie. Er sah betroffen auf. Sie sah weg. „Ich bin zu krank“, sagte sie. „Aber mach dir keine Sorgen. Ich bringe den Klaus ins Internat und komme gleich wieder zurück und heile mich aus.“

„Ich werde Klaus in die Schule bringen“, sagte er.

„Gut“, sagte sie. „Du kannst ihn bringen. Wo ist er eigentlich?“

„Eben hinausgegangen“, sagte Francis. „Ich denke zum Kurs.“

„Bei diesem Nebel geht er nicht zum Kurs.“

„Er war so merkwürdig“, sagte Francis. „Er hat mich kaum begrüsst.“ Plötzlich unruhig, sprang er auf, ging in die Halle, rief Friedrich an. Er war zu Hause. Es gab heute nur nachmittags Kurs. „Hoffentlich ist Klaus nicht Richtung Val Torn gegangen“, sagte Friedrich. „Da ist heute Schmugglerjagd.“

Francis hängte ein. Adrienne stand in der Halle. „Ich suche ihn“, sagte er. Der Portier begleitete ihn vor die Tür und erzählte, Klaus sei über die Brücke und links hinaufgegangen, Richtung Val Torn …

Friedrich half Francis, die Felle aufzulegen. „Wenn du bis ein Uhr nicht zurück bist, komme ich mit Matter nach“, sagte er.

Francis stieg durch den Nebel. Er ging in der alten Spur. Klaus hatte eine halbe Stunde Vorsprung. Er musste dicht hinter den Landjägern sein.

Nach kurzer Zeit teilte sich die Spur. Eine führte steiler bergan. Francis folgte der anderen, die er für die ältere und direkte hielt.

Hoch oben vernahm Matthisch die Rufe der Landjäger. Er wagte nicht zu antworten, setzte aber seinen mühsamen Abstieg fort. Der Nebel lichtete sich ein wenig. Er erkannte Felsen, und dass der Abstieg nicht so steil war, wie er gefürchtet hatte. Der Schnee sah gelb aus. Vielleicht drang bald die Sonne durch. Aber es war kalt.

Wieder hörte er Rufe. Die Leute konnten nicht sehr weit

sein. „Ist zwecklos", rief jemand, ein anderer rief: „Hallo", als habe er den ersten nicht gehört. Schüchtern rief nun Matthisch: „Hallo." Seine Stimme war heiser und brach sich. Einen Augenblick herrschte Stille. Dann vernahm er deutlich und mit militärischer Schärfe: „Wer da?" Er schrak zusammen. „Wer da? Sich melden!" wiederholte die Stimme. Und jetzt begriff er plötzlich den Zusammenhang: Man suchte ihn. Wirz hatte ihn verraten – nein, das war unmöglich, er würde sich ja ins eigene Fleisch schneiden, aber wer, wer? Also Klaus Vidal, nein, der tät so etwas nicht, nein, Klaus war sein Freund, war anständig. Aber verraten, verfolgt war er, Männer hinter ihm her –

Auf einmal erinnerte er sich an alles, was man ihm jemals erzählt hatte. Schmuggler waren rechtlos, waren Verbrecher (das Wort spürte er wie die Pranke eines Tiers im Nacken). Verbrecher, vogelfrei, Wilddieb – wenn sie sich nicht stellten, schoss man auf sie, und wer sie traf, war kein Mörder. Er wollte schreien: Ich bin's, der Matthisch, und schalt sich verzweifelt. Was half es ihm denn, das waren ja nicht Leute aus Alptal, und er war ja nicht der Matthisch aus dem Schwarzsee-Hof, sondern ein Schmuggler. Er stiess einen Angstschrei aus. „Jesus", schrie er, und kauerte dann nieder, schnallte in atemloser Hast, mit starren Fingern seine Skier an. „Hilf mir", jammerte er, nur nicht hinunter, besser den Talhang entlang – und schoss vorwärts, verfolgt von den erneuten, jetzt wütenden Rufen: „Halt, melden, halt, wir schiessen!" Unter sich sah er in namenlosem Entsetzen den Schatten eines Mannes wie ein Gespenst durch den gelben Nebel gleiten. Er hörte „schiessen!", wimmerte nicht mehr, nahm alle Kraft zusammen, stumm stiess er die Skier vorwärts, vorgelehnt, taumelnd, nichts mehr sehend oder hörend – nur eine Stimme noch, tief und verzweifelt: „Ich komm nicht mehr zurück, ich wusste es, o Mutter …“

Der Mann unter ihm schoss. Dreimal hintereinander, blindlings, erschöpft, nur begierig, den Schatten nicht entwischen zu lassen. Er schoss nicht aus Pflichtgefühl, nicht, um einen Schmuggler zum Stehen zu bringen, nicht, um einen Menschen zu verletzen. Aber um ein Ende zu machen. Sie waren hier fremd, wussten im Nebel nicht Bescheid. Der Nebel kroch wie Lehm und giftiger Dampf an ihnen hoch, kroch ihnen in die Lungen. Die Schmugglerjagd war ein verfehltes Unternehmen, eine sinnlose Order von oben. Was machte es schon aus, ob einer ein paar Kilo nach Italien hinüberbrachte? Schmuggler? Harmlose Bauernburschen, die sich ein Taschengeld verdienen wollten.

Die Landjäger hielten sich möglichst dicht beieinander. Sie wollten ins Dorf zurück, in die heisse Gaststube, zu Käse, Brot und Rotwein. Sie wollten aus dieser verfluchten und weglosen Öde weg. Da war es der leise Ruf, das plötzliche Schweigen, der sich bewegende, offenbar fliehende Schatten, der den Mann in Raserei versetzte.

Matthisch stürzte mit einem Schrei nach vorne. Er fiel mit dem Gesicht in den Schnee, die Arme flach ausgestreckt, die Hände gespreizt, wie um den Sturz aufzufangen. Der Schrei wurde sogleich erstickt. Die Füsse staken fest in den Bindungen, die Zehen wurden abgebogen, die Absätze nach oben gedrückt.

22

Tiefer unten hatte sich der Nebel verzogen. Die Abhänge tauchten hervor wie nach einem schwelenden Brand, der Schnee war weich, schwer, zusammengesunken. Man erkannte Steigungen und Mulden, erblindete nicht mehr vom konturlosen Einerlei. Die Füsse der Gipfel wurden sichtbar, breit und unversehrt. Die Gipfel selbst schwammen im Ungewissen, der Himmel war verdeckt, der ungeheure Raum mit Gewölk und dampfendem Nebel angefüllt. Hinaufschauend gewahrte man gelbe Schwaden, mit Windeseile gegeneinander getrieben, dahinter graue Ballen, schwer, rund, unbeweglich, undurchdringliche Wolkenwände.

Unten Alptal, die Häusergruppen, schwarze Dächer, die Strasse, geschlängelt, die Furche des Bachs, die Brücke, weiter draussen der Würfel des Schwarzsee-Hofs mit Gratdach und drei rauchenden Kaminen. Friedlich lagen sie, geschützt durch die Talwände, klein. Oben hatten sich die Gebirge und der Himmel frevelhaft bekämpft. Das Opfer war gefallen.

Sie hörten im Dorf die Schüsse. Dumpf kam es herab, durch die zerrissenen Nebelvorhänge, rollte über die Halden, Lawinen, gesprengter Stein, brechendes Eis, befreites Wasser der Bergbäche: So begann der Frühling, bang vernahm man in der Tiefe die Zeichen. Jemand hatte geschossen, nicht auf der Jagd. Die Murmeltiere schliefen, verborgen hockten die mageren Schneehasen, rauschend erhoben sich die Bergdohlen.

Eine Stunde war vergangen. Noch nicht Mittag, dachte Adrienne. Klaus kann nicht so schnell gehen, Francis holt ihn ein. Über den Nebeldecken wanderte die Sonne, ein gelber kreisender Ball. Die zweite Stunde war angebrochen. Gegen zwölf Uhr überschritt die Sonne die mittlere Linie, schwebte einen Augenblick triumphierend über den beiden Welten, über Ozean und Gebirge, und warf ihr Feuer gleichmässig nach Osten und nach Westen.

Im Val Torn waren Schüsse gefallen. Es war weiter weg als das Meer, weiter als das Ende der Welt, unerreichbar. Auf dem Weg dorthin versuchte Francis den Knaben einzuholen, der nur langsam vorwärts kam; der Schnee gab nach, glitt unter ihm hinweg. Was suchte er dort oben?

Schmuggler im Val Torn ... Adrienne las es, Landjäger unterwegs, verboten hinaufzugehen. Sie befahl dem Portier: „Rufen Sie Wirz!"

Wirz kam, blöde, störrisch, verstört.

„Wissen Sie es nicht?" herrschte sie ihn an und flehte ratlos, ungeduldig: „Es wird ihm nichts geschehen, nicht wahr, er kommt gar nicht bis ins Val Torn, nicht wahr, er ist zu schwach, er wird nicht hinaufkommen."

„Man hat geschossen", sagte Wirz und sah sie zweifelnd an.

„Ja, ja, es wurde geschossen", wiederholte sie und fuhr ihn heftig an: „Ist das alles? Warum gehen Sie nicht hinauf? Warum versuchen Sie nicht, etwas zu tun?"

Er schwieg stumpf. Sie wandte sich ab und liess ihn stehen.

Francis hat Klaus schon lange eingeholt, versicherte sie sich, ich brauche keine Angst zu haben, ich brauche Wirz nicht, keine Sorge, keine Sorge. Sie rauchte unablässig. Plötzlich begann sie zu husten, der Husten schüttelte sie, bleich, nach vorn gebeugt hielt sie sich am Fenster fest. Gebrochene Strahlen drangen herein, es war zwölf Uhr.

Ich bin krank, dachte sie, eine schlechte Mutter, eine unbrauchbare Geliebte. Ich werde sterben und ihn zurücklassen. Ich will mich heilen, aber es wird mir nicht gelingen. Nichts, nichts wird mir gelingen, zu spät. Der Husten liess nach. Sie sass in einem Lehnstuhl, den Kopf in die Hände gestützt. Noch eine halbe Stunde, dachte sie. Nein, ich kann nicht mehr warten.

Ich habe immer nur gewartet, entsetzlich geduldig. Es half nichts. Die Ungeduld brannte mich aus. Sechs Monate lang lag ich still, den Bergen zugewendet. Francis landete in fremden Hafenstädten, trank fremde, bittere Getränke, lag nächtelang neben fremden gelben, braunen, schwarzen Leibern, neben fremden Mündern, wartete auf das Schiff, stand nächtelang am Geländer, Wasser unter ihm, grünblau, rasch fliessend, unaufhaltsam.

Ich lag festgekettet, unverwandelt. Er jedoch ging von Erdteil zu Erdteil, fremde Sprachen im Ohr.

Kennen wir uns? Bist du es, Francis, wiedergekommen? Ich war gierig nach allem, preisgegeben, ich fürchtete mich vor der Krankheit.

Ich will mich nicht mehr fürchten. Ich will keine Angst haben, nicht vor den Schüssen, dem Wandel der Jahreszeiten, nicht vor der Krankheit in mir. Ich will Gott nicht mehr versuchen. Ich will, dass du mir Klaus wiederbringst, unversehrt, den kleinen, zärtlichen Leib …

Francis holte ihn kurz vor dem Val Torn ein. Es war keine grosse Anstrengung für ihn. Er war nicht einmal besorgt. Er wusste, dass er Klaus einholen und zurückbringen würde.

Er fühlte sich sicher, einer Gefahr gewachsen. Es war alles so einfach: wieder Schneeluft zu atmen, wieder Skier an den Füssen zu haben, wieder hinaufzusteigen, wieder gegen greifbare Gewalten anzugehen – gegen Nebel, streifende Landjäger, einem verirrten Knaben nach. Er liebte Klaus zärtlich in diesem Augenblick, weil er Adriennes Sohn war und weil er ihn zurückbringen würde. Er war im richtigen Augenblick nach Alptal gekommen, man brauchte ihn. Adrienne brauchte ihn, und Klaus, der mitten in die Gefahr hineinlief, mit aufgerissenen Augen, von wer weiss welcher Verrücktheit getrieben.

Klaus war zu rasch gelaufen. Der Wind hatte seine verzweifelten Rufe nach Matthisch verscheucht. Als er die Schüsse hörte, sah er ein, dass er zu spät gekommen war. Er blieb stehen, bleich und ratlos. Er sah Francis die Halde emporsteigen und wartete stumm auf ihn. Er fror vor Erschöpfung. Francis wickelte ihn in seine Jacke, nahm seine Felle ab und half ihm, die Skier wieder anzuschnallen. Dann fuhren sie zusammen ins Tal zurück.

Als Adrienne ihn umarmte, brach Klaus in Tränen aus. „Ich wollte ihn warnen", stammelte er, von Schluchzen und unfasslichem Entsetzen heimgesucht.

Draussen brach die Helligkeit aus wie ein Gewitter. Der Himmel öffnete sich und strahlte in wolkenloser Bläue. Ringsum entwich der Nebel. Unter einem Regen von heissen, auf der Schneedecke gebrochenen und flimmernden Strahlen wurde Matthischs Leiche bergab gebracht.

Annemarie Schwarzenbach mit ihrem Bruder Hans (rechts) und einem Bekannten in Deutschland, 1932. (Foto Marie-Louise Lüscher)

„Die Sinnlosigkeit, die Unwegsamkeit, die tastende Spur“[1]

I

„Die elektrische Lampe beleuchtete ein schönes, kluges Mädchengesicht; jünglingshaft schlank und graziös, ein anmutiger Protest gegen alles tantenhaft Zugeknöpfte und Gezierte, sass sie da und las ihre jüngste Arbeit.“[2] So erinnerte sich Carl Seelig, Kritiker, Schriftsteller und Förderer von Robert Walser[3], in seinem Nachruf auf Annemarie Schwarzenbach an die Lesung aus ihrem unveröffentlichten Roman *Flucht nach oben* und dem verschollenen Prosastück „Der Fluss“. Sie fand am 4. Juli 1933 im Studio Fluntern an der Gloriastrasse 100 in Zürich statt. Seelig hatte diese Veranstaltung auch deshalb gut im Gedächtnis behalten, weil er zusammen mit der Buchhandlung Dr. Oprecht & Helbling Organisator gewesen war. Im Rahmen dieser „unpolitischen literarischen Vorlese- und Vortragsabende“[4], die von Mai 1933 bis ca. Mitte 1934 durchgeführt wurden, wollte man vor allem den nach der Machtergreifung Hitlers emigrierten deutschen Schriftstellerinnen und Schriftstellern eine Arbeits- und Wirkungsmöglichkeit bieten; „das Honorar betrug 50 Franken.“[5] Erika Mann, Else Lasker-Schüler, Hermann Broch, Alfred Polgar, Ernst Toller und Alfred Kerr gehörten zu denen, welche die Einladung angenommen hatten.

Annemarie Schwarzenbach war zu jenem Zeitpunkt keine unbekannte Autorin mehr. Obwohl seit Herbst 1931 mehrheitlich in Berlin lebend, hatte sie sich durch ihr erstes Buch, den Roman *Freunde um Bernhard* (1931), die beiden 1932 und 1933 veröffentlichten feuilletonistischen Bände *Das Buch von der Schweiz* in der Reihe „Was nicht im Baedeker steht" sowie die im Frühling 1933 erschienene *Lyrische Novelle* auch in der Schweiz einen Namen als junge, talentierte Autorin gemacht. Die schriftstellerisch äusserst produktive Zeit in Deutschland schlug sich in zwei weiteren Romanen nieder: den 1931 entstandenen, verschollenen Text „Aufbruch im Herbst" und das am 10. Mai 1933 abgeschlossene Manuskript *Flucht nach oben.*

Die Lesung, deren zweiter Teil der Schriftsteller und damalige Chefredaktor der „Zürcher Illustrierten", Arnold Kübler, bestritt, stiess nicht nur beim Publikum auf reges Interesse. Nach der Veranstaltung erschienen mehrere positive Besprechungen.[6] Wie heute wurde das androgyne Äussere der Autorin in die Interpretation ihres Innenlebens miteinbezogen: Sie „ist, auch äusserlich, ein echtes Mädchen von heute. Zart und kühn zugleich, scheinbar kühl und beherrscht – innerlich aber verzagt und zweifelnd an einem Leben, das die Zeit unserer Jugend recht wenig einladend gestaltet."[7] Daneben machte vor allem Annemarie Schwarzenbachs spezifische Schreibweise, die auf äussere Effekte verzichtet und deshalb „einem flüchtigen Zuhörer-Gedächtnis nur mangelhaft haftet", Eindruck und irritierte zugleich. Dies lag auch daran, dass „die *Vorleserin* keineswegs Schritt hält mit der fein einfühlenden Schriftstellerin".[8] Trotz des sachlichen Vortragsstils vermochten die „sparsamen, einfachen Worte und Sätze" einen „musikalischen Bann von Klängen" zu erzeugen, „die manchmal an das Letzte rühren".[9] Und eine Kritik äusserte gar prophetische Töne: „Da spürte man das einsame und wissende Herz der Dichterin, die, einmal gereist, die tiefe Unruhe unserer Generation in das Gemäuer der Sprache einbauen wird.“[10]

Ebenfalls zukunftsweisend erwies sich der gemeinsame Auftritt mit Arnold Kübler. In der von ihm redigierten „Zürcher Illustrierten“ begann Annemarie Schwarzenbach im Herbst 1933 mit Berichten über ihre Reise nach Vorderasien ihre Laufbahn als (Foto-)Journalistin – und mithin einen neuen Lebensabschnitt.

II

Die Besprechungen der Lesung aus *Flucht nach oben* waren bis zur Entdeckung des Manuskriptes im Jahr 1997 der einzige Hinweis auf die Existenz dieses Romans. Auch seine Entstehungsgeschichte kann wie fast alle in Berlin entstandenen Werke nur rudimentär skizziert werden.[11] Da sich keine diesbezüglichen Dokumente am jetzigen Standort des Textes befinden[12], ist man betreffend Zeitpunkt der Niederschrift mehrheitlich auf Vermutungen angewiesen, die allerdings durch das Auffinden des Manuskriptes weniger spekulativ werden.

Die eher verschwiegene Haltung der Autorin gegenüber ihrem schriftstellerischen Schaffen von 1931 bis 1933 hat nicht nur mit der ihr eigenen Diskretion zu tun. Weil sie ihre beiden wichtigsten Ansprechpartner in Sachen Schreiben und Literatur zu jener Zeit – Erika und Klaus Mann – oft sah, erübrigten sich vielfach schriftliche Aussagen zu in Arbeit stehenden Texten. Die Spurensuche muss sich auf die praktisch einzige relevante Quelle – die Briefe an Erika Mann – beschränken. Eindeutige Hinweise auf *Flucht nach oben* fehlen dort. Doch dank der Angaben der Autorin über Ort der Fertigstellung und Datierung am Schluss des Manuskriptes – „Le Lavandou – 10. Mai 33" – wird ein bis jetzt dunkler Eintrag im Tagebuch von Klaus Mann plötzlich klarer. Auch die Entstehungszeit lässt sich dadurch und vor allem aufgrund der im Roman erwähnten Schauplätze und Jahreszeiten näher bestimmen.

Klaus Mann hatte im Hôtel de la Tour in Sanary am 11. Mai 1933 in sein Tagebuch notiert: „Annemarie liest vor. Es ist wirklich ganz schön: wesentlicher Fortschritt. Ihre liebenswerte Entwicklung – überall."[13] Da Annemarie Schwarzenbach einen Tag zuvor in Südfrankreich ihren neuen Roman abgeschlossen hatte und die beiden sich in der Regel stets ihre neuesten Werke vorlasen, betrifft Manns Urteil mit grösster Wahrscheinlichkeit *Flucht nach oben.* Die ebenfalls in Frage kommende, im Frühling 1933 erschienene *Lyrische Novelle* war schon eineinhalb Jahre zuvor entstanden und dem Freund damals beschrieben oder in einer Lesung vorgestellt worden.[14]

Nach Abschluss der *Lyrischen Novelle* und des Romans „Aufbruch im Herbst" spätestens anfangs 1932 hatte sich die Schweizerin mit den Geschwistern Mann und deren Freund Ricki Hallgarten auf eine Autoreise nach Persien vorbereitet. Der überraschende und scheinbar unbegründete Selbstmord Hallgartens einen Tag vor der Abreise im Mai 1932 verhinderte die Fahrt und war vielleicht der Keim für die Gestaltung der Figur Carl Eduard von Ruthern in *Flucht nach oben,* der sich ebenfalls ohne eindeutigen Grund umzubringen versucht. Die fast identische Form der beiden

Selbsttötungen – Herz- bzw. Lungenschuss – macht den Vorbildcharakter Hallgartens glaubhaft.

Von diesem Schock lenkte sich Schwarzenbach, neben Reisen nach Venedig und Skandinavien im Frühling und Sommer 1932, durch das Schreiben ab. In diesem Jahr hat sie vermutlich die meisten der Beiträge für den 1933 publizierten zweiten Band von „Was nicht im Baedeker steht" geschrieben und spätestens im November/Dezember das unveröffentlichte Schauspiel „Cromwell" abgeschlossen. Ausserdem beschäftigte sie sich bis Frühling 1933 mit Kulturfilmplänen.

Einer der wenigen Hinweise auf die Arbeit an Texten im Jahr 1932 taucht in einem Brief im November auf: „Ich bin ganz besessen von Schreibwut u. dichte unentwegt seit morgens 9 Uhr, selbst wenn keiner es wissen u. drucken will – u. jetzt kann ich einfach die Feder nicht mehr halten."[15] Dies kann sich sowohl auf die Fertigstellung von „Cromwell" als auch auf den Beginn eines neuen Textes beziehen. Dass es *Flucht nach oben* sein könnte, wird durch eine Äusserung einige Wochen später in Frage gestellt: „Ich werde lange kein Buch mehr schreiben, u. dies nicht aus Faulheit –"[16]

Ein im folgenden Jahr in den Winterferien im österreichischen Bergkurort Zürs-Arlberg geschriebener Brief berichtet allerdings von schriftstellerischer Tätigkeit. Seine Schilderungen betreffend Örtlichkeit, Lebensgefühl, Freizeitbeschäftigung usw. erinnern stark an die Welt von *Flucht nach oben:* „Hier sitzt man schon wieder eingefangen von Neuheiten aller Art, u. weiss natürlich nicht ob die festen u. unausweichlichen Gewohnheiten dieser (sehr bezaubernden) Talschaft eigentlich richtig u. genehm sind. Vorerst laufe ich im Kurs Ski u. bin müde (...) wir kämpfen still gegen die Vergewaltigung der Berliner die sich hier umtun – wenn man sie am späten Nachmittag los ist, kann ich ganz friedlich arbeiten, Skilaufen betäubt sanft u. macht mich in einer Art von ‚versunkener Konzentration' gefügiger als die menschenreichen Tagesläufe Berlins. Das Hotel ist übrigens ein snobistischer Affenkasten (...) schicke Dir was ich hier oben so dichte."[17] Nicht nur erscheint das unscheinbare „hier oben" teilweise im Titel und kennzeichnet den Ort eines Handlungsstranges – auch die Datierung dieses Briefes korrespondiert mit derjenigen der Vorgänge in *Flucht nach oben,* die sich vor allem im Februar abspielen.

Da der Roman in der Manuskriptfassung im Mai 1933 beendet war und die relativ schnelle und autobiographisch begründete Schreibweise der Autorin verbürgt ist, ist anzunehmen, dass er frühestens im November/Dezember 1932 oder – wahrscheinlicher – im Januar 1933 begonnen wurde. Thematische Korrespondenzen mit gleichzeitig oder etwas früher entstandenen Arbeiten von Erika und Klaus Mann, auf die noch eingegangen wird, erhärten diese ungefähre Entstehungszeit. Wie persönliche Erfahrungen und Denkweisen Annemarie Schwarzenbachs in den Jahren 1931 bis 1933 die geistige Atmosphäre dieses Textes beeinflussten und zugleich sich dieser einer rein autobiographischen Lesart entzieht, wird später erläutert.

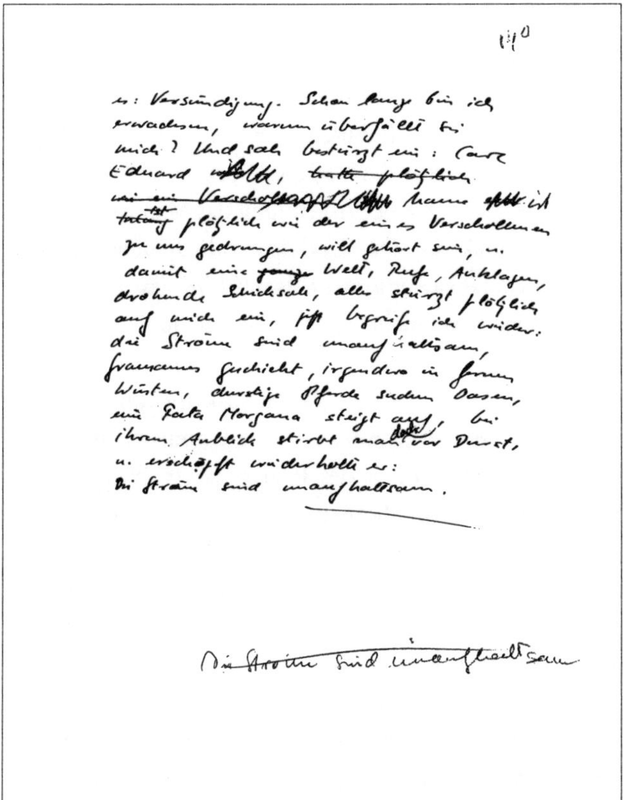
140

es: Versündigung. Schon lange bin ich
erwachsen, warum überfällt es
mich? Und sah bestürzt ein: Carl
Eduard [illegible], ~~hatte plötzlich~~
~~wie ein Verschollener~~ [illegible] kann [illegible] ist
~~tot~~ ist plötzlich wie der eines Verschollenen
zu uns gedrungen, will gehört sein, u.
damit eine ~~ganze~~ Welt, Rufe, Anklagen,
drohende Schicksale, alles stürzt plötzlich
auf mich ein, jetzt begreife ich wieder:
die Ströme sind unaufhaltsam,
grausames geschieht, irgendwo in fernen
Wüsten, durstige Pferde suchen Oasen,
eine Fata Morgana steigt auf, bei
ihrem Anblick stirbt man doch vor Durst,
u. erschöpft wiederholt es:
Die Ströme sind unaufhaltsam.

~~Die Ströme sind unaufhaltsam~~

„Die Ströme sind unaufhaltsam …" im Manuskript. Siehe Schluss des Kapitels 8, Seite 92. (Nachlass Oprecht, Handschriftenabteilung der Zentralbibliothek Zürich)

III

Weshalb hat Annemarie Schwarzenbach ihren Roman nach der Beendigung im Frühling 1933 nicht veröffentlicht? Oder strebte sie eine Publikation an, womit das Vorliegen des Textes im Archiv des Verlages Oprecht erklärbar wäre? Aber wäre ihr nach einer Ablehnung das Manuskript nicht zurückgeschickt worden? Und deutet die fehlende maschinenschriftliche Fassung nicht darauf hin, dass der Roman unvollendet bzw. nicht zur Veröffentlichung vorgesehen war?

Auf diese Fragen gibt uns das Manuskript von *Flucht nach oben* keine eindeutige Antwort. Die Unterschiede in Format und Beschaffenheit des Papiers lassen höchstens die Vermutung zu, dass die Autorin zu verschiedenen Zeiten und an verschiedenen Orten daran gearbeitet hat. Die häufigen Korrekturen im Sinne von Verbesserungen und der Vergleich mit der sprachlichen Beschaffenheit von maschinenschriftlichen Reinschriften anderer Texte im Nachlass Annemarie Schwarzenbach im Schweizerischen Literaturarchiv in Bern hingegen zeigen, dass die vorliegende Fassung eher die Bezeichnung „vollendet" als „unvollendet" verdient. Was die Möglichkeit einer weiteren, definitiven Fassung in Form eines Typoskriptes an einem unbekannten Ort nicht ausschliesst. Gemäss Carl Seelig existiert jedoch eine solche nicht.[18] Tatsache ist, dass die Autorin aus *Flucht nach oben* öffentlich vorgelesen hat wie schon früher aus dem ebenfalls unpublizierten Roman „Aufbruch im Herbst". Von beiden Texten war danach bei ihr seltsamerweise nie mehr die Rede.

Dass Annemarie Schwarzenbach durch die Vermittlung

Carl Seeligs nach der Lesung den Text im Verlag Oprecht veröffentlichen wollte oder ihr dort die Publikation angeboten wurde, ist denkbar. Gleichzeitig spricht einiges dagegen. Die mehrheitlich negativen Besprechungen ihrer *Lyrischen Novelle* in den Schweizer Zeitungen[19] während des Abschlusses ihres Romans im Frühling 1933 liessen sie weniger an ihrem schriftstellerischen Können als an den ungünstigen Zeitumständen für die Aufnahme von Texten über „Abseitsstehende" in allen Schattierungen zweifeln. Da auch *Flucht nach oben* diese vertrat[20], wäre eine Veröffentlichung, trotz der ermutigenden Erfahrungen beim privaten und öffentlichen Vortrag, erneut mit grossen Akzeptanzproblemen bei Kritik und Leserschaft verbunden gewesen. Und hatte die Machtergreifung Hitlers im Januar 1933, welche im Roman keinen Widerhall fand, nicht die dort allgegenwärtige gesellschaftliche und persönliche Verunsicherung ad absurdum geführt? Den Text seiner Aktualität beraubt?

Die Emigration vieler Künstler und besonders ihrer Freunde Erika und Klaus Mann aus Deutschland stellte auch das schriftstellerische Selbstbewusstsein der Schweizerin in Frage. In der bedrängenden politischen Situation, die zur Abreise Schwarzenbachs aus Berlin im April 1933 führte, war statt „sozialer Sorglosigkeit"[21] eine eindeutige Stellungnahme[22] und aktives Handeln gefragt. Erstes Resultat dieser veränderten Haltung: die von Annemarie Schwarzenbach und Klaus Mann anfangs Mai 1933 gemeinsam beschlossene Gründung der literarischen Zeitschrift „Die Sammlung".

Die Reise als Journalistin nach Spanien mit der Fotografin Marianne Breslauer ebenfalls im Mai 1933 war ein weiterer Ausdruck des neuen Selbstverständnisses. Angesichts dieser einschneidenden Veränderungen könnte die Veröffentlichung des Romans in den Hintergrund gerückt und später aufgegeben worden sein.

Die Familie und besonders die Mutter von Annemarie Schwarzenbach scheinen jedoch das grösste Hindernis für die Veröffentlichung nicht nur dieses Textes gewesen zu sein. Nachdem der Mutter schon der harmlose erste Band von „Was nicht im Baedeker steht" „Ärgernis bereitet"[23] hatte, empfand sie wohl die *Lyrische Novelle* mit der nur unzureichend verschleierten lesbischen Liebesgeschichte als eine noch grössere Provokation.

Die Brisanz des Schreibens der Tochter, welches sich der mütterlichen Kontrolle entzog, ist in *Flucht nach oben* wie in keinem anderen Text spürbar. Nur dort wird das Offiziersmilieu einer mit Schwarzenbachs vergleichbaren Familie ansatzweise beschrieben. Carl Eduard von Ruthern, der den Dienst als Offizier quittiert und, statt eines feindlichen Soldaten, sich selbst umbringt, gehorcht einzig der Stimme seines Gewissens und nicht der einer dienstlichen oder anderen Obrigkeit. Und von welch „unmännlichen" Schwächezuständen er manchmal befallen wird, welch negativer Held! Ebenso sein Bruder Francis. Die Herkunft aus einer besseren Familie genügt ihnen nicht mehr als Lebensbasis, und es besteht auch „keine Möglichkeit, den alten Besitz, die alte Lebensform wieder herzustellen".[24] Dass die Mutter in diesen fiktiven Schilderungen vor allem eine kritische Darstellung ihrer eigenen Lebensweise und ihres Umfelds herausgelesen hätte, ist aufgrund des öfter bewiesenen grossen Misstrauens gegenüber den Arbeiten ihrer Tochter mehr als nur eine Vermutung. Diese äusserte sich zu diesem Thema selbst einmal. Auf die vorwurfsvolle Frage von Arnold Kübler, weshalb sie in ihrer Arbeit nicht vermehrt Schweizer Themen aufgreife, antwortete ihm Annemarie Schwarzenbach: „Meine Familie verfolgt mit interessiertem Misstrauen, was ich treibe. Ich bin kein bequemes Glied der Familie. Ich bin so etwas wie ein Störenfried. Das ist meine Funktion, und ich habe es längst akzeptiert, wenn es auch unbequem ist.“[25]

Aus Rücksicht auf die Gefühle und Interessen der Familie könnte Annemarie Schwarzenbach die Veröffentlichung von *Flucht nach oben* nur halbherzig oder gar nicht betrieben haben. Eventuell hat sie das Manuskript dem Verlag Oprecht nur zur Aufbewahrung und Sicherung[26] übergeben, 1933 oder später. Oder vielleicht war es gar durch eine Drittperson und erst nach dem Tod der Autorin dorthin gelangt.

IV

Die erste Lektüre von *Flucht nach oben* hinterlässt leichte Irritation. Im Vergleich zu den Schauplätzen früher und später entstandener literarischer Texte Annemarie Schwarzenbachs muten die ersten Kapitel fremd an mit der Schilderung eines abgelegenen Kurortes in den Bergen, wo Einheimische noch mit der Erde verhaftet scheinen, psychisch überreizte Gäste aus der Stadt nach ursprünglicher Natur lechzen, wo Skilehrer und Schmuggler verkehren und wagemutige Skiabfahrten unternommen werden. Diese Atmosphäre, das Figurenpersonal und die in Hotels spielenden Szenen erinnern manchmal an das Genre des „Heimat-Romans" und an die damals beliebten „Hotel-Romane". Liest man jedoch weiter und genauer, ist man immer mehr mit dem Schattenbild dieser vertrauten Topoi konfrontiert und muss für diesen Roman ein neues Genre erfinden: dasjenige der Heimatlosigkeit. Und dieses enthält alle Hauptthemen in Schwarzenbachs Werk: Unbehaustsein bis zur Entfremdung, unglückliche Liebe, gleichgeschlechtliche Beziehungen, ständiges Unterwegssein mit fluchtartigem Charakter.

Im Protagonisten Francis von Ruthern steigert sich dieses allgegenwärtige Fremdsein bis zu einer schwindelerregenden Wurzellosigkeit. Er ist eltern-, berufs-, arbeits- und orientierungslos, Heimkehrer aus der Fremde, doch ebenso fremd in der Heimat, ob „oben" oder „unten". Die Herkunft aus besseren Verhältnissen ist keine Lebensgrundlage mehr und selbst die „bürgerliche Existenz" wird angesichts der allgemeinen Verunsicherung in Frage gestellt. Diese hat auch die aus der gleichen Schicht stammenden Figuren Carl Eduard von Ruthern, Adrienne Vidal und Esther von M. befallen. Sie suchen verzweifelt und zumeist vergebens aneinander Halt, im Bewusstsein, dass das Leben trotz genügend Geld nicht leicht auszuhalten ist. Desgleichen scheitert ihre Annäherung an Vertreter des niedrigen Standes wie Wirz und Matthisch, zwischen denen eine gewisse Nähe nur unter Opfern möglich ist. „Oben" und „unten" stehen sich nicht nur örtlich diametral gegenüber.

Wenn Francis, Adrienne und Esther den Smoking oder das Abendkleid anziehen, lässt sich die loseste aller Gemein-

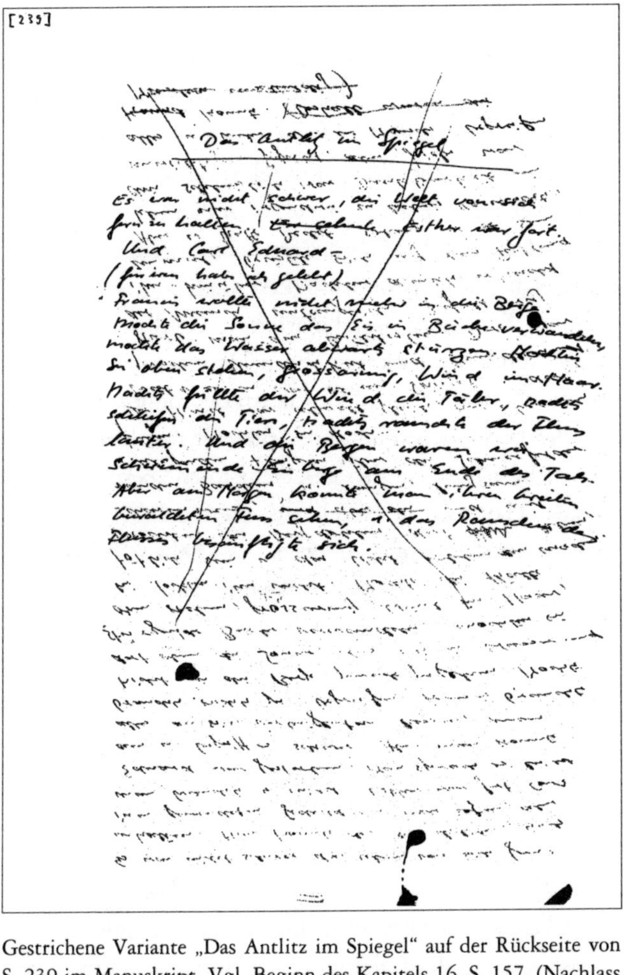
[239]

Das Antlitz im Spiegel

Es war nicht schwer, die Welt von sich fern zu halten. ~~[illegible]~~ Esther war fort.
Und Carl Edmund –
(für ihn habe ich gelebt)
Francis wollte nicht mehr in die Berge.
Mochte die Sonne das Eis in Bäche verwandeln,
machte das Wasser abwärts stürzen. [illegible]
sie oben stehen, grossäugig, Wind im Haar.
Nachts füllte der Wind die Täler, nachts
schliefen die Tiere, nachts rauschte der Fluss
lauter. Und die Berge waren [illegible]
Schirmende [illegible] am Ende des Tals.
Aber auf Bergen, konnte man ihren breiten
bewaldeten Fuss sehen, u. das Rauschen des
Flusses besänftigte sich.

Gestrichene Variante „Das Antlitz im Spiegel“ auf der Rückseite von S. 239 im Manuskript. Vgl. Beginn des Kapitels 16, S. 157. (Nachlass Oprecht, Handschriftenabteilung der Zentralbibliothek Zürich)

schaften – die „Jeunesse dorée“ – zumindest im Ornat noch geniessen. Das Werben umeinander gleicht oft einem Tänzeln. Und wenn getanzt wird, dreht man sich wenigstens zu zweit und dreht es sich nicht nur um die eigenen Probleme. Doch auch die scheinbar schwerelos Tanzenden sind, wie „von einer Spieluhr aufgezogen“[27], im Bann einer unerbittlichen Mechanik. Und ebenso im Bann der Geschichte mit den Zeichen von Arbeitslosigkeit und politischer Unsicherheit. Bald wird das abblätternde Gold der „Jeunesse dorée“ durch den aufkommenden Nationalsozialismus einen Braunton annehmen. Vor diesen Bedrohungen der Zeit und der persönlichen Sinnkrise flüchtet man nach „oben“ und sucht Schutz bei den geschichtslosen „beruhigenden“ Bergen. Hält sich in Hotels auf, diesem Inbegriff „eines spukhaft provisorischen Aufenthaltes – Leben“[28]. Ist allein. Wartet. Fährt Ski. Reist ab. Kommt zurück. Oder reist weiter. Wartet. Auf wen und auf was? Die Liebe? Lieben gleicht eher einem zärtlichen Trösten über das unerreichbare Glück, wie in vielen Texten dieser Autorin. Man geht mit den Gefühlen oft wie ein Schmuggler um. Ist, wie Francis, Esther körperlich nahe, aber ohne Liebe. Er liebt Adrienne, doch ohne körperliche Nähe. Ist im Grunde allein.

Die Geschichte eines Heimkehrers auf der Suche nach Heimat und Liebe wird von Annemarie Schwarzenbach mit bemerkenswerter Zurückhaltung und psychologischer Raffinesse erzählt. Meist gelingt es ihr, die starken Emotionen durch Sachlichkeit und Lakonik, besonders in den Dialogen, zu bändigen. Aber auch die für ihr Schreiben charakteristischen elegischen Passagen fehlen nicht. Die meisten Figuren sind, im Gegensatz zu denjenigen in *Freunde um*

Bernhard und der *Lyrischen Novelle,* plastisch gestaltet. Nur die Brüder Francis und Carl Eduard weisen wenig äusserliche Merkmale auf. Als wären sie ein Abbild der *gesichtslosen* politischen Mitte, wo sie sich mangels Engagement bei der Linken oder Rechten befinden. Anders als die Handlungen in den erwähnten beiden früheren Texten spielt diese Geschichte nicht in einem geschichtslosen Raum. Die Konflikte der Protagonisten rühren ebensosehr von der persönlichen wie der gesellschaftlichen Verunsicherung. Diese wird konkret nur angedeutet in Szenen in den Städten Innsbruck und Berlin, wirft aber ihren grossen Schatten bis nach „oben", weil ein dorthin Geflüchteter wie Francis unheilbar darin verstrickt ist. Die Fluchtbewegungen fast sämtlicher Akteure in diesem Roman zeigen, dass es keine gesicherte, sondern nur eine unmittelbare Zukunft gibt. Gleichzeitig wird die latente faschistische Bedrohung in Deutschland und Österreich anfangs der dreissiger Jahre vor allem in der quälenden Unruhe und den unbeantwortbaren Fragen des einzelnen registriert.

Dieser Spiegelungseffekt durchdringt ebenso die Komposition des Romans. Innen und Aussen stehen vielfach in einem Dialog. Die eindringlich beschriebene Natur hat deshalb alles andere als Kulissencharakter. Vielmehr ist sie so bewegt wie die schwankende Psyche der Protagonisten, hallt bis in deren Träume nach. Der allgegenwärtige Schnee wirkt wie ein Sinnbild für die „Kälte" der Epoche und für die „weissen" – verheimlichten, wahren – Gefühle. Je mehr die Handlung jedoch dem Frühling zutreibt, desto eindeutiger treten die Emotionen zutage. Und der Föhn macht seinem Ruf alle Ehre. Er lässt die Dinge deutlicher hervortreten und erzeugt eine schicksalhafte Atmosphäre. So erkennt Francis in einer Föhnnacht, dass er Esther nicht liebt, und erfährt ebenfalls bei Föhn vom Spitalaufenthalt seines Bruders.

Selbst die Gliederung des Romans ist Ausdruck des Handlungsverlaufs und der dramatischen Zuspitzungen. Neben der symmetrischen Struktur – zwei Teile zu je elf Kapiteln – fällt auf, dass es, der Logik des Titels folgend, doppelt so viele auf „oben" wie auf „unten" bezogene Kapitel gibt (Verhältnis 15 zu 7). Genau in der Mitte des Textes (Kapitel 11) erreicht Francis die unheilverkündende Nachricht vom Zustand seines Bruders, und fast genau in der Mitte der Kapitel 12 bis 18, welche die „unten" sich abspielenden Vorgänge umfassen, stirbt Carl Eduard (Kapitel 15). Nicht nur die Handlung, sogar die Struktur selbst nimmt schicksalhafte Züge an. Beide Schauplätze fordern ihren Tribut: je einen Toten, „oben" einen Bergler und „unten" einen Städter. Und der Roman endet örtlich dort, wo er begonnen hat, als wäre die Flucht ein ewiges Kreisen.

In Anbetracht dieses durchdachten Konstruktionsprinzips, der dem Text eine innere und äussere Geschlossenheit verleiht, können einzelne gestalterische Schwächen teilweise mit der mangelnden Erfahrung der zur Entstehungszeit erst 24jährigen Autorin erklärt werden. So erscheint die Figur eines Einheimischen wie Wirz etwas überzeichnet und dämonisiert, was auch mit einer gewissen Unkenntnis von Menschen dieses Standes zu tun hat. Aber vor allem die Darstellung der Fremde in Südamerika überzeugt nicht. Man merkt bald, dass diese oft klischeeartigen Beschreibungen angelesen und nicht erlebt sind. Erst als die Autorin reisend und schreibend ihrer Unruhe auf der Spur ist bis in

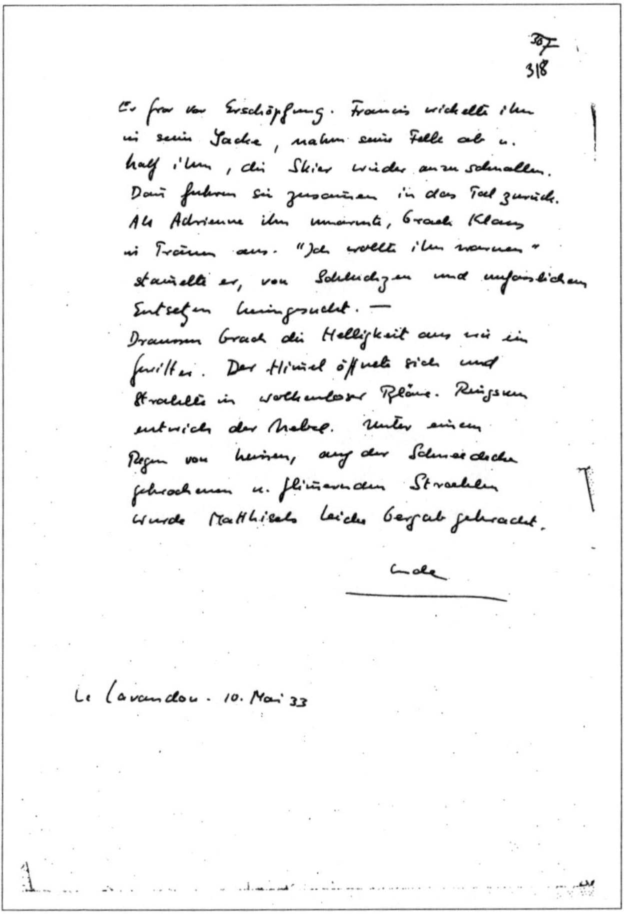

Schluss des 318seitigen Textes im Manuskript. Siehe S. 208. (Nachlass Oprecht, Handschriftenabteilung der Zentralbibliothek Zürich)

die fernsten Winkel der Erde, wird die Fremde wirklich fremd. In Texten wie *Tod in Persien* findet die atemberaubende Konfrontation des inneren Fremdseins mit der „übermenschlichen Grösse" der Landschaften Asiens statt.

V

Kein Weg! Kein Weg! Ist hier kein Weg?[29]

In welchem Verhältnis steht die Biographie der Autorin zur fiktiven Welt in *Flucht nach oben?* Vergleicht man die zwei Hauptschauplätze Alptal (fiktiv) und Innsbruck (real), lassen sich die beiden Sphären nicht klar trennen. Innsbruck und Kurorte wie Zürs und Kitzbühel in den österreichischen Bergen, die unter anderen als Vorbild für Alptal dienten, hat Annemarie Schwarzenbach gekannt, aber dort nicht gelebt. Die Schauplätze Berlin in der *Lyrischen Novelle* und Teheran sowie das Lahr-Tal in *Tod in Persien* hingegen waren auch Wohnorte der Autorin. In diesen beiden Texten ist zudem das Denk- und Handlungsmuster der *schreibenden* Hauptfiguren nach autobiographischen Vorgaben skizziert.

Anders in *Flucht nach oben:* Hier ist die Story und die Charakterisierung der Protagonisten fiktionalisiert wie in fast keinem literarischen Werk Schwarzenbachs.[30] Gerade die Handlung verläuft, wie oben beschrieben, nach eigenen, werkimmanenten Gesetzen. Und während die männlichen bis androgynen Hauptfiguren in der *Lyrischen Novelle* oder in *Das glückliche Tal* eher wie Frauen fühlen und agieren, entsteht dieser Eindruck bei Francis oder Carl Eduard nur in beschränktem Masse. Als müsste die Autorin die Virilität von Francis zusätzlich unter Beweis stellen, lässt sie ihn hin und wieder – zeittypische – frauenfeindliche Äusserungen machen. Anderseits wirken eine Aussage von Francis wie „Ich kann nicht mit Frauen umgehen“[31] oder eine Charakterisierung Carl Eduards wie „Von Frauen verstand er nichts“[32] etwas verräterisch. Die eigene gleichgeschlechtliche Liebeserfahrung verlegt die Autorin diesmal – wie zur Ablenkung – auf einen Nebenschauplatz.

In Sachen Politik kann sich Annemarie Schwarzenbach wie Francis keiner „extremen Meinung“ anschliessen. Im Gegensatz zu ihm entzog sie sich aber nicht fluchtartig ihrer politischen Verantwortung. Noch während der Niederschrift des Romans nahm sie dezidiert Stellung zur neuen Lage in Deutschland und setzte mit dem Plan einer Emigranten-Zeitschrift vor Abschluss des Textes konkret ein Zeichen des Widerstandes.[33]

Das Lebensgefühl des Antihelden Francis und anderer Gestalten ihres Romans war der Autorin natürlich nicht fremd. Es gehört zu den Stärken des Werkes, dass ihre eigenen ungelösten Lebensfragen während der Zeit in Berlin in fast allen Figuren nachhallen.[34] Das eigensinnig bekundete Beharren auf einer manchmal ins gesellschaftliche Abseits führenden Verunsicherung[35] färbt auch die Atmosphäre der fiktiven Welt. Diese Zwiespältigkeit entpuppt sich heute als aktueller als die politisch einwandfreie Handlungsweise von Charakteren in anderen literarischen Texten aus jener Zeit. Und so provokativ gross die kleinen Sorgen der „Jeunesse dorée“ inmitten der Überlebenskämpfe vieler Leute damals wirken: Sie weisen auf die Fluchtbewegungen einer Schicht hin, die am meisten Angst vor der eigenen Leere hat.

Die Autorin wollte sich ebenfalls in diesem Text kennenlernen und schuf so die rätselhafteste „Figur“ in ihrem gesamten Werk: die Brüder Francis und Carl Eduard von Ruthern. Sie sind einander fremd und nah zugleich; dies kennzeichnet auch das Verhältnis zu ihrer Schöpferin. Erst in der Verdoppelung erhascht man sich. Sobald man aber das fremde Spiegelbild zu erfassen glaubt, verschwindet es. So komplex ist das Verhältnis zwischen Realität und Fiktion.

Zu den Entdeckungen dieses Textes gehören die ober- und unterirdischen Verbindungen mit Werken von Erika und Klaus Mann. Dass der Selbstmord Ricki Hallgartens vielleicht Auslöser für die Idee des Romans oder zumindest für die Handlungsweise einer Figur war, wurde bereits erläutert.[36] Vergleicht man *Flucht nach oben* mit damals von Erika und Klaus Mann geschaffenen Arbeiten, stechen vor allem der im Frühling 1932 publizierte Roman *Treffpunkt im Unendlichen* und einige „Pfeffermühle“-Texte ins Auge. Durch die enge Freundschaft mit den Geschwistern Mann waren Annemarie Schwarzenbach diese Werke teilweise schon vor der Veröffentlichung bekannt. Bei allen Unterschieden in der Erzählweise, der Handlung und den Schauplätzen wird in *Flucht nach oben* wie in Klaus Manns *Treffpunkt im Unendlichen* von Menschen erzählt, „die (...) eines gemeinsam haben: eine grosse Einsamkeit. (...) *Abschied* wird zum zentralen Motiv des Romans, verwendet als Chiffre für Abreise, für Trennungen, auch für die letzte Konsequenz: den Tod.“[37] Die in Annemarie Schwarzenbachs Frühwerk konstatierten „Konversationen bei Cocktails und Zigaretten; Fahrten in Schlafwagen und eleganten Limousinen: dies alles weniger aus Originalitätssucht als aus der unstillbaren Sehnsucht nach geistigen, optischen, körperlichen und seelischen Abenteuern“[38] gelten ebenfalls für Klaus Manns literarische Welt. Neben dem ähnlichen Lebensgefühl in diesen beiden Romanen gibt es dort auch in der Wahrnehmung und Beschreibung des aufkommenden Faschismus eine verblüffende Übereinstimmung: Ein Trupp vorbeimarschierender Nationalsozialisten in Berlin (bei Mann) und ein Zug der Heimwehr in Innsbruck (bei Schwarzenbach) werden aus sicherer Distanz von Leuten, die am Fenster stehen, *kritisch beobachtet*.[39]

Dieses Bild kennzeichnet exakt die Haltung der beiden jungen Schriftsteller gegenüber Manifestationen von radikalen politischen Gruppen, die sich erst nach der Machtergreifung Hitlers ändern wird.

Dass die Welt von Erika Manns Kabarett „Pfeffermühle“ manchmal mit derjenigen im Roman ihrer Schweizer Freundin korrespondierte, zeigt ein Blick auf die Titel einiger im Winter 1932/33 geschaffener Nummern. Wir finden eine „Hotel-Halle“, einen „Skitango“[40] und nicht zuletzt eine „Skilehrerin“. Dort wird die „Flucht nach oben“ in Versen evoziert: „Nächtlich unter allen diesen Sternen / träumt jeder sich in glitzernd weisse Fernen / und keiner fragt mehr, was die Welt bedeutet.“[41] Klaus Manns „Brief“ für die „Pfeffermühle“ scheint 1934 geradezu mit Partikeln des Innenlebens von Schwarzenbachs Roman verfasst zu sein, als wäre er ein verspäteter diesbezüglicher Kommentar und nicht, wie angenommen, eine Reaktion auf den selbstmordartigen Tod des befreundeten Schriftstellers Wolfgang Hellmert im gleichen Jahr: „Es war so gut von dir, dass du mirs selber / geschrieben hast. Dein Bruder hinterliess / kein Wort für mich. Ganz wortlos ging er fort. (...) Er wollte sich von uns nicht halten lassen? / Er hat das Dunkle inniger geliebt / als alles andre? Mehr als dich und mich? (...) Er war erst sechsundzwanzig. War kein Weg / aus diesem bittren Jungsein mehr für ihn zu finden? // Er litt darunter, dass er nichts verdiente. / Es sind doch so viel andre stellungslos. / Er hätte sicher wieder was gefunden. / Er war zu anspruchsvoll. Man braucht Geduld. // Er hasste, was heut herrscht. Wir hassens auch. / Er tat es aber masslos, hoffnungslos. – / Man hätte ihn gebraucht."[42]

„Man hätte ihn gebraucht": In Schwarzenbachs Roman heisst dieser Satz „Man brauchte ihn" und ist zweimal Aufforderung zur Veränderung und Bestätigung einer neuen Lebensaufgabe.[43] Aber Klaus Manns „Brief" ist nicht nur ein Echo auf wirkliche und fiktive Vorgänge – mittels des Ausdrucks „bittres Jungsein" verlässt er seine eigene Gattung und „landet" 1935 als Selbstzitat in einer Tagebuchnotiz: „Dieses ‚bittre Jungsein – –'"[44] Und betrifft, wen wundert's, den Selbstmordversuch Annemarie Schwarzenbachs. So findet im Leben und Werk der beiden befreundeten Schriftsteller ein Austausch[45] statt, der mühelos Realität und Fiktion vermischt.

Die „neue Brüderschaft" im Roman gilt auch für Klaus Mann, welcher der Schweizerin manchmal wie ein Bruder nah, manchmal aber fern war. Sie besteht in der Erkenntnis der gleichen Verstörung und ist geprägt von der „Sinnlosigkeit, der Unwegsamkeit, der tastenden Spur –"

Aber der Protagonist Francis lässt sich vom „Absurden“, dieser „Dichte und dieser Fremdartigkeit der Welt“[46], nicht irre machen. Da „Leben heisst: das Absurde leben lassen“[47], wählt er nicht den Weg des Bruders. Er erkennt jedoch in dessen Sterben seine eigene Todesverfallenheit und begreift dadurch das Leben. Erst dann ist er dem Bruder nah. Und merkt, dass er trotz aller Klagen und Fragen gern lebt.

Doch wie leben? Schritt für Schritt, „an die Wichtigkeit der kleinen Dinge, der kleinen alltäglichen Funktionen“[48] glauben. Den verirrten Klaus Vidal suchen ist ein erster kleiner Schritt und das eigentliche – unspektakuläre – Abenteuer des Lebens. Vielleicht müssen wir uns Francis gar wie *„Sisyphos* als einen glücklichen Menschen vorstellen.“[49]

Zürich, Februar 1999 *Roger Perret*

Anmerkungen

[1] „Flucht nach oben“, S. 129.

[2] S. (= Carl Seelig): „Annemarie Schwarzenbach †“. In: „Tages-Anzeiger“, 18.11.1942, Nr. 271.

[3] Carl Seelig erkannte früh die Qualitäten von Schwarzenbachs schriftstellerischem Schaffen. Er war einer der wenigen, die die „Lyrische Novelle“ positiv besprochen hatten. In: „Tages-Anzeiger“, 30.6.1933. Seelig lernte die Autorin vermutlich erst im Zusammenhang mit der Organisation der Lesung von „Flucht nach oben“ persönlich kennen. Dass Schwarzenbach auch wegen seines Einsatzes für ihr Werk zu ihm Vertrauen gefasst hatte, beweist die Tatsache, dass er im Herbst 1934 ihren Text „Winter in Vorderasien“ für die Veröffentlichung im Zürcher Verlag Rascher lektorierte.

[4] Gustav Huonker: „Literaturszene Zürich. Menschen, Geschichten und Bilder 1914 bis 1945“. Zürich 1985, S. 155.

[5] Gustav Huonker: „Literaturszene Zürich“, a.a.O., S. 155.

[6] Es konnten fünf Besprechungen eruiert werden. In: „Neue Zürcher Zeitung“, 6.7.1933, Nr. 1225; „Tages-Anzeiger“, 6.7.1933; „Zürichsee-Zeitung“, 6.7.1933; „Volksrecht“, 8.7.1933, Nr. 158; „National-Zeitung“, Datum auf der R.P. vorliegenden Fotokopie nicht vermerkt.

[7] E. Th. (= Elisabeth Thommen): „Schweizer Dichterabende Zürich“. In: „National-Zeitung“, a.a.O.

[8] B. (= Konrad Bänninger): „Studio Fluntern: Vortragsabend Annemarie Schwarzenbach und Arnold Kübler“. In: „Zürichsee-Zeitung“, a.a.O.

[9] hrs. (= Hans Rudolf Schmid [?]): „Autorenabend Annemarie Schwarzenbach und Arnold Kübler“. In: „Neue Zürcher Zeitung“, a.a.O.

[10] „Volksrecht“, a.a.O. Autor der Besprechung auf auszugsweiser Abschrift im Besitz von R.P. nicht vermerkt.

[11] Es liegen dem Herausgeber aus Schwarzenbachs Aufenthalt in Berlin von 1931 bis 1933, von einigen wenigen Schreiben an Georg Reinhart und Charly Clerc abgesehen, nur die Briefe an Erika Mann vor. Diese enthalten kaum Informationen über die Entstehung der in jener Zeit geschaffenen Arbeiten.

[12] Im Nachlass Oprecht in der Handschriftenabteilung der Zentralbibliothek Zürich befinden sich von Schwarzenbach nur noch drei aus ihren letzten Lebensjahren stammende Briefe an Emmie Oprecht, die nicht auf „Flucht nach oben“ eingehen.

[13] Klaus Mann: „Tagebücher 1931–1933". Reinbek 1995, S. 134 f. Leider wurde genau vor dieser Passage eine Stelle gekürzt, die vielleicht einen Hinweis auf den Titel von Schwarzenbachs vorgelesenem Text enthalten hat.

[14] Klaus Mann hat die „Lyrische Novelle", gemäss „Tagebücher 1931–1933", a.a.O., S. 130, am 17. April 1933 gelesen und am 14. Mai 1933 zusammen mit Franz Hessels „Ermunterungen zum Genuss" unter dem Titel „Zwei kleine Bücher" in der „National-Zeitung" besprochen.

[15] Brief an Erika Mann, [6.11.1932]. In: „‚Wir werden es schon zuwege bringen, das Leben'. Annemarie Schwarzenbach an Erika und Klaus Mann. Briefe 1930–1942". Hg. von Uta Fleischmann. Pfaffenweiler 1993, S. 81.

[16] Brief an Erika Mann, 24.12.1932. In: „‚Wir werden es schon zuwege bringen …'", a.a.O., S. 82.

[17] Brief an Erika Mann, [Februar 1933]. In: „‚Wir werden es schon zuwege bringen …'", a.a.O., S. 85 f.

[18] Vgl. Carl Seeligs Nachruf „Annemarie Schwarzenbach †": „Was hat sie uns an künstlerischen Werken hinterlassen? Einmal den unvollendeten Roman ‚Flucht nach oben'". In: „Luzerner Tagblatt", 21.11.1942, Nr. 272. Die Bezeichnung „unvollendet" scheint sich vor allem auf den handschriftlichen Charakter des Textes zu beziehen.

[19] Siehe zum Beispiel „Roman und Novelle" von Eduard Korrodi. In: „Neue Zürcher Zeitung", 28.4.1933, Nr. 760, und „La vie littéraire en Suisse allemande. Le roman féminin" von Charly Clerc. In: „Gazette de Lausanne", 14.5.1933. Vgl. auch Schwarzenbachs Brief vom 7.7.1934 an den Verleger Max Rascher: „Sie bemerken durchaus richtig, dass ‚gewisse Hemmungen' vorliegen … [in dem in Arbeit befindlichen „Winter in Vorderasien". Anm. des Hg.] das ist das Resultat meiner ‚Lyrischen Novelle', die zu bekenntnishaft ausgefallen war, was besonders das Schweizer Publikum mir übel nahm." Auszugsweise Abschrift im Besitz von R.P.

[20] In ihrer Reaktion auf die negative Kritik der „Lyrischen Novelle" von Charly Clerc erwähnt Schwarzenbach einen neuen Text, bei dem es sich wahrscheinlich um „Flucht nach oben" handelt. Vgl. Brief an Charly Clerc, 15.6.1933: „Ich glaube, dass man jetzt schwerer schreiben wird, die Zeit ist zu schwer als dass man es noch wagen würde, oder auch nur Spass daran hätte, sich leichtfertig zu äussern. So hoffe ich auch, dass meine nächste Arbeit abgerückter u. unpersönlicher, aber auch kräftiger u. sicherer die Abseitsstehenden vertreten wird – (aber ich muss Ihnen

gleich gestehen, dass es sich mehr denn je um diese handeln wird!)" Fotokopie im Besitz von R.P.

[21] Vgl. Klaus Manns Kritik der „Lyrischen Novelle", a.a.O.: „Eine andere Eigenschaft des Buches, die mich etwas stört, ist seine fast penetrante Atmosphäre von sozialer Sorglosigkeit, die auf manche gerade anziehend wirken mag. Alle haben sie ihre Autos, essen in netten Restaurants und verkehren in der englischen Botschaft. Das spricht freilich an sich noch nicht gegen die Stärke ihrer Gefühle, die trotzdem tödlich sein kann. Mir ist aber der Leser vorstellbar, der durch so viel feines Leben enerviert, etwa sagte: Junger Herr – wenn du nicht so sorglos auf dem materiellen Gebiet wärest, würdest du über deine Herzenssorgen wesentlich leichter hinwegkommen. Nichts entwertet einen grossen Schmerz so leicht, als wenn man ihm einen gar zu luxuriösen Rahmen gibt."

[22] Vgl. Brief an Klaus Mann, 8.4.1933: „Ein halbwegs geistig orientierter Mensch, dazu ein Europäer, gehört natürlich in die Opposition. (...) Beteiligt sind wir alle. Sich abwenden ist eigentlich so gut wie Selbstaufgabe und Selbstmord. (...) Bekennt man sich zur Opposition – und was können wir Anderes tun – so muss das im Bewusstsein geschehen, diesen Vorgängen nicht entrinnen zu können, weil wir eben im Kern unserer Existenz mitbetroffen werden." In: „‚Wir werden es schon zuwege bringen ...'", a.a.O., S. 101 f.

[23] Brief an Erika Mann, [August 1931], unveröffentlicht. Fotokopie im Nachlass Annemarie Schwarzenbach, Schweizerisches Literaturarchiv, Bern.

[24] „Flucht nach oben", S. 175.

[25] Brief an Arnold Kübler, 4.2.1938. Unter der Signatur 79.78 im Nachlass Arnold Kübler, Handschriftenabteilung der Zentralbibliothek Zürich.

[26] Dass Annemarie Schwarzenbach die zwiespältige Haltung ihrer Mutter Renée gegenüber ihren Texten bekannt war, belegt ihr Testament. Darin vermachte sie die Briefe, Tagebücher und Manuskripte der befreundeten Anita Forrer und nicht der Familie. Trotzdem zerstörte die Mutter vor Forrers Eintreffen in Schwarzenbachs Haus in Sils fast alle Briefe und Tagebücher. Aufgrund des überraschenden Fundes von „Flucht nach oben" kann angenommen werden, dass Renée Schwarzenbach die meisten literarischen Arbeiten unangetastet liess.

[27] „Flucht nach oben", S. 125.

[28] Klaus Mann: „Treffpunkt im Unendlichen. Roman". Reinbek 1981, S. 27.

[29] Hugo von Hofmannsthal: „Jedermann. Das Spiel vom Sterben des reichen Mannes". Frankfurt am Main 1988, S. 72.
[30] Das Verhältnis Realität–Fiktion gleicht ein wenig demjenigen in ihrem 1931 veröffentlichten Roman „Freunde um Bernhard", wo die Autorin sich nicht in einer bestimmten Figur, sondern in mehreren spiegelt.
[31] „Flucht nach oben", S. 69.
[32] „Flucht nach oben", S. 54.
[33] Siehe S. 219 und Anm. 22.
[34] Vgl. Brief an Erika Mann, [21.9.1931]: „Die Welt ist mir vollständig unbegreiflich, ein Chaos ohne Halt, u. das setzt sich bis in das Leben des Einzelnen fort, dessen Sinn u. Richtigkeit in keiner Weise einzusehen ist – (...) jenes Gespräch mit Klaus, ob in so gefährdeter Zeit die Bemühungen des Einzelnen noch berechtigt seien, sein Leben überhaupt am Platz – ist geeignet, jede private Existenz in zweifelhaftes Licht zu setzen – (...) Ich schwanke, in meiner jetzigen harmlosen Existenz, zwischen Entschliessungen der extremsten Art – zuweilen fühle ich mich gleichsam blind u. lebe als sei alles ringsum von grosser Gleichgültigkeit." In: „‚Wir werden es schon zuwege bringen ...'", a.a.O., S. 61. Und: Brief an Erika Mann, 13.3.1932, unveröffentlicht: „Die alte europäische Plan- und Ratlosigkeit stürzt über mich herein." Fotokopie im Nachlass Annemarie Schwarzenbach, Schweizerisches Literaturarchiv, Bern.
[35] Vgl. Brief an Erika Mann, [23.6.1932]: „Mir scheint jede Beschäftigung recht, die weit genug von alledem entfernt ist, was heute ‚Aktualität' darstellt u. unserem Gefühl auf jeden Fall unverständlich u. zuwider ist –" In: „‚Wir werden es schon zuwege bringen ...'", a.a.O., S. 78.
[36] In Klaus Manns essayartigem Nachruf „Ricki Hallgarten – Radikalismus des Herzens" von 1932 stehen Sätze, mit denen auch Carl Eduard von Rutherns Problematik in „Flucht nach oben" umrissen werden kann: „Der Schmerz aber – der eigentliche, letzte Schmerz über die Existenz aller Dinge, über die eigene Existenz – ist nicht mitteilbar. Er verschliesst sich dem Wort. (...) diese Verzweiflung – Phänomen aus der Tiefe – war *auch* zeitgebunden. Er litt unter dem, was uns alle so bitter in Anspruch nimmt: unter dem Übergangshaften unserer sozialen und geistigen Situation, diesem Stehen zwischen zwei Zeitaltern. Das grosse ‚Unbehagen in der Kultur': Nerven wie seine mussten doppelt empfindlich dafür sein." In: Klaus Mann: „Die neuen Eltern. Aufsätze, Reden, Kritiken 1924–1933". Hg. von Uwe Naumann und Michael Töteberg. Reinbek 1992, S. 392.
Hallgartens fluchtartiger Aufenthalt in Mexiko und seine besondere Vor-

liebe fürs Skifahren lassen anderseits an die Lebensgeschichte und das Verhalten Francis von Rutherns denken.

[37] Uwe Naumann: „Klaus Mann. Mit Selbstzeugnissen und Bilddokumenten". Reinbek 1984, S. 51.

[38] Siehe Anm. 2.

[39] Vgl. Klaus Mann: „Treffpunkt im Unendlichen", a.a.O., S. 142 f., und „Flucht nach oben", S. 130 f.

[40] Siehe Helga Keiser-Hayne: „Beteiligt euch, es geht um eure Erde. Erika Mann und ihr politisches Kabarett die ‚Pfeffermühle' 1933–1937". München 1990, S. 40, 24.

[41] Helga Keiser-Hayne: „Beteiligt euch, es geht um eure Erde", a.a.O., S. 44.

[42] Helga Keiser-Hayne: „Beteiligt euch, es geht um eure Erde", a.a.O., S. 95.

[43] „Flucht nach oben", S. 108 und S. 208.

[44] Klaus Mann: „Tagebücher 1934–1935". Reinbek 1995, Eintrag 14.1.1935, S. 92.

[45] Dieser ist auch bei den Buchtiteln zu beobachten. In Klaus Manns 1934 erschienenem Roman „Flucht in den Norden" ist zudem die Hauptfigur „Johanna" nach dem Vorbild Annemarie Schwarzenbachs gestaltet.

[46] Albert Camus: „Der Mythos von Sisyphos. Ein Versuch über das Absurde". Reinbek 1985, S. 18.

[47] Albert Camus: „Der Mythos von Sisyphos", a.a.O., S. 49.

[48] „Flucht nach oben", S. 170.

[49] Albert Camus: „Der Mythos von Sisyphos", a.a.O., S. 101.

Zur Edition

Die Druckfassung wurde nach einem unveröffentlichten Manuskript erstellt. Dieses befindet sich unter der Signatur Ms. Oprecht T. 317 im Nachlass Oprecht in der Handschriftenabteilung der Zentralbibliothek Zürich.

Das Manuskript weist zahlreiche handschriftliche Korrekturen und Streichungen auf, wobei es auf der Rückseite einzelner Seiten zusätzliche – gestrichene – Varianten gibt. Format und Beschaffenheit des Papiers sind uneinheitlich. Ebenfalls wurde unterschiedliches Schreibzeug verwendet. Die Paginierung wurde nicht immer konsequent durchgeführt; die Fortsetzung nach Seite 220 erfolgt zum Beispiel mit der bereits zuvor verwendeten Paginierung 218 ff. Im Gegensatz zum Text ist das Titelblatt maschinenschriftlich. Gemäss einem Vermerk der Autorin am Schluss des Manuskriptes wurde es am 10. Mai 1933 im südfranzösischen Le Lavandou abgeschlossen.

Bei einer maschinenschriftlichen Reinschrift hätte die Autorin wohl offensichtliche Fehler und Flüchtigkeiten berichtigt. Dies wurde nachgeholt. Zudem wurden störende stilistische Mängel korrigiert und einige wenige Sätze gestrichen, welche das Verständnis der betreffenden Passagen unnötig erschwerten. Die Zeichensetzung folgt, wenn möglich, der eigenwilligen Vorgabe der Autorin.

Beim Vergleich der beiden Handlungsstränge in Alptal (im ersten und zweiten Teil) und in Innsbruck (im zweiten Teil) erweisen sich verschiedene Zeitebenen und -angaben (siehe zum Beispiel Kapitel 19) als ungenau. Diese Inkongruenzen sind teilweise auf die stark korrigierte handschriftliche Fassung zurückzuführen. Da die Bereinigung aller betreffenden Stellen einen erheblichen Eingriff in die Textgestalt bedeutet hätte, wurden nur die gröbsten Inkongruenzen behoben.

Roman Bucheli hat den entscheidenden Hinweis auf den Standort dieses Textes gegeben, wofür ihm Herausgeber und Verlag herzlich danken. Ebenfalls danken möchten wir der Leiterin der Handschriftenabteilung der Zentralbibliothek Zürich, Frau Marlies Stähli, und ihren Mitarbeiterinnen für ihr freundliches Entgegenkommen und ihre Hilfe.

Der Herausgeber

Annemarie Schwarzenbach im Lenos Verlag

Auf der Schattenseite
Ausgewählte Reportagen, Feuilletons und Fotografien 1933–1942
Mit einem Nachwort von Regina Dieterle
389 Seiten plus 64 Seiten Bildtafeln, broschiert

Bei diesem Regen
Erzählungen. Mit einem Nachwort von Roger Perret
248 Seiten, gebunden
auch als Lenos Pocket erhältlich

Flucht nach oben
Roman. Mit einem Essay von Roger Perret
239 Seiten, gebunden

Freunde um Bernhard
Roman. Mit einem Nachwort von Michael Töteberg
198 Seiten, broschiert
Lenos Pocket

Jenseits von New York
Ausgewählte Reportagen, Feuilletons und Fotografien aus den USA 1936–1938. Mit einem Nachwort von Roger Perret
191 Seiten mit 44 Fotos, broschiert
auch als Lenos Pocket erhältlich

Lyrische Novelle
Mit einem Essay von Roger Perret
147 Seiten, gebunden
auch als Lenos Pocket erhältlich

Tod in Persien
Mit einem Essay von Roger Perret
151 Seiten, gebunden
auch als Lenos Pocket erhältlich